嫡女策

5

西蘭 著

風文創 048

目錄

第九十七章 五少受封

王府所在的一條街上都十分熱鬧，到處是車來車往，把個杭家大門擠得水洩不通。杭天曜這邊得到消息，與風荷商議了一下，決定走後門進府，不然這麼多人，光是應酬幾句就可能耽誤他們不少時間。

看來恩封杭天睿一事，滿京城都應該知道了，這麼急著來賀喜，估計有來探口信的，也有攀交情的。不管皇上是什麼意思，皇上器重杭家那是毋庸置疑的，巴緊了杭家總沒錯。

府裡反而比平時更安靜些，小丫頭們走路都帶著三分小心。這樣的恩典放到別人家裡，那是求也求不來的喜事，可是杭家不同，再蠢笨的人也能想到王妃肯定屬意自己兒子當世子，如今這中間插出點事來，還不知上邊主子是什麼個意思呢。

兩人不及回房，直接去了寧樸齋。

進了院門，看見迴廊下站著不少小丫鬟，都緊閉著嘴巴，面上不帶一點喜色，風荷知道那是蔣氏手下的人。

太妃聽說是杭天曜與風荷回來，忙命快請。

太妃坐在羅漢床上，蔣氏本是坐在扶手椅上，這回已經站了起來，不過看著他們的眼神有三分不樂。

風荷當然知道蔣氏為何不待見自己，也不在意，笑著上前給太妃道喜。「祖母大喜啊，五弟得了聖上賞識，前程不可限量呢，都是皇后娘娘與祖母的福氣大啊。」不管他們心裡怎生想，這恭喜的話是一定要說的，不然人家當你眼紅呢。隨即她又與蔣氏道喜。

蔣氏從鼻子裡應了一聲，就不再說話，倒是太妃笑呵呵應道：「都是祖宗之福，聖上隆恩呢。妳父王、母妃、五弟幾個都在前頭招呼賀喜的賓客們，我估摸著這樣的大事，咱們家中是必要慶祝一番的，回頭有得你們忙了。」

「最忙的是母妃與五弟妹，我不過幫著打打小手，跑個腿而已。何況這是好事，理應大家都出一把力。」王妃、蔣氏若是那等野心不大的人，封個正四品的小官也不錯了，既不用日日奔波勞碌，又能拿俸祿，何樂不為呢。

可蔣氏不這麼想，聽著風荷的話句句是諷刺，心中一口惡氣出不去，怔怔地坐著發呆。太妃寵愛杭四，可在她心裡孫子都是她的親孫子，她自然希望人人都能過得好，不能繼承王位的能得個恩封也不錯，至少比白丁強些。而且小五自己出息，日後也不是沒有前程，皇上、太子心裡念著杭家的情意，日後不免還有封賞下來，何必弄得雞飛狗跳外人看著不像。

她眼下對杭天曜是越看越得意，不免讓他站在自己身邊，細細問他路上的行程，莊子好不好玩，聽得興起，直說忙過了這段自己去走走。

王爺與王妃應付了大半來賀喜的人，留下一些品級低的讓管事們招呼，進來商議接下來的安排。

王爺一向是個喜怒不形於色的人，對杭天曜除外，這會子面容平靜，神態如常，看不出喜憂。

王妃的定力有限，顯得疲倦而懶散，眼角眉梢都是勉強的笑意。看見杭天曜兩人回來，只是點了點頭。

杭天睿跟在最後，他只是有些吃驚的感覺，估計現在還未搞明白自己怎麼突然被封了官。

定在第三日請賀喜的人們來吃酒，日子緊迫，王妃難免許多事要忙，不及寒暄，就匆匆領命去了。

眾人都散了，各忙各的去，唯有王爺留下陪太妃說話。

王爺蹙了蹙眉，問著太妃的意思。「母妃，皇上此舉的用意不言自明啊。」

太妃點頭，隨即又道：「今兒早朝，是不是發生了什麼事，皇上如何突然下了旨意，都不曾有消息傳來。」

王爺回來之後，就一直忙著應付賓客，好不容易才有了機會與太妃說清此事，嘆道：「關於立世子一事，朝上有官員提過好幾次，皇上頗為厭煩，每次皆以是我們王府家事推到了我身上。此事關係重大，兒子不敢輕易定奪，拿話敷衍了過去。今兒早朝，鎮國公重提此事，而且言語間對小五很是讚賞，隨後有不少朝臣表態贊成。

「誰知，永昌侯順水推舟提了一句『恩封子弟』，皇上當即大喜，說是小五寬容敦厚，人品出眾，賜他正四品上輕軍都尉。一言既下，眾臣驚異，可天子一言駟馬難追，當即就命人擬了聖旨。」鎮國公的妹妹是魏平侯夫人，背後的貓膩一想即知。

太妃已然想到大概，聞言不禁失笑。「這不成搬起石頭砸自己的腳了。不過，我想問問你心中到底是什麼主意？」

對太妃對魏家的諷刺，王爺沒什麼反應，世家聯姻本就是為了權勢，魏家此舉是在情理之中，便是王妃，他雖覺她賢慧溫厚，但不會傻到以為她寧願老四繼位，若她果真有心，為何這麼多年從未提起過。為人母者，總會為自己子女多考慮一些，王爺不想太苛責了。

他理了理自己的思緒，徐徐說道：「煜兒逝後，兒子當然是毫不猶豫的選擇老四繼位，他是正宗嫡子，上有皇后娘娘照拂，下有母舅家支持，而且自小聰俊好學。可惜，他後來不學好，一味向著歪路走，連我的話都不放在心裡。

「小五性子敦厚，不是振興之子，但好歹不會鬧出多大事來，能守住王府基業，而老四還不知要把王府鬧成什麼樣子呢。可經歷了吳王謀反，皇上對太皇太后生了疑心，要避諱著她的人本是正理，兒子更不敢將這一番大業交到他手裡。是以，這些年，兒子日夜思量，都拿不定主意。」

「你應該也發現了，自老四他媳婦進門之後，老四改了好些，最近都不再與從前那些人混在一起。」太妃並不否認王爺的話，當初那個情形王爺不敢讓老四繼位是為杭家著想，她寵愛老四，可杭家百年基業才是最重要的。

「母妃說的，兒子亦是有感，若老四能這般下去，杭家自當交到他手中。如此，我也算對得起華欣了。」畢竟，王爺與華欣郡主那是結髮夫妻，不希望眼睜睜看著兩人唯一的兒子走到窮途末路。

太妃依然不大放心，故意試探道：「那魏氏呢？」

王爺頓了半刻，沈聲說道：「她是莊郡王府王妃，一言一行都要有主母風範。倘若她做出什麼失德之舉，我也只能不念情分了。」

王爺能說出這個話太妃很滿意，她還擔心自己這個兒子與魏氏情分好，他日王府發生什麼事會包庇呢，看來王爺還是個胸中有謀略的人，知道孰輕孰重。

全國有百萬餘大軍，密探就有好幾千人，加上送信的使者，那就是一支相當龐大的隊伍。每日各處又會送各種各樣的消息回來，王爺手下幾人就從中篩選出可疑的重要的事情上報，所以大多數時候，王爺公務繁重到幾乎無力顧家，便是過年皇上封筆，他那邊也一刻不能停。

有時，情知家中事情不太尋常，他都只能交給他人料理。

蔣氏回了房之後，好一場氣悶，尤其想起方才風荷的笑，越想越不是滋味，只覺得是嘲諷他們。

雖然府裡府外有不少人曾戲言杭天睿是世子，可他自己倒是不作這個想法，他與四哥同是嫡子，論身分、長幼，四哥都比他更有資格繼承王府。他對自己被立為世子的希望抱得很小，此時得知自己可能已經被排除了，也不是很難過，畢竟他覺得不當世子，他還是能逍遙自在的，不會因此而缺少什麼。

依杭家的權勢，他是嫡子，分家產能分到不少，又有俸祿，一家子和和樂樂過日子比當王爺每日累死累活強多了。

見蔣氏不說話，便道：「妳莫非身子不適嗎？」兩人已和好，只他待蔣氏不及從前細緻體貼，適當的關心還是有的。

蔣氏看自己丈夫滿不在乎的樣子，心下更是難受，自己一心為他謀劃，他倒好，半點不放在心上，氣惱上頭便道：「我身子好得很，你關心關心其他更好些。」

杭天睿吃了她這句話，認為她又在無理取鬧了，懶得搭理她，只是吩咐丫鬟給他取了家常的衣裳來，穿了大半天的繁瑣衣服，身子難受得緊。

他要是哄蔣氏幾句，蔣氏還能暫時放下此事，容後商議，可他這樣一來，弄得蔣氏心火更旺，冷冷道：「你好歹是個男人，能不能有點氣性啊。總這副樣子，我看著都難受。」說完，她自己也有幾分悔意，認為話說重了，惹得他生氣倒不是她的本意了。

果然，杭天睿登時板了臉，無論什麼男人，最受不了的就是女人看不起，還是自己的枕邊人。何況他沒做什麼錯事，憑什麼這樣指責他，他當即氣得拂袖而起，抬腳要走。

蔣氏好似一句話打在棉花上，那三分悔意變成了五分埋怨，一把拉住他道：「你去哪裡，是不是要去綠意那個小蹄子房裡？」

杭天睿絕對沒有想到什麼綠意，不過經她這一問，反而冷笑道：「是又如何？誰規定了我不能去？」

趙嬤嬤本在小廚房看蔣氏的補藥，聽丫鬟說兩人回來就吵了起來，滿心焦急，匆匆趕過來，恰好聽到夫妻倆針鋒相對的話。

趙嬤嬤勸解蔣氏的話尚未出口，蔣氏已經惱羞成怒，高聲道：「你眼裡哪還有我這個做妻子的，一個通房都爬到我頭上作威作福了，我今兒非要處置了她不可，看她往後怎生狐媚主子。去，把那蹄子帶上來，重重打她，打到她不會狐媚主子為止。」

杭天睿又是詫異又是不解，他不知從前溫婉可人的蔣氏幾時變成這樣無理取鬧的婦人了，動不動就要拿丫鬟出氣，丫鬟雖是下人，可他們杭家從沒有隨意打罵丫鬟的規矩，尤其打的還是他的通房，分明就是不把他當一家之主看。倘若之前他還是不想與她計較的話，這會子變成了要好好理論一番，挫挫蔣氏的氣焰。

他拔高聲音喝道：「我倒要看看誰敢。」

趙嬤嬤大急，連走幾步扯著蔣氏的衣袖道：「少夫人息怒啊，這大喜的日子，應該高高興興才是。」

對杭天睿封官之事，她當然想過，也知杭天睿的世子之位不穩，可越是這個時候，蔣氏越該對他溫柔體貼，而不是大吵大鬧。男人已經在氣頭上了，蔣氏這樣做不是火上澆油嗎？傳了出去，怕是王妃那邊都會不喜蔣氏，覺得她不賢，不會輔佐夫君，甚至弄成不滿聖意之類的大錯來。

但蔣氏哪兒聽得進去，她總覺得杭天睿太懦弱，什麼都可以讓給別人，這次隨便給了他一個小官，搶了他的世子之位，他也嘻嘻哈哈受了，一點都不為兩人的將來考慮。

她想起兩個姊姊，一個是世子妃，一個是一家主母，唯有自己上不上下不下，日日被吊在半空中，如今形勢更加不妙。四品官的夫人，與世子妃根本就是天上地下，難不成要她以後在董風荷面前都低人一等嗎？偏偏杭天睿一心一意都在那個狐媚子身上，連世子位都不及綠意重要了，她豈能不氣呢。

蔣氏索性抱著趙嬤嬤哭道：「嬤嬤，這有什麼可歡喜的，妳讓我如何喜得起來。原本穩穩當當的世子位，好端端沒了，他還沒事人似地。大家好歹合計個什麼法子，看看有沒有什麼轉圜的餘地。」

趙嬤嬤被她嚇得心都忘跳了，這種話可不能胡說，什麼叫穩穩當當，什麼叫沒了，這些話只能放在自己肚子裡，半句不能洩漏出去，何況當著這麼多人的面說。這不是明擺著他們這邊一心一意要當世子嗎，還對皇上不滿，幾個腦袋都不夠砍的啊。

杭天睿氣得身子發顫，指著她半日喝道：「妳不想活了是不是？立誰當世子，祖母、父王自會決斷，何時輪得到妳說話了。四哥是嫡子，有他在，王府就是他的，我勸妳早點歇了這些想頭為好。」

「憑什麼我們不能想，你難道不是嫡子？他紈袴揮霍，京城有幾個當他是好的，這些年惹了多少事，有什麼資格當這個世子。」蔣氏聽了這話，只覺杭天睿太沒出息。

「妳、妳！好好好，我走。」杭天睿這輩子沒被人氣到這個分上，一時間又回不出她的話來，臉色脹得通紅，甩門而去。話不是出自他的嘴裡，可父王怎麼想，祖母怎麼想，是不是都要把他看成那個眼裡只有王位沒有親兄弟的逆子了。

眼睜睜看著杭天睿的背影遠去了，蔣氏哭得上氣不接下氣。

她在待嫁之前，就知自己嫁的是杭家世子，日後要做王妃的，十分得意。嫁過來不過兩年多，就從世子夫人淪為一個四品官的夫人，這樣的落差教她怎麼受得了，先前在太妃那裡尚能勉強忍耐一二，回來有心與杭天睿籌劃籌劃，可不料事情會鬧到這個分上。

趙嬤嬤以為蔣家的人會一早就過來，誰知等到下午了還未見人影，心下也是焦急，夫人來了還能勸著少夫人些，不然瞧少爺的氣色，只怕沒段時日是不會原諒少夫人的了。別看少爺脾氣好性子和順，可人家畢竟錦繡堆裡長大，豈能沒有幾分氣性。

杭天睿封官，不少人都趕緊來杭家討好，反是魏平侯府、輔國公府上來得最晚，都到傍晚了，自然要留飯。魏平侯夫人、輔國公夫人分別去了王妃、蔣氏的院中，私下說了許久，直到夜深才走。

操持過宴請賓客後，王妃忽然病了下來，說是操勞太過，身子虧虛，日日請醫服藥。

王爺情知王妃病得蹊蹺，卻不好怪她，她心裡難受是必然的，但這陣子過去，也該好起來才是。偌大一個王府，不能無人打理，兒子媳婦們總是不及王妃來得名正言順些。

王妃一倒，府中事務無人料理，太妃命風荷、蔣氏二人協同理家。小事按著舊例拿主意，有大事或去請示王妃，或者尋她商議，兩人領了差事。

這中間，二夫人、四夫人都產生過幫著理家的心思，奈何被太妃幾句話堵了回去，什麼讓小輩們趁此機會好生學學，什麼二夫人前兒大病一場、四夫人要操持小七婚事。總之，拿她們過去堵別人的事當了藉口，讓她們駁也駁不得。

這裡邊，最平靜的就數側妃娘娘了，她一如往常，專心唸佛，帶帶慎哥兒。三少爺深得其母真傳，吟詩作賦，結交好友，王爺偶有任務妥貼辦好。

再說，蔣氏於理家一事原就不通，又不耐煩見著風荷，索性推病，倒把家事都擔到了風荷身上。

風荷之前學過一點，現在大家私心裡都把她當成了未來的世子妃看待，自然比從前越發恭敬順從，一番打理下來，居然不曾出錯。

離八月十五中秋節日益近了，風荷整日忙得抽不開身，不是打點送去各個親朋好友的節禮，就是操持府中家宴，時不時接待前來拜訪的貴婦們。杭天曜看著心疼，可惜一點都插不上手，乾著急罷了。

不過這一來，杭家四少夫人理家能幹的傳言就慢慢流了出去，不少人都看好。

第九十八章　暗生一計

杏子紅的帳幔將燭光映得紅紅的，溫暖的光暈包裹著整間屋子，像是籠了一層輕紗，細密地拂過人的心頭。黑漆落地的大櫃子整齊羅列著，一如既往的莊嚴肅穆，似乎絲毫不被那橘紅的飄渺所裹旋。

鵝黃繡花的錦被，襯著王妃略顯憔悴單薄的容顏，彷彿拉長了時間，回到了少年歡愛時。

茂樹家的小心翼翼看著王妃的臉色，知她心中不好受。王爺已經連續兩晚歇在了書房，一晚去了側妃院裡，依以往慣例，王爺在書房待一晚兩晚後必定先到她房中，若她不方便才去側妃那裡，這次的例外顯然是一種敲打。

鎮國公言語間不過露出那麼點意味，他就這般絕情，絲毫不念往日情分，難道素來的恩愛都是假的不成？何況自己亦是一個母親，為自己的孩子考慮有何錯，娘家扶持外甥又有什麼錯，莫非在他心裡小五從來沒有資格當世子，他還在一心等著杭天曜迷途知返嗎？這些年，她兢兢業業，打理王府，那些操勞在他眼中果然什麼都不是嗎？

多年夫妻，王妃心裡還是有王爺的，不管她嫁過來時抱著什麼目的，既然嫁給這個男人，既然為他生兒育女，她都不可能全無感覺。而且王爺年長她，夫妻之間還是頗為溫柔體貼的，她早把自己當作他的王妃。

只她不曾料到的是，許多事情他可以待她寬容，但唯有這件事上，他那般固執，不容人私下動作，挑戰他的權威。

想起數年來種種，她輕輕嘆著氣，自語道：「究竟是我及不上她呢，還是小五及不上她的兒子？」

茂樹家的聞言大驚，王妃這是傷心之下鑽了牛角尖，可別因此而在王爺面前露出什麼形容來呢，不然這夫妻情就是平白多了縫隙。

她忙勸道：「娘娘，是您多想了。您進門這些年，王爺待您那是滿府都瞧見的，人都說先前的蕭王妃遠遠不及呢。何況咱們五少爺，良善寬厚，哪一點不比四少爺強，不過是因著太妃娘娘寵愛四少爺，大家烏上水去而已。要說王爺，幾時見了四少爺不被氣一場呢？」

王妃聽著，非但沒有換上喜色，反而越發痛心。

「這才是問題所在呢。他那是在乎四少爺，所以一舉一動都放在心上，一點點不好就大大發作一場。若是不在乎了，才不管四少爺在外頭胡作非為呢，來個眼不見為淨。妳想想，這些年，他除了偶爾看見小五的時候隨口問上一句兩句外，何曾親自傳了小五去問話呢，他分明是從來不把小五放在心上啊。」

從前，她想不透這一點，此刻方恍然大悟，愛不愛哪個兒子，其實在王爺自己不經意間就表現出來了，枉費她苦心思量了多少年。

茂樹家的也覺得有理，可她此刻哪敢這麼說，只有勸著的理。「娘娘，王爺是個重情義的人，您與他十數年夫妻，總是會護著娘娘的。為今之計，娘娘該快點養好了身子，早日接過王府庶務呢。」

「王府庶務，我打理得再好又有什麼意思，王府最後給誰，還不是王爺一句話的事嗎？」她搖頭嘆息。

「娘娘萬不可這般想，王爺又沒說屬意四少爺繼位，咱們五少爺還有一半的機會呢。如今四少夫人理家，倘若被她一舉奪得了王府大權，便是咱們五少爺日後當了世子，這府中權力也不好收回來啊。尤其這即將中秋家宴了，四少夫人操持得好，在京中名聲大振，那咱們倒不好尋她的由頭了。」

風荷理家時偶爾有疑問的都會請了茂樹家的前去詢問，茂樹家的越聽越是震驚，想不到四少夫人短短時間內就將事情理通了大半，照這個進程，等王妃身子好了，這管家之權都被收到四少夫人手裡了，日後誰理家都會受到掣肘。

王妃略略吃驚，問道：「中秋家宴，說大不大，說小也不小呢，我當年還是太妃手把手教著的，也沒聽說太妃這幾日尋她說話啊，那麼多事，她果真都能打點妥當？」光是往各家親眷至交間送禮就是一門大學問，王妃不信風荷上手幾日就有了頭緒。

茂樹家的見王妃終於有了反應，放下好些心，認真述道：「可不是，娘娘可還記得之前讓她學看帳一事，誰知四少夫人簡直就是過目不忘，把帳本記在了肚裡，她只要根據前幾年的舊例適當添減就行了。眼下府裡，奴才下人們隱隱都在讚四少夫人能幹呢，連那些素有體面的都不敢在她跟前搞鬼。」

王妃聽得又氣又悔，不料當初自己意圖拖延時間的計策，竟是幫了她。打理一府庶務，帳目不通簡直無從下手，事事都要去翻出舊例來看；一旦對帳目瞭如指掌，理家還不是手到擒來的事，只要駕馭下人時多用些心計就好了。她根本就是搬起石頭砸了自己的腳！

又想到自己給蔣氏一個機會，讓她多跟著老四媳婦學，她偏偏不當回事，不然還能分去風荷身上一半的權力和威望，這一來，好事全讓她一個人占盡了。

她咬緊牙關，沈聲問道：「那些我安插的人，難道一點都無用？」她之所以放心把家務交出去，只因各個重要地方都有她的人，風荷要想把家事順利接手，還要過得了那些人的關呢。

茂樹家的一想到這兒滿心惱恨，冷笑道：「一個個最會拿張作喬，到了她面前連句話都不敢胡說，反被發落了兩人。」

這下子，王妃實在按捺不下了，氣恨道：「好，都是養的好奴才。」

「娘娘，咱們倘若趁此機會暗中動點手腳，倒能讓四少夫人最近的作為毀於一旦呢。」茂樹家的試探著，只要中秋出了點事，風荷再能幹她的能力也會被否定。

王妃細細想著，推敲了好一番，終是道：「不可，與她鬥法沒關係，王爺便是看在了眼中也不會當回事，只會覺得她能力有限；但絕不能連累王府到時候在外人面前丟臉，不然連咱們都沒有好處。」

茂樹家的想起王爺的性子，也是一陣寒意，王爺最重體面，丟了四少夫人的臉不打緊，丟了王府的聲譽就是大麻煩了。

「她身邊那些人，難道就沒一個能為咱們所用的？」王妃攏了攏鬆散的髮髻，正色道，她是決定要與風荷拚個妳死我活了。

茂樹家的一愣，趕緊笑道：「娘娘想通了不成？」從前，她也提過在風荷身邊的人中發展她們的人，既能掌握風荷的行蹤，又能對她脾性喜好瞭如指掌，但王妃一直擔心被發現了反而壞事，這次是顧不得了。

如果有別的法子，王妃也不會同意這麼幹，那些人，用的好了是棋子，用的不好反會成為她的污點。她沈沈點頭，事情至此，只能用非常手段了。

茂樹家的大喜，她一直以來都不忘留神風荷院子裡的人事，忙道：「四少夫人幾個陪嫁丫鬟中八個是她身邊的舊人，很是忠心，咱們自然不能動這些人。但還有三個是她們家老太太和姨娘的人，一個銀屏已經沒了，還剩下一個錦屏和一個落霞。

「錦屏敦厚老實，低頭做事，從來不惹是非，也不與人結交。那個落霞，卻是個可用的，她生得有幾分姿色，而且常常打扮得花枝招展，只怕又是一個想爬上四少爺床的，這樣的人只要稍稍許給她一點子將來，她必會投到咱們這一邊。」

「照妳這麼說，四少夫人不可能不防著她，她若近不了身，於我們並無多大用處呢。」

一提到正事，多少傷心難受都能被王妃拋到腦後，一心一意琢磨起來。

茂樹家的連連點頭，又道：「可不是，但總歸在一個院子裡，她若留心，小丫頭們無意間總會露出一、兩句口風來，而且她是四少夫人娘家帶來的，自是要比咱們往她身邊安插人要便宜多了。」

王妃不由低頭細思，小丫鬟們之間，低頭不見抬頭見的情分，又是從小玩到大的，難免失了戒心，若是她們這邊的人去打聽，難免引人懷疑，倒是這個好。

王妃一面點頭一面斟酌著。「既如此，此事就交給妳了，那丫鬟妳瞧仔細些，能用則用，不能用不可強求，絕不能叫她們抓了咱們的把柄。」

茂樹家的低聲應道：「這是自然，娘娘儘管放寬了心。」

這日，杭天曜從外邊回來，正是歇晌之時，進了院子卻發現靜悄悄的，屋子裡只幾個小丫鬟伺候著，去了裡間，哪兒有風荷人影。他高聲喚人。

含秋在隔壁房裡聽見，忙快步行了過來，笑道：「少爺可是尋少夫人？今兒四姑奶奶生了個大胖小子，少夫人得了太妃娘娘的吩咐，去賀喜了。」

原來上午時，杭芸生了個兒子，喜訊報過來，太妃與三夫人都喜得不行，欲要去看吧，又不是時候，不去吧，心裡放心不下杭芸，畢竟是頭一次生產，最後還是風荷主動請纓，去瞧瞧她侄兒。

杭天曜一聽，估摸著她也該回來了，就道：「明兒咱們就要搬回凝霜院了，可都收拾好了？尤其是妳們少夫人的東西，可別磕著碰著了。」

「少爺放心，都好了，只等明兒一早搬過去即可。」含秋說完，翕了翕唇，卻猶豫地看著杭天曜沒有開口。

杭天曜注意到了，詫異道：「妳有什麼說的只管說，難道還信不過妳們主子我？」

含秋忙笑，擺手道：「自然不是，而是方才雲暮過來幫著收拾箱籠，提起一件事，也不知要不要緊，該不該回與少爺、少夫人。」

杭天曜聽她說得怪，越發感興趣，坐下打算細聽。

含秋見了，先給他斟了一盞茶，細細說道：「雲暮說，最近幾日，王妃娘娘院裡的月容姑娘與咱們院裡的落霞走得挺近，那落霞好不容易安分了一段日子，近來卻比先前還要愛打扮。」

說完，她又有些後悔，雖然現在少爺待少夫人是千好萬好的，只她記得有一次少爺似乎還看上了落霞，不會這會子還幫著她吧，回頭倒是自己落了一身不是。

杭天曜卻沒有多想，他連哪個是落霞都分不清，就道：「反常必為妖，此事不可小視了，妳尋個妥貼謹慎的人盯緊了她，別叫她弄出什麼事來。妳們少夫人每日家事都忙不過來，這些小事就別去煩她了，有什麼動靜直接回給我，我來作主。」

含秋聽完，大是鬆了一口氣，看來少爺心裡從來沒有過落霞的身影，這便好，怕只怕落霞那死蹄子有心勾引少爺，這卻不能不防著了。等到回了凝霜院，一定要想法子隔絕了落霞，儘量不讓她在少爺面前出現，這又實在不容易。

杭天曜顧不得她此刻的心思，只是想著月容是王妃的人，最近王妃連連吃虧，一定會想法子尋回來。他的名聲已經壞到不可能再壞的地步了，王妃很有可能將主意打到風荷身上，企圖針對風荷達到她不可告人的目的。如果只是王妃小小的念頭就算了，如果上邊參與了，那整件事情就麻煩至極，他要好好佈置一番了。

這邊剛說完，風荷領了眾人回來了。

她穿著銀紅的曳地長裙，束著纖腰，扶著沈烟的手搖搖走了進來。面上有薄薄的緋紅，杏眼凝腮，一雙水靈靈的眸子清澈似秋水。

杭天曜緊走幾步拉了她手，扶她坐下，餵她吃了一口茶，戲謔道：「吃酒了？」

「可不是，外祖母今兒十分高興，硬拉著我吃了幾杯，我哪有不陪的理，後來還是外祖母吃醉了，我才得以脫身。方才在祖母那裡，還被笑話了好一場，說她們還沒吃上洗三酒、滿月酒呢，我倒先吃了，難怪今兒巴巴搶著去看表嫂。」

她有了三分醉意，身子就有些歪斜，靠在杭天曜身上，也不理會一屋子丫鬟都在。

大家看得好笑，打水的打水，上醒酒湯的上醒酒湯，一齊伺候了一場。

梳洗過後，她才好些，只是睨斜著眼發怔，杭天曜邊推她肩邊喚她名兒，不料她居然睡著了，這一推直接倒在了他懷裡。

杭天曜大覺有趣，命眾人退下，自己抱了她回房輕放在床上，給她脫了衣衫，只剩下一件豆綠的肚兜。他又輕手輕腳脫了自己的衣服，躺在她身邊，輕喚道：「娘子……」一面喚著，一面啄著她的粉嫩紅唇。

風荷睡意朦朧，感到臉上癢癢的難受，翻了一個身朝裡邊睡。隨即又覺背上麻麻的酥酥的，像是有無數的小蟲子在爬，她困倦得睜不開眼，只得又翻了一個身，然後將頭埋在杭天曜脖頸裡，抱了他的腰，小手軟軟的。

杭天曜軟玉溫香的，心思早野了，大手隔著肚兜揉捻著，隨即滑到她小腹，溜到她背上，順著背一點點往下滑，摸到挺翹的豐臀，輕輕捏了捏。

風荷蹬了蹬小腳丫子，把身子往杭天曜懷裡縮了縮，呢喃道：「杭天曜，有蟲子，你快給我抓了蟲子去。」

杭天曜憋了一肚子笑，含著她耳垂。「寶貝兒，這回沒了。」

也不知風荷有沒有聽見，扭了扭頭，躲開他的唇，小腿搭到了他大腿上。

女子肌膚光滑細膩的觸感讓杭天曜心下一陣顫慄，他索性抱了她的腿放到自己腰間，隔了褻褲尋找她的蜜源。他連連吻著她肩窩、酥胸，手指靈活地挑開她的褻褲，順著大腿內側慢慢上延，耳畔聽到她無知覺的嚶嚀聲。

風荷睡夢中感到了莫名的燥熱，放開抱著杭天曜的手，想要離他遠一些，可是那個人有如覆在她身上了一般，纏著她的身子，她到哪兒他在哪兒。她討厭地捶打他，推搡他，可是胸前的吮吸嚇得她發懵、發暈，然後迷迷糊糊挺了挺身子，讓自己迎向他。

杭天曜挑逗著她最脆弱的地方，濕潤溫暖，細膩得讓他瘋狂，他繃緊身子，一點一點侵蝕她，聽到她難受的喘息聲、呻吟聲，感到她時而想要躲開，時而湊近他。

「嗚嗚……人家不要了。」她在一陣猛烈的顫慄後，緊緊摟著他脖子，嗚咽著。

「寶貝兒，妳果真不要了，我還沒開始呢。」

隨著他魅惑的聲音而來的，是巨大的挺入，她猛地倒吸一口涼氣，渾身癱軟如棉，發出細細的小貓哼哼聲。

她感到自己在雲端飛翔翻滾，想要攀住什麼來穩住自己，於是她抱緊他，可是那樣反而讓她飄浮得更厲害，她居然小聲地啜泣起來，喃喃著：「不要，求你……」

他彷彿受到了鼓勵一般，一下子發瘋地抱著她雙臀動作起來。

黯淡的光線射進來，投在她光滑紅潤的小臉上，兩鬢的髮絲汗津津的，粉紅的唇低吟出各種蠱惑人心的音樂，他隨著她的低唱而起舞。

曲彥給孩子取名曲哲，大家都喚作哲哥兒。洗三這日，不只三夫人去了，連太妃都興致頗好，帶了風荷等人一起過去，直到吃了酒，入了夜方回來。

三夫人難得這般高興，一路上與太妃嘮叨著哲哥兒多麼漂亮可愛，將來一定聰明俊秀等等，惹得太妃一個勁兒看風荷的肚子。

王妃今兒已經能勉強起身了，只是還有幾分憔悴，太妃怕她身子弱，囑咐了她過完中秋後再忙府裡的事，如今保養身子要緊。離中秋也不過五、六日了。

王爺昨晚倒是回了正房歇著，與往常並無不同，略說了幾句府中家事後就上床歇息了，王妃終於把心放回了肚子裡。雖然王爺對她娘家連連施壓一事頗為不滿，但到底還在他允許的範圍內，只要下次不越過了線，王爺那邊想來是不會有動靜的。這一次出手，一定要想個萬無一失的計策，不能讓王爺疑心到自己身上。

掌燈時分，茂樹家的知王爺今兒出去應酬不在房裡，笑著進來，服侍王妃用飯。王妃飲食素來清淡，尤其最近病中，讓廚房停了每日的分例菜，只揀清淡爽口的做來。一樣綠油油的粳米粥，一碟子芸豆卷，一份燕窩秋梨鴨子熱鍋，兩小碟腰果芹心、油燜鮮蘑，還有桂花魚條。

茂樹家的一面布菜，一面低聲道：「娘娘，月容那邊有事回稟。」

王妃手上頓了一下，隨即繼續用飯，只是微微點了點頭。然後茂樹家的揮退了伺候的丫鬟，只傳了月容進來。

月容在王妃身邊服侍了三年多，王妃身邊姚黃、紫萱幾個大丫鬟年紀漸長，這一、兩年就要配人了，月容幾人中有四人將會被提拔上去，當一等大丫鬟。其中，王妃平時最喜攏月、待月兩人，月容相貌尋常，言語溫厚，只一手針線極好，被提為一等的可能性並不大。但她母親奉承茂樹家的很好，茂樹家的也願意提拔她，是以把這次的事情交給了她。

好在她看著溫厚，其實是個心下有主意的，知道落霞這樣美貌的丫鬟都不喜一樣有姿色的，反是她這樣平庸的能引得她推心置腹。果然，這幾日下來，就小有所成。

王妃也不看她，讓茂樹家的代自己問話。

月容穿了一身半舊的青緞小衫，眉目低垂，細細道：「落霞說她是外邊伺候的，從來不做四少夫人眼皮子底下的事情，對四少夫人房裡的事瞭解得不多。而且因她是董家杜姨娘送的人，四少夫人幾位姊姊都不大與她結交，等閒連話都不與她說，她實在不知裡邊的事情。」

「莫非妳只打探到了這些不成？」茂樹家的故意大聲問著，有三分氣惱的樣子。

月容沒有被嚇到，屈膝行了一禮，回道：「奴婢一開始也是焦急，後來奴婢尋思，怕她防備著奴婢，就故意放下話頭，與她說起董家的事情，她方漸漸與奴婢有說有笑起來。這幾日，奴婢旁敲側擊，倒是聽到了幾句不該聽的話，也不知是真是假？」說到這兒，她像是受了驚一般煞住口。

王妃終於抬頭看了她一眼，見她面色一絲不明顯的緊張，溫柔笑道：「妳只管說，不妨事的。」

如果月容從來沒有心計的話，得了主子的令去打聽事情，一般都會匆匆忙忙將事情一五一十回稟了，只她不是。她反而做出一副誠惶誠恐的樣子來，只因她明白，主子用你時不在乎你的一點點小錯，待到看不上的時候就是那一點點小錯要了你的命。她即將要說的是非議主子的話，說好了還罷了，說得不好，別說丟了這次機會，有沒有命留著都不一定呢。

看見王妃鼓勵，她咬了咬唇，極輕地回道：「落霞說，從前在董家，有一個謠言，說、說四少夫人不是董老爺的親生女兒，所以董老爺才會不待見四少夫人與董夫人，反是提拔了一個姨娘。」

她的這句話，讓王妃登時大驚，她從未想過有這樣的事情，更不意這種混淆血統的謠言，在董家居然連一個普通丫鬟都知道。她放下筷子，沈默了半刻，緩緩回想著。

世間之事，不可能是空穴來風，必有一些由頭。董老爺對董風荷冷淡，她是聽說過的，當時董風荷嫁過來還是因為他們老太太自己主動提出的，依理說，家中只有這麼個嫡出的，必然愛如珍寶，如何會自己人去作踐呢？除非就是裡邊真有一些貓膩。

可是，區區一個丫鬟之言，是不是可信呢？這樣的污點，如果屬實，至少老四媳婦是失去了當世子妃的資格；如果是假……

不論真假，都是一件極重要的事，一定要想法子打聽清楚了，再做定奪。

她凌厲地掃過月容，問道：「妳與落霞相識幾日，她難道就把這樣機密的事情告知妳了？」

月容似乎受驚，慌得跪下，忙道：「她也是一時間說漏了口風，後來轉圜不過來，才與奴婢說的。說此事董家上上下下都有傳聞，當年就是因為此事董夫人方交出了家中大權，而董老爺才開始不喜她們母女的，只是礙於董家的臉面，沒有將此事宣揚出去。」

「哦，她一個丫鬟，這般小的年紀，聽誰說的？」王妃猶有幾分不敢確定，故意問著。

月容聽出王妃的口氣中有隱隱的喜色，忙乖巧地道：「落霞從前是伺候他們家二小姐的，那位二小姐偶爾惱了，就會說出那樣的話來，她不止聽過一次、兩次了。」

不管王妃心中是如何的驚濤駭浪，得意至極，卻只淡淡說道：「好了，往後這種事，任是誰問都不許出自妳的口，落霞那邊，妳繼續與她保持著交往就好了。」

月容暗喜，垂頭退下。

茂樹家的做出剛聽到消息的樣子來，緊張地問道：「娘娘，這會不會是真的？」

「是真是假還有待商榷，但我看八九不離十了。妳想啊，我們先前在侯府時，當時皇上封賞曲家，記得人們還議論過曲家女兒，就是今日的董夫人，說她夫妻情深，出嫁幾年都沒有子女。妳算算老四媳婦的年紀，董夫人生她時都嫁過去近十年了，而她上邊只有一個長她一歲的哥哥。

「可是後來，董家的風聲外邊雖少，但咱們明眼人都能看得出來，董夫人在家中沒有一點地位，連女兒都被自己祖母送到了咱們府裡。若是董老爺親出的，只怕捨不得，而董家那般迫切將她嫁過來，保不定是暗裡有主意呢。」王妃先前就曾疑過，親生的女兒、孫女兒，董家居然捨得讓她去送死嫁給杭四，這太不合常理了些。如果這樣解釋，就能理解了。

茂樹家的自然連連稱是。「奴婢也以為事情估計是真的，娘娘要不要奴婢再去打探一下？」

王妃考慮了一下董家瞞過此事的用意，怕是家醜不想外揚，止住她道：「董家內院之事，妳出面不便，我會另外派人去打探。倘若此事為真，妳說咱們應該讓誰捅到太妃、王爺那裡呢？」

「咱們不應該邀功嗎？」茂樹家的疑惑，王妃查出這樣的事來，王爺應該高興才是，說不定當時就定了五少爺為世子呢。

王妃抬頭看了她一眼，輕笑道：「誰都可以去說，唯獨咱們不行。

「一來，王爺、太妃容易懷疑是咱們存心陷害，那樣於我們反而不好。第二嘛，這等醜事，只怕王爺、太妃的意思是悄悄瞞下，尋機暗中處置了老四媳婦，不能讓人抓到咱們府的把柄。可那樣，就失了我們的目的，咱們扳倒老四媳婦不過是藉此扳倒老四而已，被瞞下了對咱們行事沒有好處，而應該鬧得越大越好。

「我若不知輕重將事情當著眾人面喧譁出去，王爺、太妃心中只會對我不喜，覺得我不夠賢慧，行事不夠穩當。所以，此事只能由別人的嘴說出來，既不能是我們，也不能是小五他們，不然鬧得不好倒可能被扣上一個大帽子。」

茂樹家的一聽，也是嚇出了一身冷汗來，四少夫人的出身如果有問題，為了王府顏面著想，知道此事的人只怕都別想好過，尤其是奉命去查探的，太妃絕不會輕易放過她們，一定會拿她們出氣不可。到時候，她不就是最大的出氣筒了嗎？太妃不好拿王妃出氣，勢必要拿她頂罪。

茂樹家的忙問：「那由誰的口說出去比較好呢？而且要鬧大了，還要有一定可信度。」

外邊的人是不能隨意用的，用得不好容易被人抓住把柄，自己這邊的人也不行，脫不了干係。一定要尋個既能鬧事又能取信於人的……

王妃把府中內外的人都細細算了一遍，終於眼睛一亮，笑道：「瞧我，怎麼忘了個最好的人選。」

茂樹家的亦是靈機一動，笑道：「可是二夫人？」

「不正是她？她是董家老太太的娘家侄女，聽聞董家內幕情有可原，掩蓋了咱們故意查探的事情，而且她慣會鬧事。只是，要如何把口風透到了跟前去呢，而她是否願意藉此事打擊老四媳婦？」王妃滿面是笑，卻讓人有一股刺骨的寒意。

茂樹家的打了一個冷顫，笑嘻嘻讚道：「還是娘娘有主意。娘娘可還記得，去年底時為了炭火一事，二夫人心裡一直惱著四少夫人呢，加上上次白姨娘產子一事，簡直就是將四少夫人看成了眼中釘肉中刺，恨不得除之而後快。這幾日，四少夫人料理家事，駁過她身邊人的臉面，正要尋機挫挫四少夫人的銳氣呢，如果聽到一丁點風聲，勢必會大嚷出來。」

尤其是二夫人魯莽愚笨，做事前不會考慮得失因果，假如正在氣頭上，也不管有沒有人在，必會大聲嚷嚷出去。那時候，太妃、王爺即使想瞞都晚了。

老四媳婦一倒，老四或是休妻或是像賀氏一般，但他繼承王位的希望就更小了。

照往年慣例，八月十五這日是闔家團聚的好日子，但聖上那邊又會有賞月宴。後來既為了團圓，又能體現聖上恩德，定於八月十五家宴，十六權貴誥命們進宮賞十六的月亮。

府裡家宴俱是安排好了，王妃身子好了之後，又把府裡各處的安排都巡視了一遍，當著太妃的面很是誇讚了幾句。

轉眼間，已是八月十五下午，王妃陪太妃抹骨牌玩兒，風荷在廳裡將餘下一點事情料理妥當。

恰逢袁氏那邊有人來報說，白姨娘的兒子有些些不好，吃的奶都吐了，袁氏沒帶過孩子，慌張，忙讓人回到風荷這邊來，讓她幫著拿主意。

風荷一聽，也覺不好，今兒是大喜的日子，孩子可不能出一點點問題，當即命人傳太醫，然後讓沈烟代自己前去看看。

誰知太醫說的是孩子不知被人餵了些什麼不乾不淨的東西，吃壞了肚子，要好生服幾劑湯藥，靜養幾日。

袁氏聽得大急，孩子在她身邊，說是吃壞了肚子，這不就是她的責任了嗎？忙把伺候的下人都叫了上來，要一個個審問清楚。

二老爺與白姨娘得知孩子不好，很有些焦急，一齊趕到了袁氏院子裡探視。

風荷那邊已然得了消息，知道此事不小，忙把手上的事理順，匆匆帶人前去。

進了袁氏的院子，果然聽見大人小孩的雜亂喧譁聲，圍滿了一院子的人。風荷看了大覺不好，孩子吃壞了肚子本就算是一點小事，這一鬧也成了大事，回頭太妃那邊聽說有一場氣要生。她高聲喝命丫鬟們都安靜，退出了院子門外，才抬腳往裡邊走。

袁氏一個人愣愣地坐在椅子上，身邊有兩個丫鬟服侍著。一見風荷，眼淚立馬滾了下來，泣道：「四嫂，這真不關我的事啊，我一直把他當親生弟弟一般帶，如何會狠得下心對一個這麼小的孩子下手。」

風荷擺手止住她的話頭，問道：「二老爺與白姨娘都在裡間看視孩子嗎？」

「嗯，怕是一會子就要問到我頭上來了。」袁氏頗為害怕，她從未處理過這樣的煩難事，生怕二老爺一怒之下代兒子將她休了。

風荷輕輕拍了拍她的肩膀，微微笑道：「不是妳做的一定不會牽涉到妳身上，妳只管將情形與我細細說明了。」

袁氏彷彿是得了援兵，一五一十說道：「每日吃了午飯這個時辰，孩子都會睡上整整一個半時辰，今兒不論奶娘與我怎麼哄，孩子就是不睡，後來又是哭又是鬧的，連午時才吃下去的奶水都吐了出來。奶娘見了也有些害怕，說她沒遇過這樣的事，我一急，就命人去妳那裡通知了。

「方才太醫看完，竟然說孩子吃了不乾淨的東西。四嫂，妳想啊，孩子這麼小，除了奶水都不敢隨意給他吃別的東西，如何就會吃壞了肚子的？而且奶娘自己還是好好的啊。我就傳了所有伺候服侍的人上來，可是情急之下，什麼都問不出來。四嫂，妳說這可怎麼辦才好？」

相處了一段日子，袁氏對孩子還是有些感情的，尤其她可是將孩子看成了自己下半輩子的依靠。

風荷瞧袁氏的氣色，不像是裝的，尤其她雖然傻，但她凡事都會回家與袁大人商議，想來袁大人是絕不會同意用這麼愚蠢的招數來治一個小孩子的。如果這麼說的話，就是有人故意陷害她的可能性大一些了。

二房一個庶子，別人自然是沒心思費神的，也就二房幾個人裡頭了。白姨娘不會拿自己孩子開玩笑，而且這樣做了對她好處不大，而二夫人的嫌疑倒是不小。

自從把孩子放到袁氏這邊後，袁氏悉心撫育，孩子雖是早產，但已經胖了不少，二夫人本就看不順眼這個孩子，若是這樣，既陷害了袁氏又能把孩子弄到自己身邊，倒是個不錯的法子。而且這樣明顯的招數，估計只有二夫人使得出來。

風荷還來不及傳人上來審問，二老爺與白姨娘已經一前一後出來了，白姨娘哭得雙眼紅紅的，卻不忘給風荷行禮。

二老爺本是個粗魯的人，晚年得子忽然被吃壞了肚子，正是焦急的時候，也不理會風荷，直接問到袁氏鼻子上。「妳是怎麼看顧妳小叔的，到底給他吃了些什麼東西？」

袁氏委屈，只得辯道：「媳婦真的是很用心看顧小叔的，從來不敢給他亂吃東西，媳婦也不知道小叔如何吃壞了肚子。」

「妳別以為我不知道，妳們夫人前兒還提醒過我，讓我別把孩子放在妳這兒，說是妳一不小心為了家業謀害了孩子。我還不信，說妳賢慧呢，沒想到轉眼間妳就暗害了孩子，妳等著吧。」二老爺簡直氣急了，口不擇言起來，當即就把二夫人的話帶了出來。

風荷簡直就能確定是二夫人搗的鬼，不過是要將孩子弄到身邊，二老爺是長輩，有些話她不便說，就暗暗對白姨娘使眼色。

白姨娘也不是傻子，相信袁氏不會在自己房裡害了孩子，故意拉著二老爺的衣袖勸道：「老爺，少夫人待孩子那是沒得說的，這是咱們都看見的，咱們豈能隨意冤枉了她呢？伺候孩子的下人那麼多，保不準有一、兩個狠心毒辣的，不如先讓四少夫人審問完了她們，咱們再瞧是誰下的狠手？」

她的聲音柔弱而婉轉，聽得人說不出一個「不」字，二老爺的心早軟了。又見風荷來了，知道她現在理家，既然這邊鬧了這麼大動靜二夫人都不來問一聲，倒不如讓老四他媳婦問的好。

正房裡，二老爺坐在上首，白姨娘服侍左右。袁氏不敢坐，只是侍立在一旁，倒是風荷坐在了交椅上。伺候孩子的人陸陸續續傳了來，都戰戰兢兢跪在地上，誰不知既然四少夫人來了，那事情是必要查個清楚明白的，不然回頭太妃那邊問起來四少夫人不好交差。所以，她們雖緊張，但並不害怕，反正事情並非她們所為。

不等風荷開口，二老爺先坐不住了，跳起來喝罵道：「妳們這群賤婢，老爺我瞧妳們可憐容妳們在府裡服侍著，不料妳們居然這般蛇蠍心腸，暗中謀害我的孩子，今兒非把妳們都賣了不可。」

白姨娘抱歉地看了風荷一眼，拿帕子捂了嘴角抽抽噎噎。「老爺，您可不能被一群下人給氣壞了身子啊，不然我們娘兒倆靠誰去，還是讓四少夫人問清楚了再行處置吧。」

風荷亦是道：「二叔，姨娘說得對。無論是誰，膽敢陷害我們杭家的子嗣，別說二叔了，便是太妃娘娘也是不會放過他的。二叔您先吃點茶，順順氣，待侄媳婦問個明白您再定奪，如何？」

二老爺自知自己沒有那問案的天賦，也不敢攬事，順著臺階下。「侄媳婦言之有理，那侄媳婦快替我們問問吧。」

「孩子那裡有沒有可靠的人在伺候著，要不要遣個人去瞧瞧，怕是該吃藥了？」風荷笑吟吟問道，既是關心孩子，又是暗示白氏，若不出意外二夫人只怕馬上到了，白姨娘在此只會讓二夫人把一腔怒氣往她身上發。今兒二老爺本就氣性大了，再惹點什麼氣，回頭這中秋不過也罷。

白姨娘聞言，果然會過意來，忙與二老爺道：「這裡的事有老爺與四少夫人，定能還了哥兒所受的委屈，婢妾去幫著看看孩子吧。」

二老爺也不大放心下人們，連聲道是，讓她快去。

白姨娘下去還不到一小會兒，二夫人那邊就領了一堆人浩浩蕩蕩進來了，倒像是來拿人的架勢。

她劈頭就與二老爺道：「老爺，我原先就與您說過袁氏撫育哥兒居心叵測，您總不信，這回親眼見到了吧，快把哥兒給我帶回去吧。」她一語未完，就揮手要人進房抱了孩子來。

二夫人本是以為出了這事，以二老爺的急性子必定會把事情怪到袁氏身上，然後抱了孩子離開，她到時候只要勉勉強強把孩子養到自己名下就好。誰知那袁氏會把事情驚動了風荷，她怕風荷深查，趕過來阻止的，想讓事情來個不了了之。

不過，到了這分上，風荷是不會由二夫人自說自話的。這個孩子，是她與袁氏、白姨娘合作的最大籌碼，她如何肯把孩子放到二夫人眼皮子底下，那樣勢必會失了白姨娘的信任。

風荷起身扶了二夫人，按著她在二老爺身旁坐下，笑道：「二嬸娘來得正好，侄媳婦受二叔所託，正要把事情查個水落石出呢，二嬸娘來了，恰好給咱們做個見證。」

二夫人被她說得渾身雞皮疙瘩冒出來，忙道：「這事情擺明是她所為，還有什麼好查的，白耽誤工夫。」她一面說著，一面狠狠瞪向袁氏，彷彿害的是她的孩子一般。

「雖如此說，總要拿了證據才好。」風荷瞭解二老爺，怕了這個妻子一輩子，心裡是無時無刻不念著與她唱反調，一般二夫人堅持的二老爺心裡就會不爽。

的確，二老爺高聲道：「能耽誤妳多少工夫，快讓侄媳婦問問吧。」

風荷聽言，也不等二夫人再開口阻擾，直接問跪下的幾人道：「妳們幾個，都是貼身服侍哥兒的？」幾個人忙點頭應是。

她又問：「今兒一天，都有誰與哥兒待過，哥兒吃了什麼，一五一十給我想好了，別回頭忘了什麼，我可沒閒工夫與妳們胡扯。」

奶娘是袁氏尋來的，自然知道此事不查明白了，第一個要被處置的就是她，忙忙磕頭道：「回四少夫人的話，平兒都是奴婢領了她們幾個輪流服侍小少爺的，六少夫人每日早上、午時、晚間都會來看小少爺幾趟。小少爺一般會在寅時正、辰時正、午時正的時候吃一次奶水，奴婢今兒與往常一般餵了這麼三次，只是午時這次吃過後照平時小少爺都會歇午覺，可今兒不管奴婢與六少夫人怎般哄他，他就是一直哭。

「奴婢除了巳時一刻去漿洗房送衣物離開過一刻鐘外，一步都未離過小少爺身邊，奴婢可以保證，絕對沒有給小少爺吃其他任何東西。奴婢離開這段時間，都是四兒守在小少爺身邊的，四少夫人可以問四兒。」

奶娘的話說得很仔細，不太可能有漏洞，風荷點點頭，問道：「哪一個是四兒？」

地上跪著的一個梳著雙丫髻，穿了青緞背心，年貌只有八、九歲的小丫鬟輕聲應道：「奴婢是四兒。」估計是在府裡時日淺，很是害怕的樣子。

風荷不由放柔了聲音問道：「妳一般都在什麼時候服侍小少爺？」

四兒慌得抬頭看了風荷一眼，聲音又細又輕。「奶娘有事出去一下的時候，都會讓奴婢守在小少爺跟前，而且多半都是在小少爺睡著的時候。巳時一刻，確是奴婢服侍小少爺。」

風荷看地上還有一個比四兒略大一點的丫鬟，就道：「那妳是做什麼的？」

那丫鬟雖是做粗活的，說話倒很流利。「奴婢香餅，專門負責清洗小少爺的貼身衣物，因為小少爺身子嬌嫩，不敢把他的衣物送去漿洗房漿洗，都是奴婢親自漿洗的。」

二夫人坐在上首，沒聽出什麼眉目來，當即出聲阻止道：「老四媳婦，妳問這些能問出什麼來，一定是袁氏串通了她們幾個，一起謀害哥兒的。」

二老爺心急，有附和之意，不過風荷輕輕看了他一眼，淡淡道：「二叔二嬸娘莫急，這不是就要問出來了嗎？妳們幾個，有沒有見其他人進過哥兒的房間，與哥兒接觸過？」

奶娘細想了想，只是搖頭，她的確沒見人進過小少爺的房間，除了六少夫人和身邊一個丫鬟外。倒是四兒想了半日，小聲問道：「雙兒姊姊算不算外人？」

「誰是雙兒？」風荷被這小丫頭逗得想笑，掩住了唇。

小丫頭似乎沒想到風荷不認識雙兒，脫口道：「是二夫人身邊的姊姊啊。」她這下子回得極快，快得二夫人沒來得及阻止。

不過二夫人依然鎮定地回道：「是啊，每日這個時辰，雙兒都會奉我的命令來看哥兒的。」

袁氏對風荷點點頭，表示確實如此。

風荷越發笑著問四兒道：「那雙兒姊姊來看小少爺的時候，妳一直在房裡嗎？」

「老四媳婦，妳什麼意思，難道懷疑我身邊的人不成？」二夫人當即站了起來，面色不善，很是氣惱。

「怎麼會，侄媳婦不過依規矩每個接觸過哥兒的都問一下而已。」風荷淡然得很，堵得二夫人不好駁，隨即對四兒道：「四兒，妳當時沒有離開過房間嗎？」

四兒歪了頭笑，不解地道：「不是啊，雙兒姊姊來了之後嚷著口渴，奴婢就去給她倒了一碗茶，前後也不過一小會兒的時間。奴婢還記得，當時奴婢過來時小少爺已經醒了，雙兒姊姊抱著他哄他玩呢。」

二夫人的臉白了白，不過一個庶子，她又沒做什麼，她還真不怕能把她怎麼樣。

風荷聞言，對沈烟使了一個眼色，沈烟悄悄退了出去，風荷笑著道：「二叔、二嬸娘，是不是要把雙兒也叫來問一問，去去嫌疑？」

她這一說，二夫人倒不好攔著，快快地應道：「侄媳婦說得有理，去，把雙兒叫來，讓她只管實話實說。」二夫人對身邊的丫鬟努了努嘴，丫鬟告退。

裡邊白姨娘遣了人來說，小少爺吃了藥之後安靜了許多，已經睡著了。二老爺長吁一口氣，大是放心。袁氏也鬆了一口氣。

很快，那個叫雙兒的就被帶上來了，不過與她一同來的不只有二夫人派去的丫鬟，旁邊還跟著沈烟，二夫人派去的幾次對那雙兒欲言又止，最後無奈地看向了二夫人。

二夫人十分不解，可惜雙兒下一句話就讓她明白了——

雙兒哭著跪倒地上，訴道：「四少夫人，奴婢絕對不是有心加害小少爺的，奴婢一個下人，與小少爺無冤無仇，害他做甚？都是二夫人吩咐的，二夫人說得了個新鮮的羊奶，小孩吃了最有好處，讓奴婢餵給小少爺嚐嚐，奴婢當真，就餵小少爺吃了兩口。奴婢真的不知道小少爺吃了之後會不舒服啊。」

她哭得情真意切，但風荷已然看出來她有三分在裝，估計是被沈烟的話嚇著了，想把責任都推到二夫人身上。

其實沈烟找到她沒說什麼，只說二夫人把一切都推到了她身上，這種事，小少爺最後也沒什麼大事，不過找個下人當了替死鬼而已。雙兒一聽就急了，怕自己當了替死鬼，也不等沈烟催她，自己先跑了過來。路上遇到二夫人派去的丫鬟，沈烟幾句話一擠兌，那丫鬟一句話都沒機會說上。

二老爺一聽，登時大怒，指著二夫人罵道：「虧妳剛才還在說別人，原來又是妳，妳這個蛇蠍心腸的毒婦，明知孩子早產身子骨弱，妳竟然敢給他吃羊奶，他幾時吃過這些東西，一定是被吃壞了。」

自從納了白姨娘進府後，二老爺心和意順，脾氣都漲了不少，換了從前絕不敢這麼罵二夫人。

二夫人也火了，啪地一下立起了身，理直氣壯道：「人家都說羊奶最補，我也是一番好意，想讓孩子快快長大。」當然，那羊奶是在冰裡冰過的，加了一點糖。孩子出生至今只吃過人奶，從不曾吃過其他東西，羊奶又有一股騷味，要不是加了糖孩子吃著新鮮，只怕一口都嚥不下去。

換了旁的孩子不一定就吃壞了肚子，可這個孩子是早產，先天脾胃就比別的孩子弱，哪兒禁得住冰過的羊奶呢。一下子脾胃就壞了，過一會兒反應出來，吃什麼都吐。

二老爺本就拙舌，比起理論來自然不是二夫人的對手，何況幾十年深入骨髓的怵意，一下子被問得啞口無言。

風荷只是輕笑道：「羊奶確實是個好東西，二嬸娘很該與二老爺商議了，問過太醫，太醫說好，是該給哥兒補一補身子。」這話似是而非，其實是在諷刺二夫人偷偷摸摸，做事不光彩，背著人。

二老爺覺得有理，當即問道：「是呀，妳為什麼不跟我們說，讓人偷偷給孩子吃了。」

二夫人未及反駁，白姨娘就奔了出來，扶著二老爺胳膊泣道：「老爺，夫人也是一片好意，您萬不可為此與她生分了，那婢妾與小少爺的罪過就大了。」

二夫人難得覺得白姨娘說話挺中聽的，連連點頭。「正是，不過一個賤婢生的賤種，有什麼大不了的。」

她這不說還好，一說就徹底激怒了二老爺，說他的孩子是賤種，那他算什麼，賤人不成？二老爺平生第一次這麼生氣，想也不想「啪」地甩了二夫人一個耳光，聲音清脆至極，屋裡頓時寂靜下來。

二夫人不敢置信地摸著自己的面頰，都感覺不到臉上火辣辣的疼，她入杭家門二十多年，頭一次遭了二老爺打，從前二老爺都不敢駁她一句話。這樣巨大的落差讓二夫人受不了，不知是羞地還是愧地，她哇一聲就跑了，留下怔在原地的二老爺。
風荷見這戲差不多該收場了，略微囑咐了袁氏、白姨娘幾句，就帶人走了。
二夫人回了房，摔了一屋子東西，拿著貼身丫鬟出氣，又打又罵。「都是妳，出的什麼好主意，說這樣可以把那野種弄到身邊，妳看看，妳滿意了？」
丫鬟被她抓打得髮髻散亂，衣衫凌亂，既不敢辯駁又不敢反抗，只是一味的哭一味的躲。她也不過是聽人隨口提起羊奶補身子，見二夫人為小少爺發愁，就出了這麼個主意，哪兒想到會驚動到了那邊，不然他們這裡還不是二夫人說了算的。
二夫人打得累了，方停下歇息，口裡卻不停喝罵，什麼賤人、孽種等等，話中還帶上了風荷，怪她壞了自己的好事，生來就是與她作對的，恨不得這回兒就治死了風荷。
丫鬟也惱，若不是四少夫人橫插一腳，她哪兒來的這場無妄之災。
因為挨了二老爺的打，二夫人臉上下不了臺，沒臉見人，居然讓人去太妃那兒說自己身子不好，晚上不能參加家宴了。
太妃已經聽風荷細細回明了事情經過，對二夫人的行為厭惡不已，正不想看見她呢，聽她不來反而高興。

第九十九章　中秋大鬧

到了晚上，晚宴安排在園子裡。

園子北邊那帶假山下，靠東挨著湖有一座大樓，當年建的時候就備著開家宴的，地方很是闊朗。只要把樓四周的窗子都打開，一眼就能望到天邊掛的那輪滿月，若往水裡看，又是水中的月亮，清亮清亮的，煞是好看，交相輝映。

因為是團圓家宴，索性也不分男女，大家父母子女夫妻團團坐在一處，更顯喜氣。各樣案臺小几圍成了一個極大的圓圈，能容好幾十人一起坐。

面南自然是太妃的座位，左邊一溜下去是王爺夫妻、三爺攜了丹姊兒慎哥兒、杭四夫妻、杭五夫妻、杭瑩、杭天琪；右邊先是三夫人與大少夫人劉氏，接著才是二老爺及兒子袁氏、四老爺夫妻、五老爺夫妻、杭天瞻兄妹一共四人。看起來頗為和樂圓滿。

除了中間這桌外，兩邊還有一些小桌小几，是給側妃、姨娘們的，姨娘們有來的、有不來的，杭四房裡的雪姨娘沒來。

八月中旬的北邊夜間，已經微有了寒意，大家穿著夾衣，一面說笑吃酒一面賞月。天邊一輪秋月又圓又亮，滾著一圈橘紅的光，滿月的清輝灑在地上、湖裡、樹杈間，彷佛碎冰一樣折射著清冷的光，又如開了一朵朵梨花，素淡而幽靜。整個園子都籠罩在優美動聽的樂章下，華美卻不失雅致。

雖說是團圓宴，但人自然是缺了幾個，不過大家都有意無意忽視這一點，儘量逗太妃開心。

「這是什麼餡兒的月餅，吃著分外清甜爽口，倒不比往年的甜膩。」太妃吃了一小塊月餅，臉上露出笑容。

王妃聞言，忙道：「今年這些是老四媳婦吩咐廚房裡做的，究竟連我也不知呢。」她說著看向風荷。

風荷細細回道：「媳婦想著，祖母年紀大了，愛吃甜食，不過吃得多了難免發膩，心裡不受用。我便琢磨著，如何能做出既香甜可口又清爽的月餅來，那日正好廚房裡上了一道菜，是龍井蝦仁，吃著又香又脆，倒是被我借用了過來，讓人在揉麵的水裡加了一定比例的龍井茶水，又在餡裡加了一些，沒想到嚐著味道還不錯，就讓他們試著做了一些，請祖母、父王、母妃、叔叔、嬸娘們一起看看味兒好不好？」

太妃笑著點頭，與三夫人等人道：「我時常與你們說，老四媳婦怎生養出來的，一堆奇怪的念頭，偏偏她又愛侍弄些吃的，反讓咱們跟著飽了口福。」

三夫人別看平時溫婉得很，也頗能迎合太妃的心思，亦是笑道：「可不是，每常在母妃那邊遇見她，總有好東西孝敬母妃與我們，也是這孩子孝順，用了心意的。」

蔣氏最近與五少爺還沒有完全和好，兩人坐在一起彆彆扭扭的，誰也不看誰，誰也不肯主動說話，顯得有些清冷。五少爺為免尷尬，接過話頭道：「難怪四哥最近神清氣爽，原來都是四嫂的功勞。」

大家聽了都是笑，風荷略有些羞赧，低頭坐著不語。

杭四倒是大方，笑應：「可不是，你四嫂最好的還是性子溫婉柔順，凡百事情都會與我商議，不會自作主張。」他也是信口開河吹噓一、兩句，滿足滿足虛榮心。

可聽在蔣氏耳裡大是不同，彷彿是在諷刺她脾氣倔強一樣，當即冷了臉色，低聲道：「就她會做人。」

雖然她這話聽見的不多，可鄰近坐著的幾個都聽見了，五少爺不用說了，杭四夫妻、王爺王妃等都聽見了，好在太妃不曾注意到。

王爺往這邊看了一眼，沒有多說，王妃眼裡的警告意味就頗濃了，風荷兩人懶得與她計較，五少爺卻是越想越不滿了，只是礙著大家在場不好發作。

三少爺一人帶了兩個孩子坐著，不大說話，顯得有些形單影隻，連帶地慎哥兒都小心翼翼起來，反是丹姊兒轉頭與風荷說著話。

二夫人那裡，大家都去晚宴了，獨留她一人枯坐，原本七分的氣釀成了十二分，想到他們一起團聚，那心裡跟爬了螞蟻似的。

偏她身邊之前那個被她打了的丫鬟，不知從何處聽來了幾句閒話，與沖沖跑來與她嘀嘀咕咕一場。

二夫人大驚，或者說是大喜，抓了小丫鬟手腕道：「妳說的可真，別是胡亂聽來的吧？這種事可不能胡說。」

丫鬟要報下午之仇，忙指天發誓道：「這樣的事情，殺了奴婢奴婢也不敢胡說啊。夫人，千真萬確啊，他們說這個事在董家無人不知呢，隨便尋個看門的小廝都是知道的，只是瞞著咱們這裡而已。夫人細想啊，董家老太太是您姑媽，四少夫人如果是她親孫女，她如何這般厭惡，幾次在您面前露出口風來，還讓夫人您好好修理她。」

「可是，要這麼說，她為何不趕走或者弄死那個小賤人算了呢，還容她活到現在，出來禍害人。換了我，早把她治死了。」二夫人惡狠狠說道，她是知道自己姑媽十分討厭董風荷的，但從來沒想過董風荷不是董家子孫。看來她姑媽也是老了，手段不信，留個野種在董家養了十來年。

「我的夫人啊，您沒見四少夫人那手段厲著呢，怕是董老太太沒少吃她的虧，又礙於顏面不好直接說出來，就把她弄到了咱們家讓咱們家收拾了她。奴婢以為，此事八九不離十，誰家親生父親不疼女兒？據說董老爺是一步都不會踏足董夫人的院子的，還不是心裡膈應。

「四少夫人不過是仗著太妃娘娘疼愛，就在府裡胡作非為，連夫人的面子都不給，要出了這樣的事，看她還有什麼臉面當王府的媳婦，只怕太妃頭一個容不下她。她一走，府裡還有誰會跟夫人過不去，當初那白姨娘也沒法子進門了。」丫鬟想想那人的話覺得很是有理，如今又有落霞作證，不怕四少夫人不倒臺。

二夫人恨著風荷不是一日兩日了，可惜不得機會，眼下天上掉了個這麼大的餡餅下來，哪兒能錯過了。越想越該早點捅破了那醜事為好，趁著一家子人都在，看她還有什麼臉面待下去。

她忙起身道：「還等什麼，咱們這就去告訴太妃娘娘去，看她還怎麼風光。對了，都誰告訴妳的？」

二夫人從來不是個心裡有成算的人，也不想想她在這個時候去嚷嚷這種事，不管是真是假太妃都厭惡定了她。而且她手上又沒什麼有力的證據，還沒與董老太太通過氣，不是自己找死嗎？可她滿心滿眼都是惱恨風荷壞了她的事，只欲除之而後快。

丫鬟扶著二夫人，一邊往外走，一邊笑道：「奴婢剛才偷偷聽見四少夫人院裡的落霞與月容說話，兩人說的就是這個。那落霞是四少夫人從娘家帶來的，她的話太妃、王爺、王妃還能不信？到時候看四少夫人如何辯駁。」

二夫人想想，已經迫不及待了，等不及叫了騾車來，直接一路小跑著往園子去。有董家人的話，而且董老太太是她姑媽，請她說句實話不是什麼難事，而且董老太太不是一心一意要治死了董風荷嘛，自己這也是幫她的忙。

一路上，前後幾個丫鬟，點了燈籠，扶著二夫人，沿著黑壓壓的甬道急走。

彼時，園子裡，大家正在賞月吃酒。

茂樹家的遙遙望見遠處漸行漸近的一串燈光，暗暗對王妃點了點頭，王妃滿意。董家其他人為了家族臉面考慮，可能瞞下此事，可是董家不是有個杜姨娘嗎，像她這樣下賤的姨娘妾室，一心指望著扳倒正室夫人，一定會好好配合的。

不管最終有沒有實際的證據，只要將這個疑問種到太妃、王爺心頭，他們絕對不會再考慮董風荷為世子妃了，畢竟杭家的血統不容混淆，豈能被低賤的人所毀了。

王爺正領了頭給太妃敬酒，太妃酒杯未沾唇，就聽到樓梯口傳來踢踢踏踏的腳步聲，不由放下了杯子。丫鬟下人上來不敢發出這麼大的聲響，這又是誰，定睛一看，原來是二夫人，越發沒好氣起來。先前推病不來，這會子又想幹什麼，分明是來破壞氣氛的。

大家都只是一愣，隨後王妃先反應過來，忙道：「二弟妹來了，快坐，還不快加一個座位。」丫鬟們忙忙下去添位子。

誰知二夫人高聲說道：「不用了，太妃娘娘，媳婦過來是有要緊事要說的，站一站無妨。」她說著，看向風荷的眼裡閃過寒光。

風荷心中詫異，看了杭天曜一眼，杭天曜的手握成了拳，隱隱料到會是什麼事。不是他有心瞞著風荷，而是一來最近風荷太忙，他不想教她再操心了；二者嘛，此事關係到董夫人的清譽，為人子女者輕易提不得，他不想冒犯了風荷與她母親。說得不好，反而讓風荷懷疑他有其他意思，只要風荷不主動與他說，他是打定主意不多言的。

不過，既然有人要把此事捅出來，他們也只能全神應對了。

杭天曜明白，如果風荷願意，她是一定可以查出真相的。但事實上，她應該是故意繞過了這一點，這只能說明是為了董夫人。這樣的事情，查到最後，無論誰是誰非，董夫人必然是最受傷的那個，而董家的面子裡子也全丟光了。所以，當年董家選擇壓下此事，也是情有可原的，否則就是兩敗俱傷的事情。

現在再一次捅破窗戶紙，董夫人無疑會回憶起那段最痛苦難過的歲月，她也許會再一次對生活失去信心。即便到最後大家明白她是被冤枉的，她的名節也早毀了，女人的名節往往不是看是否清白，而必須要沒有一星半點的傳聞出來，那樣才叫貞靜。只要董夫人曾經有過類似的傳聞，人們總是喜歡嚼舌根的，漸漸地沒有的事也傳成了有。

照他的猜想，風荷假如掌握了有力的證據，最好的選擇是私底下與董老爺攤牌，洗刷董夫人的冤屈，而不會鬧到滿城風雨。

不然，董家也會面臨巨大的挑戰，頭一個難堪的不是旁人，而恰恰是董老爺。當年，被人蒙蔽是他第一錯，寵妾滅妻是第二罪，治家無方再壓下來，他的官路也就走到底了。一個連家都治不好的人，憑什麼當官？

要不是為了這一點，為何這麼多世家，家裡出了事都會選擇暗中解決呢，打碎牙齒往肚裡吞，就是為了保住一家之主的名譽地位，保住整個家族的臉面。像董家這樣的事，御史一彈劾，皇上有心包庇都只能放棄。

倘若此事再與杜姨娘有關，那董華辰的青雲路將會就此斷送，而董家也會從此倒臺，證明了董夫人的清白，風荷也會從此失去娘家。杭天曜輕輕握了握風荷的手，淺笑著低聲道：「有我在，別怕。」他隨即趁人不注意溜了下去。

太妃一想便知二夫人此時要說的話肯定不是什麼好話，直覺地欲要阻止她，可惜王妃快了一步，她笑著拉住二夫人道：「二弟妹有什麼話咱們一家子坐下了再說，反正都不是外人。」

二夫人好似受到了鼓勵一般，嘲笑地看了風荷一眼，對著太妃說話陰陽怪氣的。「太妃娘娘，您知不知道，您一直最是喜歡最是疼寵的四少夫人是什麼人？」

「咯噔」一下，風荷的心抽緊了，她一手扶住椅子，強自鎮定下來，深深地吸氣，該來的總是會來，可憐母親卻要再經歷一次那樣的慘痛。

年幼如她，始終記得當時董夫人有多傷心絕望，甚至產生了輕生的念頭，要不是她一步不離董夫人的身邊，或許那時候她就會成為孤女。

這件事翻出來，好比扒光了董夫人的衣服，讓她赤裸裸的展示在眾人面前，供人嘲笑侮辱。她絕不容許。

二夫人的話聽得大家都是滿肚子疑惑，不解地望向她，等待著她的解釋。

二夫人根本不需要別人來問她，很快一個人起勁地說了起來。「太妃娘娘，老四媳婦她根本不是董家嫡出的大小姐，她是野種。董家所有人都知道，她不是董老爺的親生女兒，她與董家一點關係都沒有。」

她的話彷彿在湖裡投下了巨石，讓原本安靜的湖面，瞬間被攪得翻騰起來。眾人全震驚愕然地盯著風荷看，有人發出了壓抑的驚呼聲。

風荷穩穩站著，直視著眾人的目光，一步都不退縮。

滿堂譁然，此起彼伏的窸窸窣窣聲、低呼聲、酒杯摔到地上的破碎聲、椅子被踢翻的聲音，匯流成一道瘋狂的河流，一下一下撞擊著風荷。而她，面色不改，容顏依舊。

太妃娘娘經過多少驚濤駭浪，可是今天的這一切來得太突然，她在短暫的錯愕後反應過來，啪地一聲拍在桌子上，壓過了別的所有聲音。她一雙原本即將渾濁的利眼掃視了一圈，冷冷說道：「都給我安靜下來，全部退下。」退下的自然是下人僕婦們。

不過轉瞬間，太妃已然想明白她不能強制壓下此事，因為二夫人不會允許，而且她一旦壓下，他日查出真相證明風荷的清白出身，人們也只會以為是為了維護杭家的臉面編造的謊言。只有立時證明二夫人所言為假，方能打消他人的疑慮，此事也不會被人當作攻擊老四夫妻的藉口。

太妃心下，當然也是有懷疑的，但此刻比風荷身世更重要的是杭家的體統。二夫人錯就錯在即使真有那樣的事，也只能悄悄跟太妃說，讓太妃想法子料理了，而不是捅到眾人眼前去，以整個杭家為賭注鬥倒風荷。這一點，太妃絕不允許，二夫人已經注定了淒慘的結果。再者，太妃發現了杭天曜的不在場，她相信孫子一定有辦法維護風荷的清白。

除了僕婦們，三夫人與劉氏、側妃姨娘們攜帶了幾個孩子一齊退下，剩下杭家能當家的爺們和主母。王妃顯得很是拘謹，立在王爺身後垂著頭很低調，畢竟出頭的椽子先爛啊。

三爺、五爺滿是詫異地看著風荷，隨即回了頭，覺得這樣太不禮貌。

四夫人臉上露出興奮的表情，這種事情，不需要很多證據，只要那麼一點，一點疑惑就夠了，保準壓得風荷翻不了身。她發現二夫人有時候也是有可取之處的，至少她夠勇敢，換了別人誰都不會冒這個險。

「沈氏，妳莫非瘋了，信口開河胡言亂語，我看妳是當膩了妳的二夫人。」太妃不想像上一次那樣，讓風荷一開始就對自己失望。

二夫人是箭在弦上不得不發，也不怕太妃的威脅，繼續嚷嚷道：「太妃娘娘，您不能太偏心了，老四他媳婦出身不正，簡直是對我們王府極大的侮辱，咱們府裡難道能容得下這樣的齷齪事，傳出去外面人都怎生看我們府上。」她義正詞嚴起來，渾然王府當家人的樣子。

王爺射過來的嚴肅視線驚醒了風荷，她發現自己太鎮定了，那樣太容易引人懷疑，她當即歪了身子，倒在撲過來的沈烟身上，驚愣地看著二夫人呢喃道：「二嬸娘，您在說什麼啊，為什麼我聽不懂？」她迷茫的表情一下子博得了王爺的信任。

王爺心下十分惱怒，礙於二夫人是二老爺的妻室，方沒有大聲喝斥，只是沈聲道：「二弟妹，話不可以亂說，妳可要想好了後果。」他明顯動了殺心，如果不是二夫人，而是普通姨娘丫鬟，剩下的就是一具屍體了。

二夫人被他冰冷的眼神看得愣了愣，身子抖了抖，很快強硬地說道：「王爺，我是不是胡說的，您叫了人來問一下不就明白了。」

「二嬸娘，我對您一向恭敬孝順，您為何這般血口噴人陷害於我。雖然今日您讓人餵白姨娘的孩子吃了羊奶，害得孩子不舒服的事情被我查了出來，可您也不能因此就想出這樣惡毒的計謀陷害我啊。您侮辱我可以，卻不該辱我母親，侮辱我們董家，我們老太太還是您的親姑媽呢。」風荷痛心地說著，眼淚唰地滾落下來。

大家聽了她的話，也有些懷疑二夫人是無中生有，中傷風荷，只是這個時候，除了太妃、王爺，還有誰敢開口，聽了這樣的秘聞都是罪過啊，好在以他們的身分，不會被太妃、王爺滅口。

二夫人被她說得一窒，她確實是因為下午之事想要報復風荷，可她自認為自己說的都是千真萬確的事實，忙道：「是我胡說還是事實果然如此，是要看證據證人的。」

太妃正想知道她所謂的事實是什麼呢，不由問道：「妳有什麼證據證人，都拿出來，別弄到最後自己丟人現眼。」

二夫人覺得太妃肯聽下去，事情就有了很大進展，暗暗高興。「老四媳婦身邊有個丫鬟，叫落霞，是她親口說的，還說董家無人不曉呢。」

「一個下賤的丫鬟，她的言語豈能當真？」王爺認為二夫人就是在無理取鬧。

「話不能這麼說，王爺好歹該傳了她來問個仔細，小心些總不會有錯。」二夫人前所未有的志得意滿，彷彿看見了回頭大家都用鄙視的目光看著風荷。

太妃心知事情發展到這個地步，絕難善了，對王爺點頭道：「傳了人來吧，我倒要看看誰敢往老四媳婦身上潑髒水。」她一面說著，一面親自上前拉了風荷一把，安慰道：「孩子，妳別怕，有祖母給妳擋著，我就不信誰敢當著我的面混淆黑白。」

如果這個時候太妃表現出對風荷一丁點的懷疑，是在自打杭家的耳光，事實根本不重要，重要的是維護風荷的名譽，因為她是杭家的媳婦，她的名譽就是整個杭家的名譽。

而二夫人依然想不透這一點，但王妃卻是隱約感到了不好，她忘了太妃與王爺當著眾人的面是會千方百計護住風荷的，寧願事後暗地裡了結了她，她唯有把希望寄託在董家姨娘的身上。

落霞很快被帶了上來，似乎還精心打扮過。

太妃、王爺一見這麼個妖嬈的丫鬟，就有幾分不喜，越發不信她的話。

二夫人忙催促落霞道：「妳說，四少夫人是不是你們董老爺的親生女兒？」

落霞很想咬掉自己的舌頭，要不是她嫉恨少夫人不抬她為姨娘，她就不會氣憤之下一股腦兒說了出來，現在自己反倒被人利用來對付四少夫人了。雖然她想看到四少夫人出事，可絕不是以這樣的情形，這一來他們董家的丫鬟也不會好過，不一定保得住性命。

她左思右想了半晌，終於搖頭道：「奴婢不明白二夫人在說什麼？」不到最後關頭，她是不會鬆口的。

二夫人一聽就火了，叫了自己丫鬟出來對質，後來又扯出了月容，總之證明落霞確實說過此話。

落霞被逼不過，只好招認。「奴婢確實說了這樣的話，但並非奴婢一人這麼說，董家內院的丫鬟都聽過此事。」她後悔得恨不得撞死算了，一時口快葬送了自己一條小命，何苦呢。

二夫人簡直拿到了天大的把柄一般，神采奕奕地問著太妃。「太妃娘娘，您都聽見了，這個丫鬟已經招認了，還說董家人人都知曉呢，只瞞著咱們王府娶了她一個野種進門。」

沈烟得到風荷遞過來的眼神，亦是跪下說道：「奴婢沈烟，打小伺候少夫人，從不曾聽過這樣的言語。這個落霞她之前意圖勾引四少爺，後來四少爺不理會她，她就以為是四少夫人阻撓，為了報復我們四少夫人才胡說八道的。」

「她的話不能信，她護著她們主子，欺瞞哄騙娘娘與王爺你們呢。我看不如直接叫了董老爺、董老太太來對質，不是一下子就能真相大白了嗎？」二夫人不知哪兒來的自信，董家的人會配合她徹底毀了整個董家。

風荷瞥見樓梯口杭天曜的挺拔身影，長吁一口氣，哭了起來。「祖母，求您請了我父母過來吧。我們董家雖不是什麼有頭有臉的人家，但也不能容人這樣隨意侮辱。從我們高祖父起，就為國盡忠，為君分憂，我父親我哥哥好不容易掙出這麼個前程，豈能因為我而毀了。今兒若不把事情說個清楚，二嬸娘不會善罷甘休，我也不會同意。往後，誰都敢拿這種無中生有的事情來中傷孫媳毀壞咱們兩府的聲譽，孫媳還有什麼臉面做人？祖母……」

她哭得傷心，倒在了太妃娘娘懷裡。

杭天曜忙上前攙住了她，扶著她站穩，一面拍著她的背一面說道：「自妳來了咱們家，不知有多少人冤枉妳，事後都查明與妳無關。妳放心，雖然二嬸娘是長輩，但她辱及我妻子岳父岳母，我是不會輕易罷手的，不然我日後還有何面目見妳與岳父岳母大人呢。」

他難得這麼鄭重其事，說得連王爺也有幾分動容，想起確實是如此，老四他媳婦不是頭一次被人陷害了。當然，他也明白兒子這是在要他一句保證，保證事後不會輕饒了肇事者。

王爺瞟了二老爺一眼，見他似乎毫不在意的樣子，只是饒有興趣的聽著，心中有了底，大聲應道：「老四媳婦，妳如果受了委屈，父王一定為妳討回公道。」

二夫人聽了這話，有那麼一點點害怕，但想起自己站在道理一邊，倒也不慌，催促起來。「王爺，時辰不早了，快請了董老爺一家過來吧。」

戌時一刻，論起來大家都在賞月吃月餅，這麼晚了前去打攪實在不好，可眼下卻是不得不去了。

王爺得到太妃的首肯，當即點了幾個親隨前去董家傳話。

今晚的月亮是賞不成了，太妃索性命人全部撤了下去，帶了眾人浩浩蕩蕩回正院去，免得一會兒董家人來了還得跑到園子裡去，太過麻煩。

五夫人不是很想看戲，可惜不好率先告辭，只得乾坐著，暗暗給五老爺使眼色。五老爺在節前兩日趕回來的，五夫人還沒來得及將她與風荷之間的事告知，怕五老爺不慎說出什麼得罪風荷的話來。她這擔心卻是多餘了，五老爺這樣生意場上的人精，當然明白什麼話能說什麼話不能說，什麼時候適合當啞巴。

大家依照長幼坐了下來，屋子裡安靜得很，只有偶爾二夫人一個人在那兒得意的嘲笑兩句，或者抱怨一句董家來的人好慢。

風荷漸漸止了哭泣，與杭天曜進行著眼神交流。

直到亥時初，才聽到丫鬟匆匆跑進來回稟。「董老爺、董夫人、董老太太、董大少爺、杜姨娘來了。」

二夫人一下子像是打了雞血一般興奮起來，遙遙望著院門處看。

走在最前面的是董老太太，由董華辰攙扶著，而董老爺居然是扶著董夫人進來的，杜姨娘伺候在最後。

第一百章　身世之謎

幾十支燭火將大堂裡照得白晝般明亮，金色的磚面偶爾折射出刺眼的光線，逼得人不敢去看地面。

不論是為了什麼請董家眾人來訪，杭家的禮數不能失，太妃王爺帶頭迎上去。風荷趕緊拭淨了臉上的淚痕，三步併作兩步奔到董夫人跟前，跪下喚道：「母親。」

大家知她心中委屈，見了親人一時失態是難免的，倒也不太注意。

董夫人眼裡閃過淚光，忙偏了頭掩去，強笑著扶住風荷。「瞧妳，都當媳婦的人了，做事如何還這般毛躁，讓親家們看笑話。」

風荷順勢起身，暗暗握了握董夫人的手，攙扶著她另一邊，對著董老爺喚了一聲。「父親。」

時隔多少年，董老爺再次聽到這聲父親，心裡忽然間湧上無數的酸楚甜蜜，記憶如潮水般湧上他心頭。他甚至隱隱期待，認了這個女兒吧，不管她是不是自己親生的，只要認了她或許一家人又能如從前一般美滿幸福。這些年來，他時時會怨恨那些讓他看到事實看到真相的人，他相信是他們破壞了自己的生活，讓自己有家不能回，有妻若無妻，有女不能見。

他鬼使神差地放開了董夫人，走到風荷身邊拍了拍她的肩膀，安慰道：「孩子，父親不會讓人欺負妳的。」其實，他是想摸摸她的秀髮，但他終是不敢。

風荷笑著點點頭，扶著董夫人上前給太妃見禮，方才董老太太已經與太妃王爺王妃見過禮了。

杭家眾人都免不了將目光盯在董夫人身上。董夫人今兒穿著橘紅色大花的半臂褙子，下著墨綠色的馬面裙，一身打扮既鮮亮又不失端莊，尤其她面容柔婉和順，因著不常出來的原因皮膚白皙透亮，讓人看著就覺舒服，難以想像她會和那樣的齷齪事聯繫起來。這些人，幾乎有一多半都不曾見過董夫人，便是見過也是多年前的往事了，暗暗驚異董夫人原來是這樣的貞靜溫厚。

太妃身邊的周嬤嬤得太妃之意，忙上前扶住她，不准她拜下去。太妃早已笑道：「一家子親戚，若見這些虛禮，豈不生分了。夫人身子不好，萬不要拘禮了，咱們坐下說話。」

大家聞言，都依賓主長幼坐了，誰知二夫人不坐，笑著搶到董老太太身邊，親親熱熱喚道：「姑媽，您可算來了，今兒我要為您好好出口氣呢。」二夫人還以為董老太太長年受風荷的氣，怕了呢。

就在眾人都暗怪二夫人搶在太妃之前開口不懂規矩的時候，就不可思議地聽到清脆的巴掌聲，隨即恍惚看見二夫人摔在地上，捂住右頰。

二夫人今兒兩次挨打，被打得又懵又氣，而且這次還是自己姑媽打的，連個招呼都不打就先打人，她實在嚥不下這口氣。

二夫人索性坐在地上撒起潑來，口裡哭嚷道：「姑媽，我是您的親侄女兒啊，您怎麼隨隨便便就動手打人，好歹說出個讓人信服的理由來啊！我在這裡被人作踐，你們娘家人不幫著出頭也就算了，如何當著眾人面就作踐自己親侄女兒呢，我非評評這個理不可了！」

她一會兒哭，一會兒拍著地，倒把自己弄得形容俱毀，一副潑婦的樣子。二老爺真是看不下去，竟不去管她，由她一個人在那兒演戲。

太妃氣得咬牙切齒，深恨二夫人今兒丟了杭家的臉面，好在在場的除了杭家人就是董家人，應該不會把這種醜事傳揚出去。不然教人知道堂堂杭家的二夫人是這副形狀，她還要臉面做甚，都拿去給人當笑話看吧。

太妃冷冷地一揮手，伺候在門口的幾個丫鬟會意，忙進來半是攙扶半是壓制地弄了二夫人起來，按著她到座上坐下。

二夫人覺得剛才勉強算是下了臺，繼續問道：「姑媽，您倒是說句話啊，您憑什麼見面就打我，論起來，這些年，我也沒少孝敬您。」

大家再次將目光停留在董老太太身上，看見董老太太氣得胸口起伏不定，大口大口喘氣，董華辰餵了一杯茶她吃下，方才好些。

絳紫色衣裳襯著董老太太的凜冽面容，越發顯得嚴肅而深沈。她欠身與太妃致歉。「娘娘，我聽聞貴府小廝的話，真是氣得渾身顫抖。我們沈家怎麼就生出這樣糊塗透頂的女兒來，剛才一時氣惱，還望娘娘見諒。」

太妃心下覺得這董老太太是個挺有趣的人，有心看看她要怎生唱一場戲，含笑說道：「老太太教訓自己娘家侄女兒，也說得過去。」太妃這話說得幾人的嘴角抽了抽，到底是太妃，什麼話都敢說。換了旁人，早就問到面上去了——我們杭家的人憑什麼要妳一個董家的人來教訓，莫非是不把我們杭家放在眼裡？

二夫人聽得差點吐血，又哭道：「太妃娘娘，我好歹是您的媳婦，您怎麼偏幫著外人欺負媳婦呢。」

「我是幫理不幫親，何況老太太是妳親姑媽，難道還能害了妳不成？」太妃冷冷掃她一眼，不屑至極。蠢材，做事前從不想想前因後果，一味莽撞，回頭董家這裡能不能安撫過去還是兩說呢！太妃心下已經認定董家會絕妙配合演完這場戲的。

果然，董老太太指著二夫人，痛心疾首地問道：「大姊兒，妳說說，我從小待妳如何，與親女兒都不差。可妳看看，妳幹的什麼事？這可是我親兒子媳婦、我親孫女，妳便是不念著我的情分，難道也不看妳父親面上，就這般作踐她們。我倒要問問，我們董家幾時對妳不起了嗎？

「念著妳是女孩兒，大家打小嬌養著妳，誰知慣得妳成了這副樣子。什麼話能說什麼話不能說難道都不懂，一味橫衝直撞，妳看看妳都多大年紀的人了，孫子都要抱上了，做出這等事來妳不怕惹人笑話，我還替妳羞愧呢。我孫女兒是我看著長大的，最是個孝順的好孩子，若對妳有一星半點不敬的地方，妳念著我的面上不要與她多計較，可是妳呢，居然領著人來作踐她。

「妳眼裡可還有我這個姑媽？妳不能以為自己當了王府的夫人就忘本啊。」她說著，居然眼淚都下來了，然後故意不好意思地擦了去，衝太妃強笑道：「再怎麼說，她都是我親侄女，沒有見死不救的理兒，何況又是團圓佳節的，娘娘別與她太計較。她幼時就這般，高興起來愛說胡話，晚上睡上一覺明早起來全忘了。」

不只太妃，杭家眾人都聽得咋舌不已。這口才，原來董家的人，不只風荷口齒伶俐啊，一個個都不差。這老太太，別看這年紀大了以為她昏聵，簡直死人都被她說活了，先是敘舊情，再是捧孫女兒，然後又幫著求情，最後歸結為二夫人從小腦子有一點點小問題。唱唸做打無一不全，她若去說書唱戲的，別人都不用活了。

王妃坐在椅子上坐得筆挺，她對事情的發展完全出乎意料，這董老太太也是一把好手啊，難怪能把老四媳婦嫁過來。

再瞧瞧二夫人，嚇傻了一般呆愣著，她從前可不知她這姑媽口才這麼好。她發了半日呆，好不容易反應過來，慌得說道：「姑媽，您瘋了不成，你們董家誰不知道老四他媳婦不是您的孫女兒，您不是一向最是厭惡她的嗎？」

她話音一落，風荷已經走到董老太太身邊，眼裡含著淚，屈膝哭道：「祖母，我也不知幾時得罪了二嬸娘，她居然氣成這樣。祖母是看著二嬸娘長大的，明白她的性子，怕是有人在她跟前煽風點火呢，您別與她計較，倘若您被她氣出個好歹來，孫女兒就是最大的罪人了。」

風荷雖然心裡噁心不已，可是這戲不能不演啊，而且得拿出點真本事來給杭家人瞧瞧。她與董老太太朝夕相處了十多年，沒少鬥，兩人要想搭戲那是順手拈來的，教人看不出一絲破綻。

這不，董老太太攬了風荷在懷裡哭。「孫女兒啊，都是我不好，妳二嬸娘小時候調皮，她父親管教她，我見她一個女孩兒哪禁得住，每次都是忙忙趕去勸阻。沒想到，反而釀成了她今天的壞脾氣，委屈了妳。」老太太哭天兒抹淚的，彷彿風荷是她最最疼愛的孫女兒一般。

這祖孫兩個一起哭了起來，看得大家好不傷心。董華辰一面從老太太懷裡拉起風荷，一面勸道：「老太太，您再哭大家都得跟著落淚了。妹妹本是傷心，咱們萬不可招了她的傷心上來，難得一家人能在今兒見個面，也是好事。」

風荷感念董華辰將她從董老太太懷裡解救出來，對他含笑點頭。

杭天曜覺得，自己簡直就是小看了董家老太太，他還那麼緊張派人去跟他們對好口供，誰知人家比他還厲害，將這戲演得十足十的逼真，連他都看得入迷了。到底是跟風荷鬥了多少年的，這水平不漲都不行啊，否則怕是早被氣死了。

二夫人這會兒是被逼上了絕路，她不想辦法挽回都不行，恰好瞥見坐在一邊的董老爺與董夫人，想著老太太糊塗，董老爺一個大男人還能嚥得下這個虧不成，那可是華麗麗的綠帽子啊。她想罷，有了信心，高聲與董老爺道：「表弟，姑媽她年紀大了糊塗了，老四他媳婦是不是你的女兒你是最清楚的，難不成你就這樣算了？」

董老爺一想到讓自己痛苦了十來年的往事被二夫人翻出來，就覺得這個表姊恐怖噁心至極，強壓了心中的怒氣，冷冷對二夫人說道：「表姊，我念妳是長，不想與妳計較，可是妳不該這樣步步緊逼。我與清芷那是自小就訂了姻緣的，這點妳是知道的，妳拿我女兒妻子說事，隨便哪個人都不能忍受，何況妳這樣做分明就是要把我們一家置於死地。

「清芷性情和順，處事賢慧，妳這樣侮辱她，我也只能不念親戚情分了。我望妳不要再信口開河，不然別怪我下手無情。」即使不為別的，董老爺也不可能看著別人作踐董夫人，那可是他的結髮妻子，便是董老太太對董夫人也不敢太過分。不論他們之間有過什麼，都是他們自己的恩怨情仇，他不會允許別人拿來當作傷害她的武器。

二夫人簡直被氣得發暈，她覺得董家都是一群瘋子。

董夫人一直安靜地坐著，低垂著頭不太言語，這時候倒是開口了。「表姊，我與妳往來雖不多，但從未有得罪妳之處，妳這般說不是要我的性命嗎？我身子弱，又只生了這麼個女兒，看得比眼珠子還重，妳有什麼儘管衝著我來就好，為何不肯放過風荷呢？」

聞言，風荷眼圈都紅了，忙走到董夫人身邊，扶著她肩膀，輕聲說道：「娘，女兒沒事。」

她能感覺到董夫人的身子在輕微的顫抖，雖然董夫人裝得若無其事的樣子，但是她清楚，她心裡一定是痛不欲生的，卻強忍著平靜的講話。這需要多少勇氣啊，原來她的母親也變堅強了，這都是為了她這個女兒。

風荷暗暗發誓，為了還母親一個清白，她也一定要將事情查出來，讓那些害了母親的都得到應有的懲罰。

這場戲，讓王妃看得眼睛都充血了，她實在沒料到事情會失敗至此。她當時想著，董家那邊貿然得了消息，應該是驚慌失措的，行動說話間難免露出破綻，這樣就好辦了。可是再看看，董家的人似乎是事先預知排練過一般，做得讓人挑不出一點刺來，難道消息有誤？

不可能啊，自己派了幾撥人去打探，都得出一樣的結論。當年，就因為董風荷不是董老爺親生的，董夫人才會一下子垮了，在這之前董老爺待她簡直好得沒話說。這些年來，董老爺幾乎從不踏足董夫人的院子，對董風荷也是當作沒有這個女兒看待的。要讓她相信風荷是董老爺的親生女兒，她根本做不到。

王妃看著立在一旁伺候的杜姨娘，把所有的希望都寄託在她身上，可是要怎樣才能引得她開口呢。

杜姨娘一直伺候在董夫人董老爺身後，低垂著眉眼，打扮得雖然好但還算符合規矩。眾人說話時，她恍若未聞，只是一心一意看著腳上的繡鞋，十足妾室姨娘派頭。

王妃不由急了，她一定要讓這個杜姨娘開口。做妾室的，有幾個不想鬥倒當家主母，何況這是一個有著兩個兒子一個女兒的妾室，幾乎奪得董老爺專寵，她若沒有更進一步的心思，王妃絕對不信。她終於決定開口說話了——

「母妃、王爺，看來事情很清楚了，二弟妹估計是聽錯了消息。好在大家不曾誤會老四媳婦，今兒是團圓佳節咱們還未賞月呢。不如請親家們一起再坐坐？」

太妃徐徐掃過杭家眾人，看得出來他們七分相信三分懷疑的樣子，也算滿意了。這些人，要他們完全相信那是不可能的，但只要不出去胡說八道不拿這個事妨礙老四兩口子，她就不會出手。

太妃笑著應道：「正是呢，快把老四媳婦吩咐人做的月餅送上來，讓親家嚐嚐。」

王妃一面命人去擺設桌椅，一面詫異地道：「這位是府裡杜姨娘吧，請了咱們側妃娘娘來陪陪。」

太妃隱隱覺得有些不對勁，王妃對一個姨娘太過關注了，這不正常啊。

而風荷杭四也早注意到了，杭四微笑著眨了眨眼，示意風荷放心。

二夫人頹然地坐著，一聽到「杜姨娘」幾個字忽然跳了起來，大喜過望，撲上來拉著杜姨娘道：「妳是杜姨娘，老四媳婦身邊的落霞從前跟著妳吧，她說都是從妳那裡聽來的，妳說妳快說啊，老四媳婦一定不是你們老爺的孩子，對不對？」

二夫人明白眼下太妃沒說什麼，但是一定不會放過她，除非她能證明自己說的話是對的，那樣她就是杭家的功臣了，所以她不能放過一點機會。

杜姨娘被她這突如其來的樣子嚇到了，往後退了一步，撞在了廊柱上。

屋裡的人剛剛鬆懈下來的心神再一次綳緊了，對於董家老爺老太太為了維護董家臉面駁斥二夫人的行為，他們完全能夠理解，換了他們也會這麼做。不過這個杜姨娘只是個妾室，只怕城府心機沒那麼深，而且聽說她在董家獨掌大權，只是缺一個名分而已，她會不會為了自己上位而說出什麼關鍵的話來呢？

太妃惡狠狠地瞪著王妃，之前月容與落霞說話引起二夫人丫鬟的注意就讓太妃懷疑到了她身上，這一次，太妃幾乎可以斷定了，這一切都是王妃在布局。只是為了洗清自己而故意拉二夫人下水，方才明顯是她提到杜姨娘才引得二夫人衝了上來，王妃，是迫不及待要除去老四他媳婦，進而讓老四無權繼位嗎？

王爺同時盯向了王妃，他的確產生了懷疑，事情不應該這麼巧合。

屋子裡的氣氛緊張而寂靜，所有人都在等著杜姨娘的回答。尤其是二夫人，挑釁地看了董老太太一眼，她剛才怎麼就忘了，這個杜姨娘可不是什麼好東西，她一定不會放過任何機會扳倒董夫人的。

太妃亦是有三分擔憂的，誰能保得準這杜姨娘會說出什麼話來，她不用肯定，只要含糊其辭或欲言又止，就足以把懷疑的種子種到每個人心裡。那樣的話，之前董家所作的努力就前功盡棄了，風荷的身世不容許存在一絲一毫的污點，不然世子妃之位她只能失之交臂。

於太妃而言，她其實並不在乎風荷是誰的孩子，只要董家肯承認她，杭天曜喜歡她，那麼一切就可以了。可是，外人眼裡，杭家世子妃不能帶有身世的污點，那是褻瀆皇家之罪啊。

王妃太緊張了，只顧關注著杜姨娘的反應，全然沒有發現王爺停在她身上審視而深思的目光。是不是，她終究忍不住要出手了，看來這個王位在她眼裡終是比自己重得多了，還以為日子一長，她會漸漸淡忘她的出身，一心一意做她的莊郡王妃，看來，是自己奢望了。本著那樣的目標嫁進王府，又如何會善罷甘休呢。也就在那一刻，王爺心中徹底否決了杭大睿繼承王位的可能性。

即便交出權力，皇上難道真的能對杭家放心，他人呢，難道會就此放過杭家？也許，這一個圈，兜兜轉轉還是回到了起點，也許只有老四繼承方能免掉很多麻煩，倘若他把王府折騰得不像話，那時候自己也不想管了。

杜姨娘求救似地看向董夫人，而不是董老爺，就這一個簡單的眼神讓人鬆動的心穩定下來。往往，人們不會相信語言，而相信人在無意識中的一點手勢一個眼神。

董夫人輕輕嘆了一口氣，說道：「二夫人有話問妳，妳就照實說，我不會治妳非議主子之罪。」

杜姨娘彷彿鬆了一口氣般鎮定下來，屈膝行禮，方道：「二夫人，論理，婢妾只是一個下人，不敢隨意非議主子是非，不過夫人既然允許，那婢妾就僭越了。二夫人，您說的話，婢妾一個字都聽不懂，大小姐是咱們家人人敬重的大小姐，府裡管事們、丫鬟僕婦們，無一不服大小姐，婢妾實在不知您的話從何處聽來。」

她說話時眼神平穩，不像是說了假話一般游移不定，而且語氣還帶有一點點忿然，顯然是不滿二夫人的話。其實，杜姨娘還真沒說假話，風荷在董家確實能一手遮天，哪個管事丫鬟敢不服她的，那些人的下場都牢牢記在他們心裡呢。要不然，這些年，任是老太太杜姨娘如何打壓，風荷在董家依然過得舒心愜意，想到這兒杜姨娘心裡簡直是揪得緊緊的。

一瞬間，有人長吁一口氣，有人垂頭喪氣起來，其中很大一部分人沒有想到杜姨娘會這麼說，這與傳說中的杜姨娘真的有些差距。

王妃死死盯著杜姨娘看，她不明白，自己寄予了厚望的杜姨娘居然這麼不濟事，說出這麼聳人聽聞的話來。董家下人不都說這個杜姨娘很是囂張厲害嗎，在府裡連董夫人都不怕，只奉承著董老太太一個，這難道就是他們所謂的張狂？這、這……根本就是一場笑話。

二夫人亦是傻了眼，她好不容易抓到這麼個救星，一下子把她推翻了，她開始懷疑自己今天的所作所為是不是太衝動了？

太妃別提心裡多滿意了，難怪董家能維持那樣怪異的寵妾滅妻行為十來年呢，一個個都是人精似的，外人面前作起戲來比真的還真。當然了，今兒無論怎麼說，明面上杭家都是得罪了董家的，太妃雖想息事寧人，卻不會放過了二夫人，正好讓她安分一段時間，知道她是哪根蔥。

她一面招手示意大家坐，一面笑道：「這時間雖不早了，好在月色正好，親家今晚不如歇在這裡吧，咱們明兒再聊。自風荷來了咱們府，對我孝順有加，我時常想著請你們來坐坐，卻一直不得閒，揀日不如撞日，咱們兩家一起過個團圓中秋豈不更好。」

太妃說著，又瞟了一邊發愣的二夫人一眼，吩咐道：「二夫人累了，請她下去歇息吧。我正好想抄一千卷《金剛經》，二夫人近來無事，就在佛堂裡給我抄了吧。抄寫佛經是件需要清靜的事情，你們誰都不准去打擾，除非有我的話，聽明白了沒有？」

太妃這是要禁閉二夫人了，以二夫人的那個寫字速度，一千卷只怕得抄二十年。眾人聽得渾身一哆嗦，太妃這次是動了真氣，罰得這般重，這不是要讓二夫人老死在佛堂裡嗎？還不讓人去探望，伺候的人都不許跟著。一個人獨自關著，不是比死還難受嗎？太寂寞了。

太妃似乎毫不在意，笑著對二老爺道：「你媳婦是為我祈福，你可不要掛念著捨不得。」

二老爺活了幾十年來頭一遭這麼通泰過，連連點頭道：「做媳婦的孝順母妃，那是她的福分，說什麼掛念不掛念的。」

太妃對二老爺的表現很是喜歡，索性說道：「二夫人抄寫佛經，自然是無法打理你們院中的庶務了，我看就讓小六媳婦接手吧，再讓白氏打打下手。」

要說二夫人之前還沈浸在迷惑中，這一句卻是聽清了，唰的站起來，大聲說道：「不行，那個賤人是什麼東西，也敢插手庶務，太妃娘娘，此事萬萬不可。」

太妃看都不看她一眼，端坐著緩緩說道：「不是說二夫人身子不好請下去歇息嗎？妳們都聾了不成。」

丫鬟聞言，再不敢遲疑，幾個人上前連哄帶拖地把二夫人弄了下去，二夫人一路上還跳著腳罵人。

王妃這一仗輸得實在莫名其妙，一時間精神恍惚，差點連太妃喚她都沒有聽清。

「收拾個乾淨院子出來，讓親家們今晚先委屈一下吧。夜深了，路不好走呢。」太妃對王妃說話的語氣失了原先的溫和，帶有一絲不易察覺的敷衍。

董老太太心裡憋著一大團氣，自然不肯待著，忙道：「娘娘，不必麻煩，左右半個時辰的路，這會子趁著月色回去最好呢。」

太妃也不是真心留她，聞言就道：「那董夫人住一晚吧，妳身子不好，不必急著趕回去。」

董夫人看了風荷一眼，含笑點頭應是。

董華辰就道：「既如此，我留下照顧母親，明兒正好護送母親回府？」

董老爺雖有千言萬語想與董夫人說，但知她是不會搭理自己的，也就罷了。

一會兒，董家的人就只剩下董夫人與華辰了，風荷挽著母親的胳膊與太妃請示道：「也不用專門收拾院子出來，就讓母親與我一道住吧，許久不見母親還真有點想念了。」

杭天曜心知肚明她們母女有話要說，馬上附和道：「這主意好，讓娘子伺候母親歇著，我就與大哥在書房好生說說話。」

「那就委屈董夫人了。」太妃自然不會強求。

董夫人微笑謝道：「什麼委屈不委屈的，都是太妃寬容才容得我們風荷壞了規矩。」

王爺王妃回了房後，王妃心思仍然沈浸在今日一事裡，反省是自己太過大意了，原該好生安排一番後再上演這一幕的，不該這麼心急。如今反倒折了一個二夫人進去，自己一點好處也沒撈著。

看來她是低估了董家眾人，他們比自己想像的難纏多了。不過，這個疑問只是被壓了下去，只要他日找到有力的證據，依然還是有希望扳倒老四媳婦的。此事，要不要去商議一下，多年前的舊事，憑自己的力量怕是難以查訪？

王爺從淨房出來，解著外衣的扣子，故意踱到王妃側面，試圖引起她的注意，而王妃渾然不覺，支著下巴對著燭火發呆。

王爺重重咳了一聲，才驚醒了王妃，她快步上前伺候王爺脫衣，還嗔道：「王爺也不叫妾身服侍，怎麼自己動起手來？」

「我看妳在發呆，就沒有叫妳，想什麼呢這麼入神？」王爺隨口問著，卻暗暗觀察王妃的神色。

王妃手指抖了一抖，眼神一黯，強笑道：「沒什麼，就是訝異二弟妹今兒不對勁，會不會是身子真的不好？」

「也有可能。不過不管如何，她今兒都鬧得太過分了，還得罪了董家，母妃是不會輕易揭過此事的。明兒進宮，車馬都安排好了吧，府裡的事交給誰？」平時不注意王爺也沒發覺，這般一注意就發現王妃的確有些不大對，她的話似有為二夫人開脫的嫌疑，這不是一個當家主母應該說出來的話啊。

「都好了，五弟妹明兒不進宮，家裡的事讓她先照應著吧，而且還有三弟妹呢。」王妃扶了王爺坐下，為他蓖頭，又道：「沒想到董夫人是這麼個溫婉可親的人，自咱們兩家結親，我還是頭一回見她呢，都說她身子不好不大出來走動，今兒看著倒是不錯呢。」

王爺從鏡子裡看著王妃淺淡的笑意，不經意地應道：「是啊，估計是這兩年休養有了效果，何況子女得意，心情一好，身子就好了。」

王妃不意王爺會這般回答，愣了半刻，笑道：「這倒是，老四媳婦出嫁，她大哥考取了功名，董家二小姐也有了著落，董夫人是放下了大半的心事。董夫人真是個大方寬厚的人，瞧他們家杜姨娘就對她十分恭敬。」

王爺只作沒聽出她話裡的深意。「這與方氏對妳尊敬是一樣的理，沒什麼好怪的。」

王妃兩次碰壁，方覺得有些不好，偷偷觀察王爺面色，卻沒看出什麼來，只得止住了這個話頭，不敢再提起。可在床上卻沒有安眠，一直翻來覆去想著，琢磨著明兒進宮倒是好時候。

杭天曜領著董華辰在書房湊合了一晚，風荷與董夫人安頓在內室。

母女兩人在床上，風荷雖然滿心想問，可是始終不肯開口，怕傷了董夫人的心；但若不問清楚，日後勢必還會被人利用此事來打擊自己，她需要知道內幕，才能調查出真相來。

這些年，為了以免董夫人傷心，她們所有人都是絕口不提當年之事的，以至於風荷只知道大概，不明白當時到底發生了什麼事，以至於老爺會懷疑自己母親。

而董夫人，也在經歷著心理掙扎，這件她想忘懷卻永遠忘不了的事，是不是有必要告訴女兒呢，她才能早早做好防備，不會受人欺負。

望著女兒安靜乖巧的樣子，她的心再次酸楚脹悶，落下淚來，攬了風荷在懷，低聲啜泣道：「風荷，是娘不好，又連累了妳。」

「娘，我是您的女兒，不管別人怎麼想，在我心裡您都是我最好最美的娘親。」她依在她肩窩處，柔聲說道。

董夫人的眼淚再也止不住，撲簌簌滾落而下，喃喃道：「好，娘今兒把什麼事都告訴妳。」

風荷驚訝地看著董夫人，勸道：「娘，過去的事就讓它過去吧，咱們都不想了。」

董夫人含淚強笑著去摸她的面頰，說道：「妳不用安慰著我，那些事是不會就此過去的。而且，我也不傷心了，妳都這麼大了，四少爺能對妳好，我還有什麼放不下的。其實現在想起來，也沒什麼了不起的，又不是我做的，我還怕說嘛。」

風荷欲要再說，被董夫人掩住了口，她似乎看到遙遠的地方有遙遠的糾葛，輕聲細語述說著她曾經以為不堪回首的往事。

「我與妳父親是打小訂下的姻緣，兩家人也不避諱，是以我們很是熟悉，情分頗好。但我感到老太太她並不喜歡我，當我進門後，礙於妳祖父明面上還罷了，暗中時常給我使絆子。不過因著妳祖父疼惜、妳父親看顧，我初進門還是很順利的開始管家。

「那年，我不意流產，後來恰逢妳外祖父、舅舅出事，傷心之下身子漸漸弱了下來，連續幾年不曾有孕。老太太以董家子嗣為由，替妳父親納了杜姨娘進門，我也不好攔，何況想著杜姨娘一個女孩子孤苦伶仃的，跟著妳父親總比跟著外人強些。妳父親對杜姨娘自然不及待我好，可我這心裡終不是滋味，偶爾也與他鬧鬧彆扭。後來，杜姨娘先生下華辰，我隨後就懷了妳。

「因我身子受過虧，一直沒有大好，懷妳是有一定危險的，加上杜姨娘沒多久又懷了鳳嬌，我心裡不舒服，時常抑鬱。誰知因為這，生妳時竟是早產，鬧了一天一夜方把妳平安生下來。

「妳生得玉雪可愛，又是嫡出，十分得妳祖父與父親喜愛。加上撫育得好，身子不錯，與一般正常出生的孩子不差。我們一家三口過了一段短暫的寧靜幸福的生活。

「妳祖父年輕時在戰場上受了不少傷，尤其胸口受過重傷，年紀一大病痛也多，沒多久就去了，臨走前還放心不下妳，諄諄囑咐，甚至要求妳父親，假如我日後沒有子嗣，便給妳招贅，讓妳繼承董家血脈。

「在妳五歲那年冬天，事情發生了。

「我身邊有個大丫鬟，跟了我許多年，暗中與帳房一個先生好了，把我瞞在鼓裡，其實這一切，都是她們一早就設計好的，只是為了將戲演得像一些，才把那丫鬟拉下水去的。

「我賞賜給丫鬟的貴重首飾衣物等等，最後都落到了帳房先生手裡，成為她們手中的證據。而丫鬟有一次膽大包天，居然將帳房先生帶進了內院，帶到我的院子附近。就是這次，被老太太、妳父親帶人抓住了。而以妳的聰敏，應該能想見，她們抓住的自然不是丫鬟與帳房先生，而是我與帳房先生，其實我當時什麼都不知道，被人引了過去。

「隨後，帳房先生挨打不過，招認與我私通數年。丫鬟也背叛了我，將一切推到我身上，以圖脫罪。妳父親起初還不信，後來帳房先生提到妳，說妳根本不是妳父親的女兒，而是他與我生的。回想那時，我真是恨不得吃他們的肉喝他們的血，她們對付我就罷了，還要把妳一併除去，妳還只是個孩子啊，有什麼妨礙她們的。

「我懷妳時請脈的太醫被帶了來，還有穩婆，指認說我其實並非早產，只是買通了他們欺騙妳父親。妳生在十月二十七，早產兩月，我是三月份時懷妳的，而他們硬說我二月份就懷了妳，那時候妳父親奉命去邊城巡視了幾個月，根本不在京城，直到三月初才回來的。

「我辯無可辯，妳父親終於相信了他們手中的證據，認為妳不是他的女兒。他恨透了我，但到底念在夫妻情分上，給我留了顏面，將事情壓制下去，容下了我也沒有要妳的性命。所以，我可以怨他恨他，但妳不能，他始終還是心裡有妳的。」

第一百零一章　重提舊事

翌日——

秋風拂在面上，卻有初冬的寒意，涼浸浸的。樹上的葉兒不再如春天般青翠，也不如夏日裡蔥翠，而泛上了淡淡的黃、略微的紅，以這樣的時節，只怕不過一月就是深秋了。

天藍得似上等的寶藍綢緞，偶爾有那麼一片兩片浮雲，掠過天際，懶洋洋的。明媚的秋光灑在臉上，使得董夫人雪白的肌膚有了透明的光感，眼角一縷輕微的皺紋襯得她那般和藹親切。或許，把心裡埋葬了多年的秘密一朝傾洩而出，她反而輕鬆了好多，如釋重負的感覺讓她從未有過的安詳平靜。

風荷挽著她的胳膊，邊走邊道：「母親，晚上的宮宴您果真不去了嗎？您許久不曾出現在大家的視線裡了。」

董夫人拂過女兒鬢角的碎髮，含笑說道：「那時候，想著讓他容易些，我不得不去參加貴婦們的聚會，如今還有什麼意思，倒不如清清靜靜在家的好，省得麻煩。」

「那也好，等過段時日，我接了母親一起去莊子上住幾日，我上回去看了，都佈置好了。」馬車停在甬道上，有四個婆子在那兒等候，杭天曜也與董華辰立在一旁說話，兩人的情形比從前越發親密些。

董夫人握了她的手，低語道：「四少爺待妳好，妳自然應該為他打理好內院；若他待妳無情，妳也不要傷心，咱們娘兒倆自己過日子。」

雖然眼下杭天曜待風荷是不錯的，但往後的事誰知道呢，她第一次來杭家便知杭家是個比董家還混亂的戰場，不知有多少人見不得女兒女婿好過，他們往後要面對的一次比一次艱險。倘若兩人果真走到盡頭，她不希望女兒如自己一般，消磨了青春年華，她的女兒值得更好的人。

風荷強忍著淚意，要讓董夫人說出這樣的話來，是極不容易的，她暗暗望了杭天曜一眼，與他關切的目光對上，忽然發現，即便這裡是刀山火海，不到最後，她也是不會放棄的，更不會放棄他們之間的感情。

馬蹄「噠噠」，漸漸消失在大門背後。

杭天曜細細瞧她容顏，攬了她肩，語調輕柔。「母親走遠了，咱們回房吧。」

一望無際的碧藍天空下，是他俊逸而溫柔的笑，雙眼那麼明亮清澈，看著她，好似看著世上最珍貴的美玉。她揚起頭，笑著大聲應好，豆綠的裙角飛揚成優美的弧線，有暗香拂過。

「這麼說，這一切極有可能是老太太和杜姨娘搗的鬼。只是，杜姨娘即便是她侄女，也是隔母的，她竟然狠得下心對待自己的兒媳婦與親孫女，我實在想不明白。」他伏在炕桌上，凝神為她挑選晚上的頭面首飾，翻翻這個看看那個，腦中卻一刻不停在考慮。

風荷一面做針線，頭也不抬地回道：「有件事，你有所不知。老太太與我外祖母年輕時有點過節，時隔多年依然牢牢記在心頭。」

杭天曜倒是不曾聽過這些，不由驚訝的抬起頭，問道：「我原還懷疑呢，老太太如何就愛尋母親的不是，原來是有前因的，當年究竟發生了何事？」他一時間起了八卦的心思。

風荷看他那副樣子，心下好笑，捏了捏他的鼻子，啐道：「事關長輩名聲，可不能說與你。」

杭天曜不幹了，拉了她胳膊往自己跟前帶了帶，隔著炕桌親了親她粉頰，笑道：「好啊，倒是把我當了外人不成，說還是不說，不說可就要讓妳看看我的厲害了。」他作勢要起身。

「好，我說還不行。」風荷忙按著他手不讓他起來，抿了嘴笑。「越活越像個孩子脾氣了。其實那事啊，我都是聽葉嬤嬤與我提起的，有時候也從丫鬟僕婦們口裡聽到一星半點的，不過在董家，是無人敢光明正大說的。

「我祖父與外祖母原是表兄妹，從小青梅竹馬，都到了談婚論嫁的時候。後來也不知當時發生了什麼變故，我外祖母最後嫁給了我外祖父，我祖父娶了老太太。聽說當時是沈家先來提的親，我祖父初時不肯應下這門婚事，據說老太太知道後大發了一場脾氣。也不知祖父為何又改變了主意，同意娶老太太進門，但也因此，讓老太太心中生了嫌隙。

「各自成婚後，曲董兩家依然是以至親的身分走動，我外祖父是個心胸闊達的，從不把當年舊事記在心頭，反而與我祖父成了默契之交。祖父喜歡母親小時候乖巧懂事，有心訂給老爺，不顧老太太的反對去曲家提了親，我外祖父外祖母也認為這是樁好姻緣。畢竟兩個孩子打小認識，脾氣秉性都是熟知的，知根知底，很快就應了。

「母親進門後，老太太刁難不少，只是礙於祖父不敢當真如何，不過占占口頭便宜而已，但也因此埋下了更深的不滿。外祖父與舅舅為國捐軀，外祖母家中只她一人支持門戶，還要撫育幼孫，頗為辛苦，我祖父難免時常照應，如此更是觸怒了老太太。

「祖父離世，老太太當了家，對我母親自然越發不待見起來，而且覺得曲家大勢已去，我母親配給老爺是耽誤了老爺的前程。但老爺對母親卻是情深意重，自然不會因此而冷落了母親，反比從前愈加憐惜。

「老太太看在眼裡恨在心裡，總想乘機尋事，加上祖父臨去前有心把董家交給我還允諾我當家，這一點讓老太太無法接受，或者因此，就起了那樣的心思吧。」

說起來，董老太太的一生是失敗的，丈夫不愛她，兒子不聽她，她心裡難免有些彆扭，日子一長，再加上有心人煽風點火，以致釀成大錯。她因為深恨曲老太太，連帶著厭惡董夫人，不喜董風荷，總覺得風荷身上流著曲家的血脈，讓她心生恐懼，感覺她的一切到頭來還是會被曲老太太奪走。

比起來，她寧願選擇自己娘家侄女兒，那樣好歹能被她掌握在手心。

杭天曜聽得咋舌不已，沒想到曲董兩家長輩還曾有過這樣的恩怨糾葛，難怪董老太太看著董夫人就像是仇人一般。不過說起來，董老太太的醋性實在大了些，董老太爺都走了十來年了，她難道還念念不忘當年的舊事嗎？還是因為不想把董家家業交到一直與她不親的風荷手裡，才設計了那樣的陰謀，讓風荷失去繼承董家的權利。

他放下手中的首飾，坐到風荷身邊，扶了她肩膀靠在自己胸前。「我一定會設法查出事情真相，還母親一個清白的。」

「從前，我只當母親不想提，就算了，可是今兒才知有些事我們想算了，有些人不想放過我們啊，不查不行。我也不是沒有打探過，作證的太醫第二年就告老還鄉了，穩婆一家消失在京城，人海茫茫，幾乎無從尋起。而那個帳房先生與大丫鬟，被老爺一怒之下直接打死了，所以唯一能作證的就是太醫和穩婆了。」

風荷不由輕嘆，十一年前的舊事，證據多半毀了，僅有的證人還不知在不在人世呢。如果證人再沒了，就得用點特殊的方法了，逼老太太、杜姨娘自己招認。

杭天曜把頭埋在她肩窩裡，摟緊了她道：「只要我們願意去做，沒有做不成的事。」

兩人說話間，沈烟沈了臉進來，輕聲回稟道：「落霞、月容兩個因為非議誹謗主子，被王妃命人打了一頓，居然死了。」

王妃這是想殺人滅口啊，怕牽連到她身上，風荷早已經料到，也不吃驚，淡淡應道：「把落霞的遺體送還她父母，賞三十兩銀子葬了吧。」其實，這麼點事壓根兒不能拿王妃如何，落霞無論活著還是死了都不能指證王妃任何事，因為那本就不是王妃授意她說的，可都是她自己主動說的。相比起來，月容卻是冤了一些。

但是，王妃確實罰得過重，這是不是她心虛的表現呢？

申時一刻，男人女眷們都在正院裡集合，準備進宮領晚宴。每年，除了除夕，也就這一次數得上規模最大的宮宴了。除夕的規矩卻比這次嚴格，常常只有高官命婦們能參加，這一次卻不同，貴族家的公子小姐都能去，比起來顯得輕鬆活潑些。

女眷們走的是西側門，到了宮門口已經有不少官眷的轎子馬車等在那裡，按序進去。內侍們遙遙望見杭家的車馬，趕緊急走幾步，迎上前去行禮問安。國舅家自然是不需守那些規矩的，若也站在這裡慢慢等待，只怕皇后就得發怒了。

其中有一個內侍是皇后宮中的，笑著領了杭家眾女眷越過等待之人先進去了。排隊等候的一般都是品級略低些的，真正王妃等級別的都會被人領進去。

下了小轎，風荷攙了太妃，蔣氏、杭瑩扶了王妃，四夫人攜了丫鬟，沿著寬闊的甬道往中宮前去。

皇后早已翹首而盼，一聽內侍通稟忙命快請。大家行過禮，賜了座。

今兒這個時候，說的不過都是場面話，有體己話也不敢這時候說，人來人往的叫有心人聽了去反而壞事。

酉初，內侍前來回話，晚宴預備停當，官眷們都到了地方，請皇后娘娘過去。

太妃忙領著杭家人告辭，皇后便命人引她們先過去。雖然大家都知道杭家人就在她的宮裡，但是她們不適合一齊出現，還是要分個尊卑的。

中秋宴一年一辦，都是從前的舊例，並無甚新意，不過借個機會大家拉拉關係。過去時，除了順親王妃與世子妃還未到之外，餘下人等都齊了。大家還未就座，正三三兩兩說著悄悄話。太妃也不拘著她們，讓她們自己隨意。

風荷看見蘇曼羅正與幾個官家小姐站在廊柱下說話，就笑著上前與她招呼。另外兩位小姐，一位是蘇家別房的小姐，她曾聽蘇曼羅提過，另一個卻不認識。

「我正滿殿裡找妳呢，原來先去吃好茶了。」蘇曼羅牽了牽風荷衣袖，與她介紹道：「這位是陳小姐。」

她話音剛落，陳小姐已經款款行了見面禮，自報家門。「家父內閣大學士。」

風荷愣了一愣，想起她應該就是華辰提過的董老爺替他看中的陳家小姐，不免多看了幾眼。圓圓的臉龐，眉眼很是俏麗，皮膚細膩，兩頰紅潤，雖不能算十分美，但勝在嬌俏甜美。只是她的聲音卻沈穩有力，不如外表那樣單純年幼，隱隱是個有主意的人。

風荷心下亦是滿意，不過還要觀察一下她的品性，便淡淡應道：「妳好。」

陳小姐只是半刻的驚訝，隨即就鎮定下來，也沒表現出十分的不滿或者惱怒來，仍是津津有味聽著蘇曼羅與風荷說話，偶爾插上一句半句，都說得恰到好處。

不遠處過來一個女子，生得與陳小姐有三分像，只是眉目間顯得陰鬱些，上前也不與蘇曼羅、風荷幾人打招呼，只是對陳小姐道：「妹妹，不是讓妳別亂跑嗎？害得我好找。」她說話時隱隱有一種不太將陳小姐放在眼裡的感覺，擺出一副大姊教育妹妹的風度來。

風荷細心看陳小姐如何應付，只見她歉意地向另三人笑了笑，才道：「這是我大伯家的姊姊。姊姊方才與另幾位小姐說話，妹妹一個人乾坐著無趣，便來與蘇姊姊打個招呼。左右都是在殿裡，又有這麼多內侍們在，也不會跑到哪兒去，害姊姊擔心是妹妹的不是。」

她雖然自承錯誤，可是話裡也指出了那位小姐方才拋下她一人不管的事，倒是個不吃虧受委屈的。再看形容，一個臉色陰沈，一個笑容滿面，當下高下立見。

那位小姐被她搶白了一番，自覺無趣，訕訕說道：「那妳們繼續說話吧，皇后娘娘片刻就要來了，可別丟了我們陳家的臉面。」

風荷暗暗回憶著陳家的事，估摸著這位厲害小姐應該是他們長房的嫡出女兒，因為是這一輩中頭一個女孩兒，十分得陳家老祖宗喜愛，性子有些驕縱。他們長房當年也是個二品的官，不過已經告老了，但老祖宗偏心長房卻是改不了的。

董老爺為華辰提的大學士陳大人是陳家三房裡出來的，如今算是陳家為官最高之人了。

晚宴的座次是以品階安排的，居中相對十席，俱是親王郡王的，往後第二排的席位，是公侯伯府邸的，再次則是沒有世襲的高品級官眷，最後一排是低品階官眷。

而永安侯劉家的席位恰好就在杭家席位後面，兩家敘話是極方便的。上次劉夫人想為他家兒子求娶杭瑩，後來杭家與韓家打得火熱，他們自然是看出門道來了，那事便不了了之。

如今聽說韓家似乎有意與楊家結親，看來與杭家的婚事最後沒成，劉家的心思重新動了起來。不過，這次可要慢慢來，免得回頭被拒了丟臉，是以劉家一直沒有上門提過此事，今兒卻是個好機會。

酒過幾巡，大家都各自與鄰近親近的說閒話。劉夫人直接到了杭家席面上，先給太妃敬了一杯酒，隨後拉著杭瑩的手一個勁兒讚好。「這孩子，是我從小看她長大的，品貌不說，就這爽利的脾性，頗合我的胃口。想來太妃娘娘與王妃娘娘都捨不得吧，恨不得長長久久留在身邊呢。」

她剛過來，王妃的心就提到了嗓子眼，生怕劉家果真是瞧中了杭瑩，再聽這話，臉白了白，不過忍著沒有說話，看太妃應對。

太妃亦是笑著摸了摸杭瑩的胳膊，笑道：「可不是，妳是知道的，咱們家孫女兒原就少，她姊姊們都出了門子，只剩下她一個能常常陪我玩笑幾句，我是真捨不得她。不過，女孩兒，年歲到了，也是耽誤不得的，總不能為了陪著我這個老廢物，而一直留著她在家吧。」

這些時日來，杭瑩歷練了不少，很快聽出長輩話裡隱含的意思，微微紅了臉，低頭不去看人。

劉夫人看太妃沒有一口拒絕的意思，越發歡喜，索性說道：「我要是有這麼個乖巧懂事的女兒，我定也不肯早早放她出門了。聽說郡主都跟著娘娘學管家了，這可了不得。」

王妃不好再躲，淺淺笑道：「我看她成日在家也是胡鬧，便把她帶在身邊，正好拘拘她的性子，究竟能學什麼呢。」

「娘娘太自謙了，郡主聰明靈秀，那些俗務怕是一學即會的，倒也不需心急呢。」她似乎有詳細打聽的意思，倒把個杭瑩看得十分不好意思來。

王妃被她這話一捧，也有三分歡喜，便順著應道：「能如夫人所說，我就放心了。」

劉夫人看話說到這分上，當著女孩兒的面不好繼續深入打探，就道：「記得貴府上園子裡的桂花開得極好，回頭得了閒，太妃娘娘王妃娘娘可別嫌我去騙吃騙喝啊。」她這是點明了自己有意思正式上門提親。

王妃怔了一怔，手中的杯子晃了晃，還好沒有掉下來，容顏卻有幾分慘白。

太妃暗暗看了她一眼，只是笑著與劉夫人周旋。「這是怎麼說的，咱們兩家是姻親，原該多走動，那可說定了，夫人到時候一定要來賞花吃酒啊。」她把兩家的關係界定在姻親上，當然是指大少夫人的，又說明是賞花吃酒，到底留了回旋的餘地。

劉夫人聽了也不惱，她深知自己兒子身子不好，出身好的女孩兒家裡都不一定肯，杭家這樣也是情有可原的。但正因兒子身子不好，她才要與他尋個家世背景好的媳婦，日後震住侯府，以免庶子女上臺。

原來永安侯雖是個行事低調的人，但家裡總有幾個姬妾，其中兩個還生了庶子，一個大些都十三了，過幾年又是一個麻煩，小的今年也有七、八歲。劉夫人只這麼一個兒子，不可能不為他考慮。兒子凡百都好，可惜了身子不好，脾氣溫厚，不愛與人計較。若是照侯爺的意思娶個家世及不上侯府的，進門先低了一等，日後還不是任人拿捏的？所以她滿心要給兒子尋個家世上等的，不怕那些庶子敢爬到兒子媳婦頭上去。

相比起來，其他有權勢的誰肯把女兒給自己家，倒是杭家有一分兩分的希望，好歹劉家也有一個女兒白白耗費在了杭家，杭家老太妃又是個念舊情的，不可能斷然拒絕。再者，王爺王妃就這麼一個嫡出的女兒，總不會由她受了委屈，他日自己府裡有事，他們總能幫著些。而且杭瑩身上有個郡主的身分，旁人見了先就三分怵。

照自己打聽來的，杭家中意的應該是韓家公子，只是看來事情不諧，除此之外，京城世家子弟裡，年貌人品與杭瑩配得上的實在沒幾個，不然杭家也不會將女兒蹉跎至今。

太妃看著劉夫人的背影過去，心下也是一陣煩悶，杭瑩過了年就十五了，婚事再也不能拖下去，可是上不上下不下的著實麻煩。比起紈袴子弟來，劉家公子人品才學都極好，是個良配，但他的身子不知能堅持多久呢。倘若晚幾年好了起來，那杭瑩倒罷了；要是一直不好或者沒了，杭瑩這一輩子才剛開始呢。

王妃這哪還有心情吃酒菜，一心都是女兒的婚事，愁得臉都白了。瞧這意思，劉家幾日內就會上門，到時候當真提出來，只怕王爺頭一個會鬆口。王爺有多疼愛長子自己心裡最是清楚，雖難得見到劉氏一面，但時常囑咐自己多多關照她，一不小心就有可能同意劉家的提親。太妃那邊，估計也是靠不住的。

為今之計，自己只有另外為女兒覓得良緣，方能打消王爺與太妃的顧慮。可是這一時間，叫自己去哪兒尋個相配的少年出來。

蔣氏似乎沒將這當一回事，反是去了輔國公一家席面上，與自己母親姊姊親熱的說話，直到快席散了才回來。

王妃本就有氣，這一來就壓了不小的怒意，看著蔣氏的眼神有些許不善，但到底礙著在宮裡什麼都沒說沒做，只是離開時不去扶蔣氏伸過來的手臂，只是拉了杭瑩走路。

回府時，夜已深，而王妃居然將蔣氏叫到了自己院裡，王爺與幾個兄弟在前院擺了一桌酒，幾個人自己吃喝。

進了屋，也不讓蔣氏坐，只是吩咐丫鬟們服侍她更衣。

蔣氏不解其意，有些發懵，看著王妃不知所以。王妃先去了淨房換了衣物，梳洗了一番，蔣氏足足等了一刻鐘，才見王妃穿了家常的衣服出來，仍舊坐在炕上盯著她不說話。

蔣氏被她看得心虛，試探著問道：「母妃喚兒媳來可是有什麼吩咐的？」

這些日子，她與五少爺還未完全和好，兩人雖住在一處，但常常半日都不說一句話。蔣氏一開始也有些惱意，覺得杭天睿遠沒有從前待她好；時間一長，見杭天睿仍是一副氣怒的樣子，心中生悔，暗怪自己那日不該說出那麼重的話來。可她自來好面子，如何肯低聲下氣服軟，便僵了起來。

今晚聽了輔國公夫人一席話，正打算晚上回去與杭天睿好好溫存一番，先拉回了他的心再說，卻不料被王妃叫來站了半日。

王妃現在看著她，是越看越不滿意了，做人媳婦的光是生得好家世還遠遠不夠，最要緊的是會伺候夫君孝順長輩打理庶務，這般看來，蔣氏是差得遠了。明明比老四媳婦先進府一年，可是別說府裡管家之事了，只怕連管事們都認不齊，還三天兩頭與夫君鬧，這樣的人怎麼配當一府主母，兒子娶了她真是太委屈了。

就說今天吧，進宮領宴，既不會與人交際，多結識結識幾個貴婦小姐們，又性子驕傲，只與娘家人說話。尤其對小姑子的終身幸福漠不關心，比一個閒人還不如，明知婆婆心裡不樂意，她眼裡，還是只有一個娘家母親。要知道，出了嫁的人不再是做姑娘時，哪兒有這般自由。

反正，王妃對蔣氏，是沒錯都能挑出三分錯來，何況蔣氏今日做得確實有失本分，也難怪王妃要藉機敲打她了。

蔣氏被王妃盯得又是害怕又是緊張，偏偏不知自己什麼地方做錯了，而王妃終於有了反應，淡淡喝道：「妳是如何伺候小五的？」

蔣氏嚇得心頭一顫，自她進府，王妃還從未對她這般疾言厲色過呢，一下子反應不過來，直到王妃第二遍問時，才小聲辯道：「兒媳都是照著規矩的，不敢怠慢了五爺。」她囚著害怕，說起話來小心翼翼不少。

若是往常，王妃或許心一軟，也就不再追究了。但她此刻正在氣頭上，加上最近事事不順，難免火氣要大了不少，不但沒有消解半分怒意，反是冷冷喝道：「什麼叫不敢怠慢，妳瞧瞧他今兒穿的衣服，明明是舊的。這麼重要的場合，一點一滴都要細心妥貼，我把小五交給妳，妳就是這般服侍他的？」

其實，那件衣服從前五少爺也只穿過一次，王妃心情好的時候自然不去理論，可惜，王妃今天心情很是不好，一點點瑕疵看在她眼裡就是極大的詬病了。

這件衣服是杭天睿自己隨手拿來穿上的，並不是蔣氏為他備的，但蔣氏怎麼敢說，只得強忍著委屈認錯。「媳婦錯了，是媳婦大意了。」

「我看妳剛來時挺好的，我才放心把小五的事都交給了妳，誰知妳太令我失望了，不過兩年時間，妳就學會怠慢自己夫君了。別說兩年，二十年，一輩子，他都是妳的夫君，妳身為人妻，第一要務就是伺候好了他。妳自己說，我有沒有冤了妳？」說到最後時，王妃的聲音高了不少，伺候在屋外的丫鬟很是戰戰兢兢，王妃難得生這麼大氣。

蔣氏亦是被嚇住了，王妃對她一直都是和顏悅色的，幾乎連一句指責的話語都沒說過，何況是這樣嚴厲的喝斥。她慌得跪到了地上，哆嗦著嘴唇，卻說不出話來。

看她終於知道怕了，王妃心下好受不少，喝道：「心裡明白了就好，快去吧，別讓小五回房連個熱湯熱水都吃不上。」

蔣氏幾乎是踉蹌著跑了出去的，回了自己院子，卻聽到丫鬟說五少爺去了綠意房裡，心中的惱怒騰騰騰竄了上來，厲聲喝道：「關門，誰來都不許開。」

丫鬟看她臉色，不敢違逆，果真上了門。誰知杭天睿沒多久就回來了，他只是看房裡沒人，順腳過去走走，並不打算歇在那裡，不料被關到了門外。

丫鬟聽他叫門，忙要去開，蔣氏以為杭天睿回心轉意來哄轉她，越發要強起來。「不是吩咐了誰來都不許開嗎？」

「可……可是，是五少爺……」丫鬟為難不已，兩個人她都得罪不起，得罪了誰她都不會有好日子過。

杭天睿隱約聽到她那句話，也是十分不滿，當即也不叫門了，拂袖而去。

蔣氏在房裡等了半日，不見外頭有人說話，暗自焦急，卻得到五少爺去了綠意房裡的消息。

風荷回房後，先修書一封命人送回董家給大少爺，才收拾了上床。

杭天曜等了她這半日，生了幾分醋意，酸酸地問道：「兄妹之間和睦是好的，但大半夜的有什麼話明天不能說，非得這個時候寫信去，送了去只怕他也歇了。」

風荷一面脫了繡鞋，一面回頭笑道：「左右還不曾睡，不如把這件事了了，免得擱在心裡。」

他見她彎著身，微翹的臀部圓圓的，忍不住在她臀上拍了一下，嗔道：「妳夫君我的事妳都顧不過來呢，還有心思管別人。」

「他可不是別人，是我大哥。」風荷躺了下來，從杭天曜身上搶過被子。

「那也比不上我重要，妳要知道妳現在可是跟我過日子，又不是跟妳大哥過日子。」待她一躺下，他就不老實起來。

風荷拍開他的手，拋了個媚眼，淺笑吟吟。「今兒太累了，快睡吧。」

杭天曜不依，抱了她在懷，有心探聽她與董華辰的感情。「杜姨娘做了那麼多對不起母親的事，妳不是很厭惡她嗎？那妳對大哥倒是親熱得緊啊。」

聞言，風荷不免想起杜姨娘的可惡，輕嘆道：「杜姨娘的錯不是他的錯，我若怨他恨他，他會痛苦而我也會難受，何必呢，況且他對我真的很好。」

杭天曜對她那種感傷懷念的語氣相當不滿，狠狠親了她一口，問道：「那我呢，我對妳難道不好？」

風荷被他的話問得好笑，故意憋著笑道：「你對我也好，但究竟不敵哥哥。」

杭天曜一聽，心裡更不是滋味，放開了她，自己背過身去，哼了一聲。「沒良心的小東西。」

「那你是喜歡還是不喜歡呢？」風荷亦是隨著他翻了身，從背後抱住他，嬉笑道。

「不喜歡。」杭天曜決定硬氣一回，免得叫她小瞧了。

風荷小手拉扯著他的寢衣，脫到了腰部，一面輕咬他的後背一面用自己的身子去摩擦他，口裡糊裡糊塗嘟囔道：「你果真不喜歡？」

杭天曜被她引逗得全身發脹，猛地翻身將她壓在身下，悶聲道：「花姑娘，今兒不教訓教訓妳，妳是不知道厲害了，明兒起不了床別跟我哭。」

屋子裡，傳來風荷清脆的笑聲和杭天曜的怒吼聲。

用了飯，風荷正在院子裡指揮著丫鬟們將冬衣收拾出來晾曬一番，烘烤薰香，等到大涼了之後好穿。

「少夫人，五夫人來了。」芰香恰好在院門口，看見五夫人往她們這邊來，忙攬了這個報信的差使。

終於來了。風荷理了理衣衫，含笑道：「隨我去迎一迎。」

院門口，溫婆子正領了人往裡邊走，五夫人攜了四個丫鬟，個個手裡提了大包小包的。

風荷忙笑著上前。「五嬸娘來瞧我不成，還帶了這麼多好東西？」

五夫人對她竟然難得的親熱，主動扶了她手，指著丫鬟手裡的東西道：「是五爺回來時帶回來的南邊特產，也不是什麼金貴東西，不過是個意思。原是中秋前要送給你們的，當時府裡忙著過節，我也沒空閒，恰好今兒都忙完了，便各處送一送。

「知道妳喜歡南邊的蘇繡，帶了幾樣小巧的，留著自己用吧。還有王一品的湖筆、徽墨、宣紙、幾疋杭綢，我翻了好久，也沒什麼拿得出手的，想來妳也不會嫌棄。」

兩人進了房，在炕上對坐，風荷笑著去看丫鬟呈上來的東西，說道：「五嬸娘太謙了，這可都是好東西，我就愛這些玩意兒，五嬸娘可別全給了我，回頭給哥兒姊兒也留幾樣。」

「放心，還多著呢，知道妳愛護幾個孩子，他們也都喜到妳這裡來。」五夫人穿著松花綠的褙子，顯得整個人明豔了不少。

風荷暗笑，知他們夫妻久別勝新婚，也不戳破，只是道：「不過我這邊王嬸子會做幾手好吃的，才勾得幾個孩子愛來，哪兒是喜歡與我玩呢。」

五夫人抿了一口茶，放下茶盞正色道：「那也是妳為人親切，妳倘若整日凶巴巴的，便是有再好吃的他們也不敢來撒野啊。依我說啊，妳幾時也與老四生一個，趁著年輕身子好，年紀越大越難。」

這話卻有些推心置腹的味道了，風荷隱約猜到幾分五夫人應該與五老爺議過他們夫妻的事了，心下多半拿定了主意，便含羞笑道：「五嬸娘笑話我，這原是老天爺拿主意的，正經我也拿不了主意啊。」

五夫人被她一句話笑得岔了氣，指著她罵道：「虧得我當妳是害羞了，誰知說出這麼有意思的話來，還真真被妳說中了，這要看老天爺的意思，但你們自己也要多多努力啊。」

風荷的臉皮還不到那麼厚，終於撐不住笑了起來，紅了臉道：「我當五嬸娘是個正經人呢，竟也笑話人。」

笑了半日，五夫人才不經意地與她提道：「我們爺說啊，幾個侄兒輩裡的，雖數老四愛胡鬧，但也是最聰明靈透的，由不得太妃娘娘喜歡。聽說你們也開了家鋪子，若有煩難的只管讓老四去尋他叔叔，一家子人，有什麼不能說的，能幫的咱們定要幫，好歹這聲叔叔嬸嬸不是白叫的。」

風荷一聽，登時大喜，看來五老爺被五夫人勸得鬆了口。記得過去五老爺還說杭天曜揮霍無度不知生意呢，眼下的意思卻是願意教導他了。這教導當然不僅限於生意上的事情，府裡產業庶務，怕是都要一併教導了吧。有了五老爺這句話，就不怕臨時出問題，坐不穩位置了。

原來五老爺直到八月十三這日才到家，歇了兩日就是中秋，然後這般忙碌了一段時間。昨兒晚上，五夫人終於尋到機會與五老爺說起了上次風荷相幫之事，五老爺倒沒有料到，思考了半晌，方道：「那妳是什麼意思，咱們往後支持他們？」

五夫人斟酌了一下，徐徐點頭應道：「我是這個意思，不過也要你來拿主意。照我素日看來，老四媳婦是個精明的，從來不做沒用的事，而且手段凌厲處事卻又圓滑。你如今看咱們府裡，太妃娘娘是不消說了，王爺那邊也有鬆動的跡象，王妃一人拿不定主意。論起上頭吧，皇后皇上應該是站在太妃這邊的。

「你別看老四媳婦娘家不如咱們家體面，但是你可知道，韓家、嘉郡王府、忠義伯府都是支持他們的，連袁家都說不準是什麼意思。」

「妳說韓家我倒是可以理解，他們為了討好皇后支持老四是情有可原的，但袁家是怎麼說的，二房與老四媳婦一直不大對盤啊？」五老爺打斷了五夫人的話頭，詫異地問道。

「我也是最近才發現了這個苗頭的。上次白姨娘早產，就是老四媳婦主持的，沒幾日袁氏就把那孩子養到了自己名下；前兒孩子生病，袁氏不去請二嫂、太醫等人，反是直接命人回報給了老四媳婦，最後還是老四媳婦替她洗脫了嫌疑，你說這事兒怪不怪。因著孩子，二老爺心裡念了老四夫妻的情呢。」五夫人深居簡出，不代表對府裡的事情就不清楚，那也是耳聽六路眼觀八方的。

五老爺沒想到短短時間，老四兩口子收服了不少人的心，加上近來杭天曜確實爭氣，誰見了都得誇他一聲浪子回頭金不換，也不是全無繼承王府的可能。但這畢竟關係重大，他有些猶豫不決。

五夫人知他心意，又道：「我大哥的意思，說侯府那邊鐵定了會支持老四兩口子的，楊閣老家的意思應該一樣，叫我們早做打算，別到最後兩邊沒討好。

「我是這麼想的，咱們便是現在與老四夫妻交好，不管將來是誰繼承了王府都說不出一個『不』字來，也不可能在分家時拖我們多大的後腿。若論以後，比起來，小五媳婦性子太傲，當了世子妃，眼裡哪還有咱們這些叔叔嬸嬸的，不如老四媳婦來得有靠，大方知禮，分家時也不會太過小氣。」

五老爺夫妻本就感情好，向來重視五夫人的話，而且五老爺權衡利弊之後也覺妻子的提議合理，終是應了口。

所以，今兒五夫人才忙忙借著送東西為由，來與風荷表明自家的立場，他們即便不會擺明了支持杭四，也絕不會支持杭五的。

話說這邊風荷正與五夫人說話，杭四那邊卻遣了小廝平野回來，在院外候著。

風荷記得杭天曜說了今兒幾個老朋友聚聚，要晚上才能回來，卻不知他此時派人回來做甚，就歉意地對五夫人道：「嬸娘略等一等，我看看我們爺有什麼要緊事。」

五夫人當然不會在意這麼點小事，笑道：「妳別拿我當外人看，儘管做妳的去。」

聽她這般說，風荷倒不好動了，顯得見外，就直接命人傳了平野進來。

平野一溜煙小跑著進了院子，快到屋門口了方放緩了腳步，低垂了頭進屋，然後跪著磕了一個頭。

「快起來吧，又來這套，你們爺叫你回來有甚要緊事？」風荷擺手笑道。

平野忙爬了起來，笑著從袖中抽出一張紙條兒遞給旁邊伺候的淺草，說道：「少爺在酒樓吃酒，小的在下邊伺候，少爺忽然叫了小的過去讓小的把這個紙條兒送來給少夫人，讓少夫人速速辦了。」

淺草笑吟吟捧了紙條兒展開在風荷面前——

速需銀一千兩，讓平野捎了銀票過來。

就這麼幾個字，寫得還歪歪扭扭的，風荷倒是認出了他的筆跡，只是不解他是何意。但聽他口氣應該是有急用，也不好多問，忙命沈烟下去取一千零五十兩銀票過來。

五夫人看得震驚，不意她會這麼爽快，笑問她：「這可不是一筆小數目啊，妳就問也不問這麼給了不成？不怕你們爺出去胡鬧揮霍掉了？」杭天曜這樣的先例實在太多，怨不得大家要懷疑他。

「四少爺平兒也不會開口，既然開口了必是有急用的，我這時候再去計較這些，等他收到銀子只怕就晚了。總歸他晚上回來會告訴我，我何必這時候非要追根究柢的呢。嬸娘不需擔心，四少爺也不是那等胡來的人。」她抿了唇笑，心裡卻在暗道不知杭天曜葫蘆裡賣的什麼藥，回頭要好生問一問。

五夫人聽她說得有理，連連點頭道：「還是妳明理，竟是我迂了。」

沈烟取了銀票過來，風荷吩咐平野道：「一千兩是你們爺要的，還有五十兩讓他留著賞你們吧。好生伺候好了，你們幾個，不許吃酒。」

平野忙笑嘻嘻接了，告了退。

卻說杭天曜幾個舊友許久未聚，連中秋都不曾樂和一日，說好了今天不醉無歸的。席間大家說起別後之事，都戲說杭天曜原來是個妻管嚴的，從來青樓妓館日日都是要報到的，誰知娶了這個小妻子後，怕是如今京城最紅的名妓是誰都不知道了。

眾人你打趣一句我取笑一句的，杭天曜不幹了，非說自己在家裡如何如何有威信，吹說風荷有多怕他，一聲不敢多吭一步不敢多走，他的命令都是無條件服從的。

大家誰肯信他，越發哄笑起來，質問他為何最近約他吃酒都不來？

杭天曜好不容易給自己找到一個藉口——

「你們忘了我那次被我們王爺打了一頓，雖然後來好了，但身子受了虧，最近一直在家請了太醫保養呢。這身子不養好了，出來也幹不成什麼事啊，反攪了你們的興致。」

旁人聽了勉強還有幾分相信，唯獨蕭尚忍不住哼了一聲，大家便知杭天曜哄著他們了。

一個說：「你還矇我們呢，你們府裡自己傳出來的話頭，說你已經幾個月不敢去妾室房中歇息了，都是被這個新妻子管住了。」

另一個說：「你們太妃娘娘如今也不給你銀子了，都直接給了你小妻子，是不是手頭緊張，若那樣就該趁早與我們說，咱們還能看著不成？」

又有一個道：「若說你不怕你那妻子，今晚就不許回去，咱們去找找樂子如何？」

「就是就是，男子漢大丈夫的，莫非還怕一個女人。你從前的英武之氣都哪兒去了，她要不聽先打一頓再說，看她往後還敢不敢管著你了。」

杭天曜被逼不過，只得想法子證明自己在家裡還是有威望的，便在大家催逼下胡亂寫了一個條子讓平野帶回去，大家都等著看結果怎樣。

結果當然是杭天曜證明了自己是個男子漢大丈夫的，隨便一句話，風荷就巴巴給他送了一堆銀子來，連問都不敢問一句。

大家認真聽完了平野的敘述，還忍不住問這問那，發現杭天曜這妻子還挺講道理的，倒不像是那種潑婦。看著杭天曜的樣子都帶了幾分豔羨，聽說還是個大美人呢。

杭天曜自尊心得到了極大滿足，不免喝得多了些，直到月上西天，醉醺醺了才被小廝們攙回去。

第一百零二章　著手布局

酉時一刻的時候，杭天曜尚未回來，風荷便命丫鬟們擺飯，一個人先用。除了小廚房的分例菜，太妃娘娘那邊賞賜了兩個菜下來，一樣是竹筒魚羊三鮮羹、一個炒珍珠雞。

風荷指著三鮮羹道：「這個送去小廚房熱著，妳們爺愛吃，待他回來吃吧。」

雲碧在一旁布菜，聞言嘻嘻笑著。「少夫人如今待爺是越發好了，奴婢看著真是羨慕。」

「貧嘴，我是不愛這個味兒，膩味得很，誰歡喜吃了。」風荷略微紅了臉，隨即又打趣道：「妳既羨慕，不如我也給妳挑個好人家，早點把妳嫁過去，那時候妳只要羨慕自己就夠了。」

「少夫人。」雲碧羞得通紅了臉，啐道：「妳要想打發奴婢走，可沒這麼容易，倒是含秋那蹄子，少夫人該操操心了。」

風荷聽得詫異，笑問道：「可是有什麼故事，說給我也聽聽，回頭少不了妳的好兒。」

雲碧左右望了一眼，知道含秋這會子在自己房裡用飯，附在風荷耳邊輕聲笑。「奴婢瞧著，含秋與譚侍衛，怕是對上眼了。前兒中秋節，少夫人吩咐她送些月餅去給譚侍衛幾人吃，論理這種小事交給小丫頭就好了，誰知她竟是特特打扮了，然後親自送去的，回來時小臉紅紅的，手裡提了一大摞葡萄、橘子。

「奴婢當時不過隨意打趣了幾句，誰知她那樣子越發不對了，奴婢才放在了心上。這幾日故意在她面前提起譚侍衛來，她每次都是臉紅紅的，低了頭不說話。少夫人想，含秋可不是這樣扭捏的人兒，所以啊，肯定是有故事了。」雲碧知道風荷不是那等規矩甚嚴的主子，只要不越了線，她是樂見其成的。

風荷越聽越覺得有理，捏了捏雲碧的臉頰，笑道：「就妳鬼靈精，小心含秋一會子找妳算帳。」

雲碧不服，高聲道：「奴婢可是為她打算，她不感謝奴婢就罷了，如何還與我算帳的。不過少夫人，少爺今兒拿了那麼多銀子，您果真一點都不擔心？」她一副八卦的樣子。

風荷好氣又好笑，勉強板著臉笑罵道：「那銀子反正都是妳們爺的，他想花就花，關我什麼事，我幾時成那小氣的人了？」

「少夫人自然不小氣，少夫人只是擔心少爺出去鬼混。」一說完，雲碧捂著嘴跑出去了，氣得風荷在房裡跺腳。

不料這時候，青鈿匆匆忙忙跑了進來，嗆呼地喊道：「少夫人，五少爺房裡出事了，王妃娘娘已經趕過去了，您要不要去看看？」

風荷止了笑，坐直了身子問道：「慌什麼，究竟什麼事？」

「聽說綠意姑娘伺候五少夫人用茶時不小心燙傷了五少夫人的手，五少夫人大怒，喝罵綠意是故意的，綁了她命人打二十大板。誰知二十大板還沒打完，五少爺恰好回來了，一看大驚，不許她們打綠意。為此，五少爺和五少夫人僵持住了，五少夫人一氣之下居然暈了過去，這會子院裡亂成了一團。」說完，青鈿連連喘了幾口氣，顯然還是挺興奮的，五少夫人為了一個通房丫頭氣暈了，這可不是一件小事。

風荷撫額，這流鶯閣裡最近是雞飛狗跳，沒幾日安生日子呢。王妃既然去了，事情就不會發展惡化下去，不過作為媳婦妯娌，她總是要過去勸慰幾句的，順便瞧瞧綠意的傷勢。

沈烟那邊已經用完了飯，聽到這裡的動靜，忙忙過來伺候風荷起身。

天還未大黑，倒是有稀薄的霧氣。

風荷扶了沈烟的手，一面走一面問道：「此事有沒有傳到太妃那邊？」

「應該還沒有，估計王妃也不讓他們去打攪太妃。」青鈿的消息還是比較快的，流鶯閣裡剛鬧起來的時候就跑去打探了，太妃房裡的丫鬟都是比較謹守本分的，沒這閒工夫管這趟閒事。

大家族裡，當通房的往往還不如主子跟前得臉的一等大丫鬟，尤其男女主子鬧起彆扭來，通房往往是使氣的對象。沈烟心下暗暗感嘆，多虧她跟的是少夫人，少夫人絕不會逼迫身邊人當通房什麼的，不然她們夾在中間，這日子也不會好過。

她看左右無人，壓低了聲音問道：「少夫人，您看綠意是真的燙傷了五少夫人的手嗎？」

嬌柔的笑聲響起，風荷遠遠望著流鶯閣的方向，低聲道：「當然是真的，而且她還是有意為之。」

芰香不解，歪了頭道：「她瘋了不成，難道燙傷了五少夫人有她什麼好處不成？反是自己挨了一頓打。」

沈烟一開始也沒有想透，很快跟著笑了起來。「少夫人的意思是雖然她挨了這頓打，但打得太是時候了，還沒打幾板子五少爺恰好回來撞見了。而且為了這，五少爺與五少夫人之間的矛盾愈加激化了，五少爺幾乎表明了立場要護著她，五少夫人才是真正吃虧的那個。」

「不錯。大家不是都傳聞自從宮裡領宴回來之後，五少爺便沒有踏足過五少夫人的房間嘛，竟然一多半都在綠意房裡過的夜，或者就是在小書房裡。妳們想想，以五少夫人的性子，豈能嚥得下這口氣，這時候她要責罰綠意，落在旁人眼裡都當她是嫉妒，公報私仇呢。即便五少爺從前對綠意沒幾分感情，也會為了此怨恨五少夫人的，所以最後得利的是綠意。」

風荷輕笑，這個綠意，還真有兩把刷子，孺子可教也。以她這樣的手腕，便是不能鬥倒蔣氏，蔣氏也休想有好日子過。好像自從納了她之後，流鶯閣就不曾有過平靜的時候。

芰香聽著這裡邊的算計陰謀，臉都白了，咋舌道：「這通房還真不是好當的呢，不如安安分分當個丫鬟來得舒服。」

沈烟笑著點她的頭。「妳以為人人都能當通房啊，哪個不要點品貌。只管跟好了少夫人，日後少不了將妳體體面面的嫁出去。」

說話間，已經到了流鶯閣，院子裡燈火通明，王妃的丫鬟守在院門外。

王妃正在內室裡安慰蔣氏，蔣氏不過一時血氣上頭，很快就醒轉了，只是不說話一味的嚶嚶哭泣。

王妃看見風荷過來，心下有些不快，兒子媳婦丟臉就是她丟臉，她並不想被風荷看到，尤其不滿風荷那邊的消息來得這般快。

不等她開口，風荷已經解釋道：「媳婦用了晚飯，正想去祖母房裡請安，誰知遇到一個小丫頭慌慌張張衝祖母的院子跑過去，忙喚住了她，才得知五弟妹身子不痛快。媳婦想著，時辰不早了，不該去打攪祖母安歇，就作主讓那丫頭自己去用飯，五弟妹這會子可好些了？」

她這般說，王妃不免帶了三分感激，嘆道：「還是妳慮得周到，太妃娘娘年紀大了，無事就不要輕易擾了她，我剛才也是一時急忘了。」

風荷心下冷笑，王妃想得也太簡單了點，今兒不說，難道保得準明兒沒人去告狀，到時候太妃依然不會待見蔣氏。

蔣氏對她們兩人的對話恍若未聞，只是哭泣。

王妃幾次喚她，她只是輕輕應了一聲，卻沒有旁的話，王妃的臉漸漸黑了，幾欲發怒。

風荷不想留在這兒被禍水牽連了，而且她知道王妃有些話不便當著她的面說，她忙笑道：「五弟呢，怎麼不見他的人影？」

「唉，他去看著人給綠意上藥呢。」王妃的話音未落，蔣氏就哼了一聲，偏過頭去。

「既如此，那些小事五弟一個大男人也不大懂，不如媳婦過去瞧瞧，順便請五弟回來陪母妃說說話。」她一副溫柔討巧的樣子。

王妃雖然不喜她，也知她是為了自己考慮，忙強笑著應了。「那就辛苦妳了。」

風荷前腳踏出門，王妃就輕斥了起來。「妳素日的伶俐勁都哪兒去了，當著滿院子人的面非要處置了那丫頭，叫你們家爺臉面往哪兒擱。妳若要治她，暗地裡有多少法子不能用，偏要鬧得人盡皆知嗎？還當眾頂撞你們家爺，往後院裡的丫鬟誰還當他是主子，傳了出去妳的名聲就好聽了？

「一個通房而已，要打要殺還不是由著妳的，妳與她置的什麼氣，氣壞了自己的身子只會被人說一聲善妒。妳好聲好氣與小五說，他還會護著那丫頭不成，妳卻一句不肯解釋，非要打人，妳這哪是打人，分明就是在打他的臉。」

王妃氣得身子都在顫抖，鬧出這麼大動靜來，王爺太妃不聽到消息就奇怪了，回頭還不知如何將這事兒圓過去呢。

蔣氏聽王妃厲聲喝斥她，心下只覺得委屈，但不敢駁斥，卻是哭得更大聲了。

王妃看她壓根兒聽不進去自己的勸導，根本不把自己這個婆婆放在眼裡，恨不得甩她一耳光，忍了許久方把這口氣壓下去。

風荷領了人到了綠意房中，只見綠意躺在床上無聲啜泣，但依然容顏整潔，而杭天睿呆呆地坐在椅子上，一聲不吭，風荷進來都未發現。

直到風荷第二次喚他，他才回過神來，愣愣地看著風荷。

風荷只得說道：「五弟，夜深露重的，母妃身子好了沒多久，撐不住。我們勸著總不及你勸了有用，還是你送她回房吧，好生安慰幾句。咱們年輕人，小小吵鬧幾句是常事，原沒放在心上，讓母妃跟著著急，倒不是咱們的本意了。」

杭天睿聽她說得有理，連連點頭，謝道：「多謝四嫂了，綠意這裡拜託四嫂多看顧些，我去送送母妃。」

風荷笑著送他出去。「放心，不會吃了她的。」

杭天睿被她說得微微紅了臉，又忍不住回頭對綠意道：「四嫂最是和善的，妳有哪兒不舒服不便與我說的，只管告訴四嫂，我回頭再來看妳。」

「少爺，您快去吧，別讓娘娘跟著憂心，奴婢不過賤命一條，能伺候少爺就是奴婢的福分了。」她話未說完，眼淚就撲簌簌往下滾，看得杭天睿心疼不已，卻不得不出去。

待他去得遠了，綠意才擦了擦臉上的淚，不好意思地笑道：「讓四少夫人看笑話了。」

風荷擺手，芰香會意，與青鈿拉著手到門口守著，兩人隨意有一句沒一句胡扯。

「妳雖是個下人，但如今也算半個主子了，何況妳還是五弟的人，我是從未將妳當下人看待的，更何來笑話之說。咱們女人，一輩子身不由己，想為自己搏一搏也是被逼的，妳敢去爭去搶，何嘗不要勇氣呢。」風荷並不覺得妻妾制度有何不妥之處，這個世上，何處不是競爭，女人之間的競爭往往還要溫和些。

不過是東風壓倒西風或者西風壓倒東風，誰棋高一著，誰就笑到最後，只要這個過程不要太過血腥就好。男人既然把這個女人娶進門，他就負有保護她善待她的義務，倘若他做不到，那這個女人想為自己將來做打算，也無可厚非。所以，她不會反對杭天曜納妾，也不會把他那些妾怎樣，只要她們安安分分的，她不會虧待她們吃穿。當然，誰若敢欺到她頭上，她動起手來也不會留情。

而男人的愛或者情，最後給了誰，卻要看各人的本事了。如果一個正妻，無法得到夫君的心，那麼正室之位不要也罷。風荷就是這樣的人，她想要的她一定會去爭，也不會怪別人跟她搶，若她失敗了，她也就一笑而去。當然，杭天曜既然喜歡她，她就絕不容許他跟別的女人發生任何關係。

綠意不想風荷會說出這番話來，大是震驚，但她很快笑了，笑的時候眼淚再次落了下來。

她低低泣道：「少夫人是個尊貴人，奴婢一個賤人不敢跟少夫人比，但奴婢這條賤命好歹也是爹娘辛辛苦苦拉拔大的，奴婢不想隨隨便便就還給了閻王。既然她非要讓奴婢做了這通房，就別怪奴婢也想過過人上人的日子。

「倘若她能有少夫人一半容人之量，奴婢也不至於走到這分上。奴婢已經走上了這條路，就不會回頭，也不會後悔，總比白白死了強些。」她是在輔國公府長大的，夫人那些手段沒少落在她眼裡，那時她只覺恐怖，不意自己有一日會拿那些東西去對付她的女兒，這算不算是報應。

蔣氏與妾室的鬥爭，風荷無權插手也不想插手，但是她的母親膽敢加害自己，那自己也不會念著這稀薄的妯娌情誼，就讓她的女兒來代她受過吧。

風荷拍了拍綠意的胳膊，莞爾笑道：「那些事，都是你們房裡的事，我並不想理會。我只是想請妳幫個忙，妳若不願意只管與我實說，我不會逼妳。」

綠意怔了怔，她一早就知道四少夫人不會平白無故待她好，一定會有她的目的，她遲疑地點點頭。「少夫人請說。」

「妳別緊張，我只是有些話要問妳，不會讓妳上刀山下火海的。」風荷扶了扶鬢角的簪子，正色說道。

「奴婢知道的，絕不會隱瞞少夫人。」綠意也不是傻子，大略猜到會是關於蔣氏或者輔國公府的事，她沒有必要替她們隱瞞。五少爺現在是待她不錯，但誰知往後會怎樣呢，尤其五少爺手中沒有權力，靠他一個是護不住自己的，與其如此，她還不如找了四少夫人當靠山，好歹比現在強些。

風荷也不遲疑，當即就問道：「你們世子妃身邊的人，妳可都認識？」

綠意想不到她第一個要問的居然是蔣家大小姐，細細說道：「世子妃一共陪嫁了十二個丫鬟嬤嬤過去，其中兩個是備著給世子爺當通房的，四個是世子妃跟前的一等大丫鬟。如今，兩個通房，一個還在世子身邊，另一個卻早沒了。丫鬟多半配了府裡的管事小廝侍衛，現在都是世子妃身邊得力的管家娘子，還有幾個管著世子妃在外邊的陪嫁產業。

「留在世子妃身邊的一共五個，她們都極其忠於世子妃，一家子老小的賣身契都在世子妃手裡呢。現在伺候世子妃的丫鬟我幾乎都不大認識，都是順親王府的家生子兒，慢慢提上來的，不過聽五少夫人的語氣，世子妃最器重的還是她從娘家帶過去的舊人。」

聽著倒是符合一般女子出嫁後的規律，只是這樣一來，倒不好辦了。大蔣氏信任的人，年紀都大了，不會貼身伺候；貼身伺候的，都是她不信任的，那麼她必定會瞞著她們許多事。看來大蔣氏是一個小心謹慎的人，想要收買她身邊的人或者安插別人進去，都不是件容易的事，看來這條路是死了。

風荷聽了，並不表現出失望，只是笑笑，又問道：「輔國公夫人呢，她身邊有哪些人？」

綠意的身子抖了抖，臉色發白，輕顫道：「夫人身邊的姊姊都很是厲害，從前我在夫人房裡幹過灑掃的小事，沒少被她們教訓。現在夫人最信任的是她陪房的女兒，大家都叫她采芝姊姊，手裡掌著夫人大大小小的事。

「還有一個是露痕，露痕其實只是二等丫鬟，但領著一等的分例。因為露痕有個姊姊，過去也是伺候夫人的，後來夫人懷疑她與老爺有點首尾，一次藉了件小事為由頭把她嫁給了莊子裡一個鰥夫，那鰥夫是個粗人，常常折磨露痕的姊姊，沒想到露痕姊姊是個烈性子的人，居然上吊死了。最後才得知與老爺有首尾的不是露痕的姊姊，而是另一個丫鬟。夫人可能是愧對露痕姊姊，就提了露痕上來。

「她們倆之外，還有些丫頭婆子們，夫人平日都不會交代她們親近的事，都是尋常事務。」綠意明白風荷打聽輔國公夫人身邊的人是有用意的，她乖乖揀了要緊的說，卻把其中最關鍵的點了出來。

風荷對綠意的回答很是滿意，笑著看了看蔣氏的屋子方向，徐徐點頭道：「你們少夫人是寬厚的人，只是偶爾脾氣急躁了些，妳不用害怕，咱們家一向講究規矩，只要妳守著本分，沒人能把妳如何。」

綠意聞言，當即大喜，她當然明白這是風荷對她的承諾。只要自己行事小心不要被人抓到了把柄，四少夫人是一定會保住她的，她的心安定了下來。

她不想要太多的榮華富貴，不想要多高的權勢地位，她只想有一筆足夠她舒適地過完這一輩子的錢，順便看到蔣氏沒有好日子過。五少爺將來怎樣不是她關心的，她一個小小的丫頭也關心不起，只要四少夫人能安頓好她的將來，她便什麼都無所謂了。

回去時，夜色已深，沈烟剛才一直在房裡伺候著，不由皺眉道：「少夫人，瞧樣子，世子妃身邊，咱們是安不了人的。」大蔣氏的姦情她是知道的，也明白她主子絕不會輕易放過此事，一定會善加利用。

風荷嗤笑一聲，問道：「那又怎樣？」

「那咱們怎麼抓她的把柄？」沈烟一下子繞暈了，少夫人弄了半天不就是為了這嗎？現在倒是滿不在乎的樣子。

風荷捂了嘴笑，嗔道：「笨蛋，那種事情一個人能行嗎？她身邊咱們沒法安人，那另一個呢，咱們難道還沒法子，隨便一個美人估計就能拿住了他。」

沈烟聽得好笑，故意反問：「可是少夫人要派誰去，這個人選不好選吧。」

風荷一揚眉，小手一揮，笑道：「妳們爺是死人不成，要他來幹麼的，京城幾個美人還不都在他肚裡。他別的事不行，這種事最是拿手，咱們只等著看戲就成。」

聽著似乎有道理，但沈烟還是發現了一個問題。「那少夫人為何還要問綠意的話呢，直接行事不就好了。」

「因為啊，如果世子妃身邊伺候的是既機敏又忠心的人，會很容易發現異樣，那樣對咱們反而不利。既然忠於她的人不在內院，內院的不是心腹之人，咱們還怕什麼，估計她出點什麼事，那些丫鬟還蒙在鼓裡呢。」

風荷冷笑，世子妃倒是好準備，想要不被人發現自己的姦情，就放了些陌生的丫頭在房裡，這樣還能藉口不習慣她們伺候打發得遠遠的，好算計啊。

略帶涼意的夜風吹拂在面上，激得杭天曜清醒過來，他四下一瞧，知道這都已經回了府，便推開攙扶的小廝道：「行了，我自己回去，你們都退了吧。」

平野看他走路還是有些歪歪扭扭的，不大放心，涎笑著說道：「爺，您就可憐可憐小的們，回頭少夫人見您獨自回去，非得怪小的們不會伺候人不可。而且少夫人這會子還不見您，都不知急成什麼樣子呢，還是讓小的們快點伺候您回去吧。」

「怕什麼，她還敢打你們不成。你們幾個死小子，老實交代，誰把我不去茜紗閣的話傳出去的，非得好好教訓一番不可。」他雖吃多了酒，但其實並不完全醉了，不過是怕他們一會兒真要拉了他去青樓脫不了身，才藉口喝醉了先回來。

「這些話，咱們哪兒聽過，定是內院的小丫頭傳出去的。其實這又不算什麼大事，少爺疼惜少夫人那是咱們都心知肚明的。」平野正說得起勁，忙訕訕住了嘴，少爺在外邊那麼愛面子，自己這麼說不是揭他的老底嘛。

杭天曜果真瞪了他一眼，低低斥道：「狗嘴裡吐不出象牙來，盡知道看你主子我的笑話，害我今兒差點丟人。」

平野跟了他這麼些年，當然明白他嘴上這麼說，心裡還是很樂意的，不由馬屁拍得響。「少爺憐香惜玉那是多少年前大家就聽過的，何況少夫人生得那般好看，哎喲，少爺……」

原來杭天曜重重在平野肩上捶了一記，惡狠狠問道：「少夫人生得怎麼樣，你這小子也敢偷窺不成，小心把你眼珠子挖出來。」

平野發現自己說什麼錯什麼，哀怨地不敢再說，攙了杭天曜往內院走。

進了二門，杭天曜擺手道：「行了，我自己回去，免得你們進進出出麻煩。」

平野見他執意如此，也不敢勸他，眼睜睜看他一個人東倒西歪地往裡邊去了。

杭天曜估計自己今兒喝得確實有點多，身上都是酒味兒，怕是要被風荷嫌棄了。今兒被眾人一說，他也覺得自己有點太怕風荷了，一個大男人的，怎能什麼都聽她的，誰家男人吃了酒不沐浴就不許上床了，都是哪兒來的規矩。

到處黑漆漆的，他只得沿著甬道摸索著走，這個時候，各院的人多半都歇著了，至少也在房裡，路上幾乎沒遇見什麼人。

直到過了太妃的院子，在凝霜院的拐角處朦朦朧朧看見一個紫色披風裹著的女子站在樹的陰影下，倒有點像風荷的身形。

杭天曜以為是風荷來迎他，勉強睜大了眼，笑著撲上去，抱了那女子道：「娘子，妳在這兒等我啊。」女子身上散發出清淡婉約的蘭花香，與風荷身上的類似，但她不說話，微微掙扎著。

「娘子，不要動，讓人家香一個。」杭天曜腳下站不太穩，大半個身子都靠在了女子身上，再一壓索性就把她壓在了樹幹上，唇往上湊。

「去，看看那個人是不是妳們爺？」風荷大怒，冷冷說著，好，真好，竟然敢在自己院門口與別的女人親親熱熱，哼！

清冷的聲音把杭天曜嚇得渾身一個激靈，唰的放開懷中的人，猛地往後看，竟然看見風荷被人簇擁著站在他身後，俏臉寒霜。他再回頭看，還是沒看清之前那個女子是誰，又揉了揉眼睛，才發現好像是江雅韻，登時大窘，隨後又怕，可憐兮兮挨到風荷身邊去。

風荷看也不看他，越過了他直接往院裡走。

杭天曜欲要去拉她的手，又不敢，小聲喚著：「娘子，妳等等我。」跟在後邊像隻搖尾乞憐的小狗。

雪姨娘一動不動地站在樹底下，整個身子冷得像一塊冰，秋風吹在身上好比十二月的獵獵北風，讓她頭疼無比。那個男人，果真忘了她不成，甚至連她長得什麼樣都認不出來。難道，他做那一切，也是假的不成，求娶自己，溫存體貼，都是假的？他心裡，都被那個女人占得滿滿的了嗎？

那女人一生氣，就嚇成那副樣子，巴巴追上去，根本忘了自己的存在，難道自己在他心裡當真什麼都不是，還是自己從未占據過他的心？進府至今，將近三年，不論是他的歡愛還是冷落，自己都能默默承受，可是她受不了他待別的女人那般不同，那自己算什麼？

風荷剛進屋，就吩咐道：「把妳們爺明兒穿的衣物收拾出來，送去茜紗閣，一併把他的人也送過去，別再走錯地方了。」

風荷當然知道杭天曜是喝多了酒，又在自己院門口，想當然以為那個女人是自己。可是他實在太糊塗太混帳了，誰讓他喝那麼多，誰讓他這麼晚才回來，誰讓他不叫個人送進來，再不給點顏色看看，改天就得把別的女人帶上她的床了。

杭天曜一點酒意都沒了，情知自己是犯了大錯，要是這回不把風荷撫慰好了，他估計一個月內都別想進房。

沈烟笑著攔在門口。「少爺，您略等一等，奴婢這就去收拾您的東西。」可憐的少爺，不是我們不幫您啊，實在是您犯的錯太嚴重，誰幫誰就是同謀了。

杭天曜不想這些丫鬟當真將他擋在了外頭，氣得咬牙切齒，卻不敢罵，只得好言相求。「好姊姊，讓我進去吧，我的頭好疼。妳們少夫人又要歇息了，不能沒人伺候，我不去怎麼辦？」

「少爺費心了，少夫人有我們呢，這點小事還是能伺候好的。雪姨娘還在茜紗閣等您，您看給您帶三天的衣物夠嗎？」沈烟笑咪咪的，卻半步不讓。

裡邊傳來風荷冷笑的聲音。「三天哪夠，給他收拾一個月的衣物。我也不是那等妒婦悍婦，要去妾室房裡又不會不允，做什麼偷偷摸摸的。」

杭天曜相信，風荷是真的生氣了，他不由大急，心裡火燒火燎的，欲要推開沈烟闖進去，誰知沈烟小聲勸道：「少爺，奴婢看您還是和緩著點好，不然只會讓少夫人更生氣。少夫人的脾氣您是清楚的，惹惱了她可不是一天兩天能勸好的。」

杭天曜恨不得抽自己幾個耳光，幹什麼不好要去喝酒，喝酒也罷了吹噓什麼，吹噓就算了還一高興喝得大醉，醉了安安分分回房也沒什麼，怎麼偏偏就認錯了人呢。這下子誤會大了。要是風荷今晚不原諒他，他相信自己會被急瘋的，可是眼下的情形看來，風荷應該沒有這麼好說話。

雲碧動作還挺快的，當真與丫頭抱了幾個包袱過來，恨聲恨氣地說道：「爺，您的東西好了，咱們現在可以走了嗎？」

「走什麼？」杭天曜大聲質問，隨即忙軟了語氣，討好地笑道：「雲碧姑娘，妳們少夫人在裡邊做甚呢，妳們都不在跟前伺候，她要叫人怎麼辦？」

「爺放心，含秋、芰香正在裡邊呢，少夫人要使喚人叫一聲，我們也能聽見的。」雲碧笑得和煦，只是話卻是咬著牙擠出來的。

杭天曜發現自己簡直是四面楚歌，非但沒一個願意幫他說好話的，還都是一堆幸災樂禍的，他只得求道：「兩位姊姊，算我求妳們了，就讓我進去一下好不好？少夫人生氣要打要罵我也好扛著，萬一摔了東西傷了人倒是不好，還是我皮粗肉厚耐打些。」

說得兩個丫鬟都忍不住噗哧笑了出來，沈烟見他還算有誠意，低聲指點著。「爺，您還是再等等吧，過個一時半會兒少夫人氣消了您再進去不遲啊。」

杭天曜愁眉苦臉點頭，又道：「那她多久氣會消？」

沈烟細細回想了一會兒，很快笑道：「少夫人等閒不生氣，聽說小時候有一次大少爺不肯帶她爬樹，她整整三天沒理大少爺，後來還是大少爺尋了一大堆玩意兒來，才哄轉的。」

杭天曜憤恨地感覺沈烟分明就是在耍他玩兒，認為自己不能被這兩個丫鬟左右了心神，故意指著裡邊叫道：「娘子，妳來了。」趁著沈烟、雲碧回身去看的時候，他忙溜了進去，待到二人反應過來，他已經去了好遠，只得跺跺腳罷了。

他進去時，恰好聽見風荷在讓丫鬟服侍她沐浴，他趕緊狗腿地跑過去，樂顛顛問道：「娘子，妳要沐浴，我來伺候妳。」

風荷不料他會進來，立時瞪圓了眼睛斥道：「請爺出去。」含秋無法，笑著上前，可是杭天曜哪裡肯聽，也不管一群丫鬟看著，上前就把風荷打橫抱起往淨房而去。

風荷又氣又急，拚命拍打著他的背部，哭道：「你放我下來，我不要理你了。」

「娘子啊，妳累了一天辛苦了，還是讓我服侍著吧。別哭，妳一哭我心都碎了，五臟六腑都在痛，妳若生氣打我罵我都行，妳想咬我解恨也沒關係，儘管把我身上咬出幾個窟窿來吧。」他也不給風荷脫衣服，直接抱著她坐進了浴桶裡，關切地問道：「燙不燙，涼不涼？」

風荷猶在掙扎，卻一面掙扎一面被他把身上的衣物都脫了，倒是想出去都不能出去。

風荷恨得牙癢，往杭天曜身上潑著水，問道：「你出不出去，你再不出去我就叫人了。」

「娘子，妳要叫誰進來，我幫妳喊。」他順勢將自己身上的衣物脫個精光，他就不信風荷會大方到讓丫鬟看到他赤裸的身子。

風荷氣也不是，不氣也不是，嬌斥道：「那你把頭埋在水裡半個時辰，我就原諒你。」

杭天曜一聽，二話不說深呼吸了一口氣，整個身子往下滑，把頭埋進了水中。

風荷往後退了退，發現自己一絲不掛，勉強扯了一塊手巾來蓋住自己，悄悄爬了出去，取了浴袍披上，然後說道：「半個時辰後我再來，你不許偷偷出來，我會叫人盯著你的。」

半晌過去，風荷靠在床欄上，絞著手中的帕子，問著淺草：「他一次都沒出來過？」

「沒有呢，少夫人，少爺不會出什麼事吧，我們叫他都不理。」淺草有點害怕，改明兒傳出四少爺在沐浴時淹死了這樣的笑話，她們幾個都別活了。

「他憋得住讓他憋去，憋不住自己自會出來。」風荷強按下心裡的焦心，淡淡說著。

淺草無法，繼續回去監視。

風荷聽著丫鬟一次次的彙報，不由急躁起來，可別真悶出什麼事才好啊，換了人只怕一小會兒都堅持不住，他這都半刻鐘了，不會出事吧。

淺草第三次試探地問道：「少夫人，要不您去看看？」

風荷咬咬牙，起身去了淨房，看見杭天曜還以先前的姿勢躺著，一動不動，跟死了一般。她試著喚了兩聲：「杭天曜，杭天曜……」

見他一直沒反應，風荷也有些怕了，上前探到水中摸了摸他的胳膊，好像冰冰的，就去拉他的身體，誰知自己腰間被一雙大掌環住，整個人前傾撲到了浴桶裡，坐到了杭天曜身上。

杭天曜大笑著探出頭，在她兩頰分別親了兩下，問道：「娘子，妳原諒我了啊？」

風荷真是沒見過這麼不要臉的人，索性抱著他在他肩上狠狠咬了下去，這一口確實很重，痛得杭天曜悶哼出聲。

咬過之後，風荷覺得胸中的惡氣出得差不多了，揪著他鼻子問道：「老實交代，是不是你收買了那幾個丫頭一起矇騙我？」

「沒有，我保證，絕對沒有。」杭天曜趕忙發誓。

「哼，我才不信你那麼厲害，能憋這麼久。」風荷懊惱地看著自己身上的衣服，剛穿上，這回又濕了，而且由於她剛才摔進去時用力過大，整個淨房裡積滿了水。

杭天曜捧了她小臉，輕輕啄了一口，小小聲道：「娘子，我之前真以為是妳，不然我才不要碰一下呢。我以後都不吃酒了好不好，妳就原諒我這一次吧。好娘子，莫非妳要看我在水中憋死了才滿意嘛，妳要當了寡婦誰給妳溫暖誰給妳懷抱，雖然我犯了一點錯，但念在錯誤不大的分上，妳考慮考慮再試用試用我，好不好？」

風荷被他說得好笑不已，卻仍板著臉。「我與雪姨娘明明就不一樣，你豈會認錯，我看你是想將錯就錯吧，打的好算盤。你要是想去她們誰房裡，我難道還攔著不成，何必演這麼一場戲給我看，我不稀罕。」

「我知道妳不稀罕，可是我稀罕妳。只有娘子妳身上才是香香軟軟的，別的女人都好髒的，求娘子妳收留我吧。」他一面諂媚，一面暗暗去解風荷的衣帶。

風荷尚未發現他的企圖，扭著頭噘了嘴。「當我傻子呢，我才不信你這些話，那些姨娘，哪一個你不是歡歡喜喜納入房中。」

杭天曜故意將她拉到懷裡，掩蓋自己手中的動作，正色說道：「瞧娘子說的，難道我就是那種好色之徒？我看今天這事不是巧合，江雅韻穿的那件披風很像妳有的一件，而且她身上的香味是模仿妳的。換了平時我肯定能辨別出來，可當時喝得昏昏沈沈的，就沒注意太多，我看要把她好好盯著了。」

風荷已經發現他的舉止了，忙拉住他的手，用腰帶給他纏住了，一面還說：「你說的要是真心的，就不許動，不然我就不信你。」

「我不動，娘子想要主動，我自然要奉陪到底。」杭天曜美滋滋想著，風荷還是很心軟的。

風荷拉他起來，嗔道：「洗了這半日，也該好了，咱們回房吧。」她順手將杭天曜的浴袍裹在自己身上，然後只拿了一條手巾纏住他的腰間，便提了腰帶往屋子裡走。

杭天曜乖乖跟著，暗道丫鬟都不在，不然這臉丟大了。

風荷哄著他俯身躺下，然後她又拿了幾條腰帶來，將他手腳都給捆了。

杭天曜心裡越來越緊張了，風荷不會把他抬去茜紗閣吧，不要啊，那樣他寧願咬舌自盡以保清白。

不過他的擔心是多餘的，風荷並沒有這個意思，倒是很好心的伺候他，直到他再也控制不住哀求地喚著：「娘子，寶貝兒，快點吧……快。」

誰知風荷直接蓋了被子睡覺，理都不理他。於是，杭天曜相當悲慘地被捆了手腳頂著慾望過了一晚上，早上醒來時手臂麻得像是別人的。

風荷一覺睡醒，才記起杭天曜急著拿了一千兩銀子，昨晚光顧著與他生氣，還沒問他用來做什麼了。杭天曜不敢瞞她，儘量委婉地交代了一切，聽得風荷心火騰騰往上竄，本來都要放了他了，這回索性再綁他一天。

叫你好面子，叫你戲弄自己，虧得自己還在五夫人面前替你說了一堆好話，原來竟是拿去顯擺了。顯擺也罷了，不該把自己說得那麼不堪，更不該喝醉了酒，回來差點又闖了禍。

直到午飯時，風荷終於把他給放了。

「妳這小妖精，折騰了我一晚上，妳說說怎麼補償我？」杭天曜壓根兒不用她放，自己隨手一扯就解開了，真是，一條繡花腰帶就想捆住他了，也太小看他了。

風荷愣得睜大了眼睛，想到自己折磨人家，人家這是要報復了，好哥哥好夫君哀求個不停。

第一百零三章　三少納妾

滿地菊花待放，金黃的、大紅的、雪白的、橘黃的，有苦澀的香味浮動在空氣中。掩映在菊花叢中的是一個身穿煙霞色短褙子的妙齡女子，頭上戴著鎦金菊花簪，正蹲了身剪下一朵金黃色的花來。

菊花圃入口處站著一個丫鬟打扮的人，穿著紫色馬甲，左右掃視了一眼，方才對菊花叢中的女子說：「小姐，小侯爺拒絕了楊家的婚事。」

剪菊花的女子正是韓穆雪，她的手輕輕抖了一下，卻仍然鎮定著剪下了手中的花，慢慢提了裙子走出來，將剪子遞給丫鬟，拿帕子擦了擦手。抬眸問道：「妳確定？」

回話的丫鬟是素靈，她跟在韓穆雪身後半步，悄聲道：「是夫人身邊的燕兒姊姊告訴奴婢的，侯爺與夫人留了小侯爺說話，不過一會兒就聽見裡頭傳來侯爺的喝斥聲，大概過了有近半個時辰，小侯爺才出來，面色不大好看。燕兒姊姊說，夫人一直在房裡唉聲嘆氣的，自語著什麼楊小姐端莊知禮有哪兒不好，他到底還有什麼不滿意的呢，這應該說的是小侯爺吧。」

用過午飯後，侯爺與夫人難得只留了韓穆溪一個人在房裡說話，倒把韓穆雪打發了出去。韓穆雪情知是要探探哥哥的口風，若他點頭就要去楊家提親了，因她還是未出閣的女孩兒，這種話不便當著她的面說，但也不是刻意要瞞她。

這些日子來，侯府這邊與楊家走動頻繁，楊小姐她是見過的，是當家主母的上佳人選，家世背景也相配。但韓穆雪一直隱約感覺到，哥哥對這門婚事並不熱心，問他什麼都不肯說，似乎還不及上次與杭家交往時的熱情，難道哥哥更喜歡杭瑩？

雖然上次之事被司徒嫣給攪和了，但杭瑩至今未定下人家，兩家想要重敘此事並不是全無可能，而且楊家那邊不過露了些口風，到底還沒有正式做定。韓穆雪決定，她要問問哥哥的意思，兩家聯姻是為了家族，但她依然希望哥哥能夠幸福，不要娶一個他不喜歡的人進門，那樣侯府日後愈加難以平靜了。

她也不回自己院裡，直接攜了剛剪下要插瓶的菊花，向韓穆溪的院子行去。

韓穆溪時常需要清靜的看書，是以他房裡伺候的丫鬟並不多，一共只有四個，而且至今未有一個通房丫頭。夫人倒沒有忘了這事，從兒子十六歲到現在，她一共送過三個不同類型的女孩兒過去，可是最後都被兒子原封不動退了回來。她也曾試過兒子心意，兒子只說以學業為重。

他們這樣的人家，許多公子哥兒十三、四歲就在房中收了一、兩個屋裡人，夫人怕那些女子狐媚兒子作壞了兒子身體，一直拖到十六歲才放人。誰知結果恰恰與她擔心的相反，兒子根本不要這些人，一開始她心下也是歡喜的，兒子重學業不重美色，才是興旺之家的行事啊。可一而再再而三的，她漸漸焦急起來。

他們家有世襲的爵位，兒子又不用科舉出仕，學業之類的只是錦上添花的東西，不能因此而耽誤了娶妻生子啊。從前給他說親，他一向沒什麼反應，這次居然直接拒絕了，到底是嫌楊家小姐不合他心意呢，還是另有原因啊？

韓穆溪在書房裡看書，韓穆雪止了通報的人，一個人進了書房。

韓穆溪正低頭沈思，案上攤開的是一本《宜和畫譜》，韓穆雪在他身後站了足足一盞茶工夫，他都未發覺，也未翻動一頁紙。

「哥哥，」韓穆雪推了推他，笑問道：「想什麼這麼入神？」

「沒有。妳幾時進來的，我竟不知。」韓穆溪猛地驚醒，忙站起來，很快用平緩的語調說話。

韓穆雪只當沒看見他臉上一閃而過的慌亂，笑著走到窗下的炕邊，坐下戲道：「哥可莫非是在想意中人了，不然如何這般著迷。」

韓穆溪的臉登時浮上了可疑的紅暈，他忙轉過身假作讓丫鬟上茶，待到平靜之後方才坐到韓穆雪對面，強笑道：「胡說什麼呢，小心叫人聽見了當妳不莊重。」

他雖然竭力掩飾，可一向不慣這種伎倆，而且韓穆雪是與他從小一處長大的，對他頗為瞭解，當即就起了疑心，只是不好問出口。頓了一頓，恰好丫鬟進來上茶，便笑道：「左右都在自己家裡，怕什麼。哥哥近來都不大去書畫胡同了啊，聽說前兒有人請哥哥吃酒，哥哥都推了呢。」

那日吃酒正是杭天曜也在那次，韓穆溪不知該以什麼滋味面對杭天曜，而且他素來不大出去交際，推了旁人也不會覺得不對。這會子被自己妹妹一問，倒顯得心虛了，忙道：「不過吃酒耍戲，也沒什麼意思。」

韓穆雪想要開門見山的問，又有幾分問不出口，只好選擇迂迴戰略，她似乎突然記起春日裡邀請杭家女眷來賞花一事，笑道：「哥哥還記不記得上回杭家來咱們家賞花，轉眼間都是秋天了。」

韓穆溪的心跳快了一拍，眼神避開妹妹探究的掃視，故作不解。「確實啊，再過一段時間就要入冬了。」

韓穆雪是有心試探他，自然一丁點細微的不正常都落在了眼裡，只當自己所疑猜對了，索性問道：「哥哥，要不是從前為了老太太，只怕這會子都有人喚我姑姑了。咱們兄妹，有什麼不好說的，你別不好意思。雖然你的婚事事關侯府將來，父親母親都希望能給我在宮裡帶來助益，但你能為我想我豈能不顧你的感受，倘若你不喜楊家小姐，不如由我去與母親開口。

「瑩妹妹確實是個好女孩，而且與哥哥郎才女貌甚是相配，實在是天作之合。杭家那邊，只要咱們真心去求，不一定不能成，哥哥不要失去信心。哥哥，你在這兒等著，我這就去告訴母親，求她想法子成全了你。」

原來韓穆雪誤會了，誤以為她哥哥喜歡上了杭瑩，才會拒絕楊家的婚事的。自己哥哥的性子她最清楚，不到萬不得已是不會開口拒絕的，一定是他十分不想，才會說出來。

韓穆溪聽得雲裡霧裡，可稍一回味卻明白了過來，忙起身攔住韓穆雪，急著說道：「妹妹別去，不是妳想的那樣。」

韓穆雪還當他是不好意思，只是再看他神色焦急卻沒有一絲喜意，方有點信了他的話，吶吶地問道：「哥哥，不是看上瑩妹妹了嗎？」

韓穆溪嚴肅的搖了搖頭，鄭重應道：「是，我從來沒有這個意思。」

「那……那你，哥哥，你就與我實說了吧，你是不是已經有意中人了？如果真的如此，只要她身家清白，知書達禮，家世差一些也沒什麼，我跟你一起去求求父親母親。」韓穆雪還真被這個感情上木訥的哥哥急壞了，如果不說清楚，回頭父母那邊執意定下了與楊家的婚事，再想後悔就來不及了。

韓穆溪卻再也不開口，只是搖頭。那要他怎麼說，難道說他喜歡上了一個有夫之婦，還是說他看上了朋友的妻子，無論哪一點，都是他自己不能允許自己的。他一直都是個理智清醒的人，唯獨這件事上，他不知不覺間縱容自己犯下了大錯，甚至他現在根本沒有辦法接受娶別的女人為妻。

他清楚，他對她的感情根本是不合道德倫理的，他卻想保留一點點念想。要他這個時候娶別的女子，那連這最後的一點念想都要被剝奪了，而且也對不起他未來的妻子。他想給自己時間去接受現實，想讓自己慢慢遺忘，然後重新開始。

韓穆雪不明白哥哥到底有什麼顧慮，平兒哥哥行事並不是這麼拖泥帶水的，這一次怎麼就這麼糊塗呢，難道說他喜歡的是不該喜歡的人？她細細回憶著哥哥認識的女子，就那麼幾個，幾乎都是她熟識的，這裡邊，會是誰呢？

她也不知是不是那一刻有上天啟示了她，總之，她腦海中忽地浮現出一個人的身影，她剛想否定，卻直覺感到一種震撼，她不可思議地盯著自己兄長。

「是……是姊姊？是她，是不是……是不是？」當她剛把這句話問出口，她自己都嚇了一跳，可是偏偏有如釋重負的感覺。假如她尚未嫁為人妻，她第一反應就會是她，可就因她已是別人的妻子，她才在第一時間就給否定了。

韓穆溪只覺得一種從不曾有過的平靜在心頭蔓延開來，在妹妹焦慮的注視下，他不可遏止地想起她，輕笑著。「是她。」

韓穆雪緩緩地坐到炕上，扶著炕桌，她早該想到的，可是偏偏她連想都沒想過。她不知該說什麼，是該安慰哥哥，還是安慰自己，這樣的結局是他們每個人都承受不起的。

韓穆溪亦是坐下，他嘴角浮起溫柔的笑意，緩緩敘道：「我也不知從何時起，我發現自己心裡裝了她。只知道每次父親母親想要給我說親時，我都沒來由的想要抗拒，我幾乎不能接受這樣的事實。

「可是，便是知道那是錯的，即便明知這樣只會帶給自己帶給她困擾，我還是沒有辦法。只要一想起她，我就控制不住自己心底的奢望，控制不住地想要違背我從小接受的觀念規矩。所有的一切，與她對比，我都覺得無比渺小。

「不過，妳也不須擔心，我是不會去做什麼的，我只想在背後看著她，看她過得好不好，看她是不是幸福。只要她幸福，我就會放下她的，我也會去娶一個父親母親看上的人，傳宗接代，鞏固侯府的地位。我只想再稍稍放縱一下自己，一點點時間而已。」

韓穆雪不知自己是怎麼離開的，她只是無比的沈重，為哥哥也為自己。哥哥的幸福，在世人眼裡並不重要，重要的是侯府的名聲威望；就如自己，自己的幸福那般渺小，能為韓家貢獻自己的年華，那已是她的榮耀了。她有什麼好責備哥哥的，那樣的女子，讓哥哥遇見了，難道還能由人不動心嗎？就讓哥哥放縱這一次吧。

早飯後，大家都在太妃院裡說笑，風荷親自給太妃捏著肩，細聽王妃回話。「母妃，莫家已經同意了，只是這個二房夫人，該以何種規格呢？」

杭天瑾的二房，最後還是選擇了工部侍郎莫家的庶出小姐，依杭家的意思，最好能在一個月內辦了，因為接下來既是七爺娶親，又是太子大婚，抽不出多少人手來。莫家那邊情知是作妾的，也不用挑什麼好日子，杭家這邊這麼重視已經給了他們足夠的臉面了。

雖是作妾，卻要打理內院，倘若太失了顏面也不好，回頭下人們不服，自然該多多抬舉著些。太妃點頭道：「比貴妾再隆重一點，比正室自然低一些，請上幾個至交親眷們，擺幾桌酒，也差不多了。」都要請世交親眷，那算是頗為看重了。

這一點，王妃倒是沒有意見，工部侍郎、庶女，能帶來多大助益，也就是弄個人回來打理內院而已，太妃想抬舉就抬舉吧，還能翻了山不成。

她恭敬地笑道：「就依母妃說的辦，只是新房卻不好安置。」

臨湘榭地方不大，而且總不能讓她住賀氏的房間，一來賀氏尚在，二來那樣不合規矩，是絕不可以的。但是妾室通房住的房間又太小，顯然不行，若再另外安置一個院子，杭家這邊的院子卻有些不大夠用。

太妃低頭琢磨了一番，最後還是決定把新房暫時安置在臨湘榭的廂房算了，以後賀氏去了，抬了填房再搬到正房也是一樣。

她不由笑著對風荷道：「妳母妃要準備招待永安侯夫人來訪，妳三哥院裡的事就交給妳了，也不必太麻煩，把牆粉刷一新，選幾樣像樣的家具搬過去也罷了。再挑幾個能幹的丫頭，留著伺候新二房夫人。」

太妃這樣，當然是對風荷的信任，可惜風荷一想起杭天瑾，身上就發寒，卻不好拒絕太妃的吩咐，笑著應道：「祖母既然交給了孫媳，就放心吧。左右不過讓孫媳動動嘴皮子而已，一切都有祖母背後指點呢。」

「既如此，不如把請酒的事也交給妳吧，正好一併料理了。」太妃想要把杭家的權力漸漸轉移到風荷手中，別看這些都是小事，但管事的娘子爺們，哪個不是人精，如此一來只會越發奉承著風荷。

風荷再次笑著應是，而王妃只是抿著嘴，不說話。這些事她哪還有心情理會，眼下頭一件大事就是女兒的終身。

永安侯府已經送了拜帖過來，三日後到訪，她估計不錯的話，只怕就要提親了。劉家一日不提，他們還有回旋的餘地；一旦提了出來，杭家這邊幾乎不好推卻。她前幾日晚間已經試過王爺的口風了，聽那意思多半會鬆口，這不是拿她女兒去還別人的人情嘛，偏她一點辦法都沒有。

因為丹姊兒慎哥兒有自己的小院，是以臨湘榭的東西廂房都空著，風荷選了東邊的三間廂房，好歹比西邊的略微尊貴一點點。

粉刷的工匠們都是府裡自己養的，說話間就能傳了人來，一、兩日光景就辦好了。這個倒不急，風荷卻是請來了去莫家打探過的管事娘子，問道：「有沒有打聽過莫小姐喜歡怎麼的擺設？」

管事娘子是王妃派去的人，聞言卻是愣了一愣，小心翼翼地搖頭。「這個倒是不大清楚。」

「這也無妨，咱們這邊下回人過去的時候，妳帶個機靈點的丫鬟，讓她問問莫家伺候的人，莫小姐尋常都愛做些什麼，有沒有什麼喜好或是避諱。」風荷可不想人一來就先得罪了，而且也當是替賀氏打探的。

管事娘子領了話下去，風荷又叫來從前伺候賀氏的老人，對她們說道：「這原是妳們院裡的事，論理輪不到我作主，但太妃娘娘既然將此事交給了我，我不免就要討妳們嫌了。尊卑長幼之類的我也不多說，妳們心裡都是有數的，二房夫人總是半個主子，妳們也別小看了人家，但也該記好誰是妳們真正的主子。

「三嫂留下的東西日後還有用，貴重的暫時收起來，把鑰匙交到我這裡，我會託太妃娘娘幫著保管的。倘若有什麼丟的少的趁早與我說，別叫我查了出來，回頭大家都沒臉。妳們暫時按著原來的職責行事，二房夫人進門後有什麼改動的，她自會吩咐，好生伺候著主子總不會有錯，都記下了沒有？」

這些人，上頭沒有主子，不過半年時間就鬆散了下來。如今聽說要來一個二房夫人，而且看著府裡很是重視的樣子，心下難免慌了起來，生怕她們這些從前的老人都會被尋了不少攆出去。這回聽了風荷的話，倒是安了不少心，只要她們不犯錯，四少夫人也不會任由二房夫人把她們怎麼的，好歹四少夫人管著家呢。

一群人忙忙磕了頭，退了下去。

待到一切辦妥，風荷起身回凝霜院，真正麻煩的是請酒呢，哪些人該請哪些人不該請，都要她一個人揣摩著太妃的意思辦，可是件吃力不討好的事。尤其是錦安伯府那邊，不可能沒有一點動靜，估計太妃也都會推到她頭上來，還有側妃那邊。風荷真懷疑這是杭天瑾納妾呢還是杭天曜納妾，讓她一個弟媳婦操持大伯子納妾的事，真是古往今來少見的道理。

誰知剛出凝霜院，抬頭就見丹姊兒穿了一身素淨的月白底子繡紅梅花裙子過來，小臉上滿是愁緒，只顧低著頭走路，都沒看見風荷就在她前面。

身後跟著的嬤嬤丫鬟輕輕喚了她一聲，她才發現異樣，看見風荷的時候眼裡似乎閃過淚光，忙強笑著上前行禮。「四嬸娘也在這邊啊，有幾樣母親留給我的東西，我來看看能不能拿到祖母那邊去。」

丹姊兒一定是聽說了杭天瑾要娶二房夫人的消息，怕母親的心愛之物落入別的女人手裡吧，雖然這個擔心是多餘的，但年紀小小就有這個心思，也算好的了。想她從前跟著賀氏，一定也是金尊玉貴的，如今在太妃那裡雖沒人敢欺她年幼，畢竟不能隨心所欲，行事都有束縛，還要儘量討太妃喜歡，以免被遺忘。

往後多了一個二房夫人，慎哥兒還好說，是男孩兒，至少也有一份家業，杭天瑾也不會忽視他，最不濟還有科舉一條路。丹姊兒就不同了，是女孩兒，年紀又不小了，眼下養在太妃跟前還罷了，要是二房夫人進門，由她教撫，最怕的就是終身大事。

風荷本就喜歡丹姊兒，而且又答應了賀氏，自然會想法子護著她，而且二房夫人也沒見過，或許是個性子隨和的。她笑著拉了丹姊兒的手從前院裡走。「那有什麼不能的，妳只管挑好了，一會兒我叫人給妳送過去，若有慎哥兒喜歡的，妳也給他揀出來，一併送到妳房裡。」

「謝謝四嬸娘，又給您添麻煩了。」丹姊兒終於露了笑顏，仍然帶著小心翼翼。她知道風荷對她好，所以更為小心，總怕自己給她添麻煩，又怕惹得別人針對風荷。

「這有什麼麻煩的，妳自己挑好了，丫鬟們送過去，我不過動動嘴皮子，左右我也是閒著。」她笑著摸了摸丹姊兒的髮髻，推著她進裡間。「去吧，自己看，我在這裡等妳。」

雖然說不麻煩，總是要上帳的，以免他日留下後患。而且風荷還擔心丫鬟們不服丹姊兒的，倒是在這兒等她弄好了一起走來得好。

丹姊兒回頭對她笑了笑。「那四嬸娘在這兒吃盞茶，我很快就好了。」

誰料，風荷剛剛坐穩，杭天瑾卻回來了，她頓時如坐針氈，唰的站了起來。這大白天的，杭天瑾怎麼回內院來呢？

杭天瑾看到風荷並不意外的樣子，一貫溫和的語氣神態。「四弟妹，這兩天倒是辛苦妳了。」

「三哥今兒這麼早回來了。其實大事都是祖母與母妃操心的，我不過跑跑腿，三哥不必掛懷。」風荷看他一切如常，漸漸鎮定下來，或許賀氏那是疑錯了。

「聽說，妳去看了她？」他忽地就轉移了話題，面上的笑容退卻，換上憂慮的神情。

風荷只是一怔，就知他後來應該去過賀氏那裡，平靜地笑道：「是啊，陪三嫂說了一會子話。」她相信賀氏是不會把她們兩人之間的交易告訴杭天瑾的。

杭天瑾在主位上坐了下來，笑著讓風荷坐，低低道：「我昨天去了，告訴她府裡的安排，不然她還不一定願意見我呢。我知道我讓她傷心難過了，是我沒有保護好她。」

風荷不知杭天瑾為何要對她說這些，走又不是不走也不是，只能坐得遠遠的，應了一個

「是」。

杭天瑾卻不介意她的冷淡，依舊苦笑道：「她那樣對我也沒錯，我不但護不住她，連兩個孩子都不能好好撫育著。她託我轉告妳，往後我院裡的小事由新夫人作主，但大事還是想請妳幫忙看著點，若實在不便，請妳回到太妃那邊去。我也知這樣的要求有點過分，但除此之外，卻沒有更好的辦法了。」

聞言，風荷真想甩袖子走人，一個個都當她免費下人使喚呢，她又不是吃飽了撐著，自己院裡還管不好呢再管到大伯子院裡，回頭唾沫星子就能把她淹死了。她當然能夠理解賀氏是為了兩個孩子，可讓她管算什麼，即便她如今名正言順管家了，可別人內院的事自有主母料理，何時輪到她一個外人插手了。

她當即冷了臉，看也不看杭天瑾，淡淡說道：「這樣怕是不合規矩。三哥要有什麼事拿不定主意，可以請母妃、祖母幫著參度參度，她們經驗豐富總比我強些。」

杭天瑾彷彿沒有聽到她的話，只是定定地望著她因生氣而羞惱的臉，有片刻的失神。賀氏，讓他覺得溫暖，覺得安心，但總是缺少什麼東西，就好比菜裡放的鹽不夠，寡淡得很。她不同，她就是夏日的驕陽，明豔絕世，光芒萬丈。

風荷感到了他的失態，當即怒了，唰的起身提起裙子往外走。

「弟妹。」杭天瑾下意識地追上去，到底不敢拉她，何況風荷周身簇擁著好幾個丫鬟，但他又不想就此讓她離去，還帶著對他的惱意。

「三哥。」叫他的不是甜美的嗓音，而是略微薄怒的男低音，他渾身震了一震，忙煞住腳，迎頭對上杭天曜憤怒的目光。

風荷亦是嚇了一跳，隨即又覺自己沒做什麼虧心事，含笑走近了他。

杭天曜狠狠瞪了她一眼，才握了她手對杭天瑾道：「三哥，我們院裡還有事，先走一步。對了，先恭喜三哥。」

風荷被他拉著往外走，又忙對沈烟道：「妳在這兒等小小姐，把東西歸冊，再派幾個人送過去。三哥還是親自送小小姐回太妃娘娘那裡去吧，順便把事情回明瞭。」

當她說完最後一句話時，已經被杭天曜拉出了院子，而杭天瑾留在原地發愣。

「你做什麼走這麼快，放開我。」風荷正不樂意呢，再看見杭天曜黑著一張臉，越發不快了。

杭天曜終是停了下來，卻走近了她，幾乎挨著她，沈聲道：「妳沒事去那裡幹什麼，難道不知避諱嗎？」

風荷聽得又羞又氣，她本不想管這種事，可太妃都交代了還能怎麼辦，大白天的避諱什麼，一屋子下人伺候著呢。杭天曜什麼意思，是怪她不檢點了？

她不說話，杭天曜就覺得她是心虛，擺手揮退了丫鬟，低咒道：「妳難道不知三哥是什麼人嗎，方才我若不過去，妳怎麼辦？也是我恰好有事尋妳，不然妳還不知怎麼脫身呢，這會子還擺臉色給我看。」

風荷卻覺得他有點小題大做了，委屈地道：「我不過跟人說了幾句話，你就疑神疑鬼的，那你那晚還抱著雪姨娘呢。」

「我，好，那晚是我的錯，可是妳今天難道沒有一點錯？要是他發什麼瘋，妳的名節怎麼辦？」杭天曜實在是有些氣糊塗了，他早知道杭天瑾對風荷心思不純，可是卻不好當面提醒她，倒弄得他像個小人一樣，就像今兒，不差點出事嗎？他並不是真的看重風荷的名節，他只是生氣，很生氣很生氣。

風荷卻不明白這好端端扯上名節做什麼，原要發怒的，可看到杭天曜生氣擔憂的神情，心裡的怒氣也消散了，噘著嘴。「行，我錯了，你可以不要再糾纏這個事了嗎？」

見她服了軟，杭天曜勉強好受些，只是想起另一件事，比這還懊惱，索性拉了她回房再說。

「小、韓小侯爺與楊家的親事黃了，為什麼？」風荷剛進屋，就被杭天曜扔到了炕上，正沒好氣著呢，卻聽到了這麼出乎意料的消息，人人都以為他們已經談妥了，誰知最後還是不成。

杭天曜今兒出去，就聽到了這個消息，心下十分不爽，撩了手頭的事回來找風荷，偏偏撞見杭天瑾與風荷那一幕，雖沒什麼，可心裡鯁了根魚刺般難受，不吐不快。他真想狠狠敲敲風荷的腦袋，又捨不得，最後還是故意板著臉，問道：「妳當真不知？」

風荷丟給他一個無聊的眼神，甩著帕子道：「我怎麼知道？連消息都是你說給我的呢。」

杭天曜只覺得他前世欠了她的，每次想跟她生氣，可一看著她就發不出脾氣來，只得抱緊了她問：「妳保證都不會離開我？」

前言不搭後語，牛頭不對馬嘴，風荷懷疑杭天曜腦袋出了點問題，導致他們倆交流不暢，她摸了摸他額頭，自語道：「挺正常啊，還是我聽錯了？」

杭天曜哭也不是笑也不是，抓了她手放到背後，將她壓倒炕上，再次重申。「妳不會離開我的，是不是？」

他烏黑的眸子裡清清楚楚倒映著她的五官，一雙濃眉糾結在一處，有一種冷酷的俊朗，風荷被他迷惑了一下下，忍不住主動在他唇上點了點，笑道：「只要你乖乖聽話，我保證，不會離開你的。」

「妖精，能不能不要勾引人，我與妳說正事呢。」杭天曜受不住誘惑，在她唇上輕咬了一口，語氣軟和不少。

「我說的就是正事啊。好了，放我起來吧，我還有一堆事要料理呢。」風荷想起太妃扔給她的爛攤子就鬱悶，還要應付這個小氣的傢伙。

杭天曜還是有那麼點不舒服的，扭來扭去不肯放人。

風荷無法，只得哄著他。「等我忙完了再來伺候你好不好？我的大爺。」

杭天曜假作考慮的樣子，勉強點頭道：「妳要怎麼伺候我，我看看條件？」

風荷情知這傢伙又想壞心眼了，堆了一臉的笑。「你要怎樣就怎樣，夠了嗎？」

「果真？」杭天曜的雙眼登時亮得能媲美太陽，口裡簡直都要流口水了，含著紅唇嘟囔道：「那妳晚上給我吹吹？」

風荷羞惱欲死，撲通一下，曲起膝蓋頂在杭天曜重點部位，杭天曜受痛滾下了炕，彎腰捂著地方萬分委屈。「妳自己說了我要怎樣就怎樣啊。」

風荷坐了起來，拍了拍自己的臉，儘量淡定地說道：「不包括這個，你好好反省著，不然晚上就去書房睡。」說完，她就遠遠繞過杭天曜溜了出去。

果然不出她所料，錦安伯府第二日就來了人，是伯夫人。王妃推說忙著讓風荷出去接待，風荷推卻不過，只得去了。伯夫人本就有三分氣怒，見杭家這般拿大，只派個晚輩媳婦出來接待自己，越發不快起來，點明要見賀氏。

風荷已是給足了她顏面，她依然不依不撓，而且話中隱隱指責杭家寵妾滅妻、過河拆橋等等，這些事原與風荷不相干，她是儘量不去理會的。只是話說到這分上，她再任由伯夫人胡言亂語的話，他們莊郡王府的招牌也不用掛了，趁早摘了下來為妙。賀氏所作所為她雖能理解，但不代表就贊同了，而且賀家難道半點都不知情，只怕還是同謀呢，這會子倒是能裝得很。

風荷擺手打斷了伯夫人繼續嘮叨下去的態勢，揚眉吩咐沈烟。「傳令下去，即刻備好馬車，送伯夫人出城。」

「出城？我出城做什麼？」伯夫人詫異地叫了起來。伯夫人其實也是個有點糊塗的人，年輕時妒心太重，與伯爺鬧得有些僵，以至於生下長女後一直無所出。要不是因此，他們家也不會在他們老夫人的授意下生下了庶長子；直到賀氏都不小了，伯爺看在伯夫人那些年還算老實的分上，與她重修舊好，生下了嫡子。

風荷悠閒地撇著茶上的浮沫子，頭也不抬，嫣然笑道：「夫人不是要見三嫂嗎？三嫂身子不好，在家廟裡靜養，前兒我去看她的時候她還與我嘮叨怪想念夫人的，估摸著夫人家務繁忙脫不開身，不然早該去看她了。還有丹姊兒慎哥兒，都問了我幾回如何許久不見外祖母舅舅等人上門來呢？既然今兒夫人一心要見三嫂，大不了我陪夫人走一趟罷了。」

她的話把伯夫人堵得說不出一個字來，當日賀氏事發，伯府那邊為免連累自己，幾乎與這邊斷了聯繫，女兒那邊外孫這裡連個問訊的都沒有。現在見杭家沒把賀氏如何，待兩個孩子也不錯，又要納二房了，便焦急了，跳出來欲要指手畫腳，可惜太晚了。

伯夫人當年生下賀氏後就連連埋怨，直怪不是個兒子，害得她被冷落了幾年，私下裡並不把賀氏真正放在心上，只是寵著獨子。加上她在賀家地位有限，說話不作數，有心關照女兒都沒那力量。

「夫人若是準備好了，咱們這就起身吧，趁著時間還早，定能趕到那裡，晚上大不了在廟裡住上一晚，明兒再回來也使得。」風荷作勢起身，她倒要看看這個伯夫人能撐到幾時，女兒病了大半年一次沒來看過，虧了她這樣的母親。

伯夫人不想風荷會說辦就辦，一下子急了，胡亂說道：「這回不行，那個，時間不早了，府裡還有事，改日再說吧。太妃娘娘王妃娘娘那裡就託四少夫人致意了。」她急急說完，也不等風荷挽留，落荒而逃。

風荷看得好氣又好笑，賀家竟然派個這樣的人來，足見並不重視賀氏了，只怕他們都將賀氏當作了廢棄的棋子。

莫家那邊什麼都隨杭家的心意，事情順利辦成了，九月初二這日，莫小姐進門了。酒席辦得還算熱鬧，也有十來席。

可惜賀氏不在，莫小姐那杯茶沒有敬，總覺得有點名不正言不順的感覺。

這個莫小姐生得也有七、八分姿色，清秀的瓜子臉，一雙柳葉眉，櫻桃紅唇，皮膚細滑透著健康的粉紅色，粉紅色的嫁衣越發襯得她裊裊婷婷。她一個庶女能養在嫡母名下，想來也有幾分手腕。但因莫家不是什麼豪門大族，莫夫人尋常又不帶她出去走動，是以有那麼點小家子氣，說話間頗為扭捏。只是性子隨和，也討得了太妃一、二分喜歡。

依慣例，杭天瑾第二日完全可以帶她一塊兒去家廟給賀氏行禮，只是杭天瑾不提，大家也不想去做這個惡人，由著他們自己去。

倒是莫二夫人自己按捺不住，一日歡好後暗示了杭天瑾幾次，奈何杭天瑾只作不懂。實在被問得沒法，乾脆說道：「府裡眼下正是忙的時候，不求妳給母妃四弟妹幫上忙，好歹別給她們添亂。我去去便宜，妳這一來一回的還要四弟妹給妳備車、安排人手等等，往後再說吧。」

他心下煩躁，語氣就不大好。

莫二夫人進門後覺得自家夫婿果然如傳聞中所言，相貌英俊儒雅，脾氣溫和有禮，不料才幾日就被他搶白幾句，登時下不了臺，暗暗啜泣。

她滿心以為她是新進門的媳婦，杭天瑾會對她格外溫存些，等著他來撫慰自己一番。誰知都哭了半個時辰，杭天瑾半點沒有反應，後來索性穿衣起來，去了書房，而後一連幾日都不曾進她的房間，她登時後悔不已。

眾人誇她賢慧端莊，只是就一般的庶女而言，在外邊她確實比不少人強。但比起王侯府邸那些真正的貴族千金誥命夫人們還是差了一大截，也難怪行動小氣，不得杭天瑾的心。

尤其她不知杭天瑾自覺十分愧對賀氏，如何還肯把這個新人帶到人家眼皮子底下去戳人家的心窩子呢。

第一百零四章　情到深處

燭火明明滅滅，有如隨風而舞的蝴蝶，幻化出時亮時暗的光影，金色的磚面上是朦朧的影子，華貴而寂寥。黃色的帳幔低低垂在地面上，平靜地沒有一絲波紋，也不聞沙沙聲。侍立的內侍不是年輕秀麗的宮女，而是一個近三十的姑姑，穿著宮中高品級的宮裝，眉眼溫順卻不失謹慎，細緻地服侍著床上的老婦脫鞋。

老婦並不顯老態，皮膚依然白皙，淡淡的皺紋只讓她看起來更加親切隨和些，身上首飾衣料貴重至極。她眉心微蹙，嘆道：「還是沒有線索嗎？」

「娘娘，都是十多年前的舊事了，便是要查也不是一朝一夕的工夫，他們也不敢不盡心。不過傳言倒是不少，看起來事出有因，不大可能是憑空捏造出來的。」內侍跪在地上，語調和順，低著頭捏著老婦的腳。

「哀家也知道此事煩難了些，只是咱們好不容易得了這一點線索，自然要順藤摸瓜。妳也不是不知眼下的情形，王府那邊越來越不在掌控中了，假如咱們再不加快動作，怕是就要落入別人的手掌心了。」老婦緩緩搖頭，她年紀大了，有時候真是有心無力啊。

內侍換了一隻腳，輕輕應著。「娘娘，恕奴婢說句僭越的話，一個年紀輕輕的媳婦子，當真能成為咱們最有力的把柄嗎？何況扳倒了她能起多大作用呢？」

老婦抬頭望著燭火，瞇了眼。「哀家原也以為是個年紀輕輕的媳婦，成不了什麼大事，不然早命人動手了，可惜棋差一著以致滿盤皆懸。起初，哀家還沒注意到，直到最近王府那邊事情有變，才從頭細想了一遍。妳還記不記得當初西瑤強嫁一事？」

內侍服侍了老婦十多年，幾乎是她身邊最熟悉的人，說話要隨意不少。「自然是記得的，郡主受了不少委屈呢。」

老婦恨恨地哼了一聲，擺手讓內侍停手，內侍會意，起身扶著她上床坐好，在後背墊了一個黃色素面的大迎枕。老婦這才說道：「之前，哀家心裡是頗埋怨西瑤的，覺得她性子暴烈行事不計後果，以至於最後鬧得不可收場，不但自己吃虧，哀家也丟了臉。現在再想想，西瑤雖然驕橫了些，但還不至於太過膽大妄為，而且她那件事說大不大說小不小，卻引得滿朝文武盯著她不放。

「若背後無人指點，滿朝文武誰是吃飽了撐著的，偏偏事情居然越鬧越大。哀家當時也是急切了，沒有想太多，這回倒是明白過來，杭家只怕一直在暗中操作呢。那個小丫頭，能在王府把咱們的人逼得無還手之力，難道就是個受了驚嚇臥床不起的病秧子，哀家是受了騙了。」

聞言，內侍臉色也變了一變，說起來還真是這麼回事，那麼厲害一個丫頭，從馬車上摔下來嚇成那副樣子，實在是可疑得很。

老婦並不等她說話，繼續說道：「如今讓她在王府坐大，咱們不下點狠手是難以將她除去了。一旦她出事，杭四的聲名只會更差，咱們到時候借勢壓一壓，不怕王府不服軟。」

「奴婢有一事不明白，要除去她，完全可以用其他法子，何必這麼麻煩？」內侍咬了咬唇，終是問道。

老婦看了她一眼，點頭讚道：「妳算是問到點子上了。哀家何嘗不想用其他一勞永逸的法子，可惜同樣的方法用得多了，只會引人懷疑，到時候翻出了前事於我們更加不利。何況那個丫頭小心謹慎得緊，時至今日，居然無法在她身邊安一個可靠的人。越是這樣，咱們越不能著急了，一急就容易露出馬腳，還是慢慢籌劃的好。

「這樣的人當初為何不能為我們所用呢，不然此時的王府只怕都在掌控中了。」

內侍也不敢多問，說笑了幾句服侍老婦歇息。

話說那日永安侯夫人帶了家中小姐前來拜訪，王妃親自招待著，外邊看著倒是十分和樂，只是暗中惱恨不已。

待到送走永安侯夫人，王妃就悶悶地告退了，都沒心思奉承太妃。

太妃知她心裡不舒服，也不去怪她，只是留了風荷說話。

「妳看永安侯府小侯爺能不能配得上妳五妹妹？」太妃也不拐彎抹角，直接問道。

風荷的笑容斂了一斂，將茶盞放到太妃跟前，應道：「孫媳懂什麼，祖母看著好定是個好的，要是不好的祖母也萬萬捨不得委屈了五妹妹。」

太妃噗哧笑出了聲，指著她罵道：「把妳乖的，我原以為妳會勸著我呢，妳不是素來與瑩兒交好嗎，怎麼這會子不替她描補描補，求我改了主意。」

今日永安侯夫人前來，雖然沒有明確定下親事，但已是八九不離十了，太妃的口風幾乎明確表示只要永安侯府前來提親就一定會答應。歷來貴族家中為子女說親，都不會貿然請媒人上門，一般兩家都會提前通了氣，暗中合了八字，才請有身分的人上門提親，接下來的事不過走個過場而已。

風荷輕輕挨了太妃坐，挽著太妃的胳膊嘆道：「祖母疼愛孫女兒的心思孫媳如何不明白，畢竟五妹妹在祖母跟前養了十來年，那感情原比孫媳與五妹妹深厚，哪兒捨得讓她所嫁非人。

「其實，依孫媳的意思，小侯爺與五妹妹算得上是天賜良緣。小侯爺身子是比旁人要弱一些，但到底沒什麼大礙，從小到大讀書為人也不見得比人差了，從這一點看來小侯爺的脾性應該比一般人還要好強些，若是那些不上進的，只怕就仗著家中疼愛無所事事了呢。

「五妹妹性子直爽，不是那等耍弄心機的人，與其將她嫁給一個妾室成群的人，倒不如小侯爺這樣的更好些。至少小侯爺房中清靜，能讓五妹妹安心不少，何況侯夫人便是為了兒子身子著想，亦不會往他們房中塞人。

「小侯爺假設再因為自己身子差覺得愧對了五妹妹，對她只會更好。於一個女子而言，這難道還不夠嗎？孫媳說的都是孫媳心中所想，希望五妹妹將來能幸福而已。」

太妃聽得心下唏噓，妾室成群不就是老四嗎？她自己亦是明白杭四納了那麼多妾室有點不合規矩，何況還是成婚前，但一來她疼愛孫子，二者怕流言成真孫子無後，便事事依順著他。嚴格說來，這實在是很委屈風荷的，換了一個女子進門，估計已經鬧得雞飛狗跳了。

太妃溫柔地攬了風荷的頭，撫摸著她的秀髮嘆道：「我正是想到妳說的這些，才覺得這個親事也不算太差。京中子弟，咱們也打聽了不少，人品才學多半都不及小侯爺，而且他們家中人口簡單，能輕鬆不少。當日與韓家婚事不成，或許正是天意呢。只是瑩兒的婚事總要她父母點頭，我說了究竟不作數。」王爺那邊自然萬事聽她這做母親的，但王妃只怕不肯。

風荷估計王妃是一定會點頭的，因為她幾乎找不出更加合適的人來了，韓家與楊家親事不成，但他們沒有上門來露過口風，看來是不會有希望了。王妃要是真為女兒終身幸福考慮，多半最後選擇的還是劉小侯爺。

從太妃院裡出來，雲碧匆匆迎了上來。

風荷詫異地問道：「出了什麼事嗎？」

「也不是什麼大事，雪姨娘的丫鬟說雪姨娘近來胃口極差，吃什麼吐什麼，整個人都瘦了下來，偏偏又不肯報上來。丫鬟眼看情形不好，偷偷前來回稟少夫人。」雲碧暗自腹誹，吃什麼吐什麼，不會是有孕吧，想想又覺得不可能，最近少爺從沒進過她的房間。

那日生氣之下，風荷沒有細看雪姨娘的形容，只是她的眼神卻是隱隱感覺到了。她心下一嘆，吩咐道：「快去請太醫，我過去瞧瞧吧。」

丫鬟的話沒有作假，雪姨娘的臉色確實很差，她本就一張小臉，這一瘦，越發只有巴掌大了，倒顯得一雙眼睛水汪汪的。見了風荷，頭低了一低，欲要下床又有些遲疑。

風荷不想與一個病人計較，抬手止住。「罷了，妳既然身子不好正該靜養，不要因我來了反而害得妳一團亂。什麼時候的事，怎麼不早點稟了我，倒拖累了自己的身子。」

面對同樣喜歡杭天曜的女人，風荷不知該以什麼口氣說話，尤其這個女人還是杭天曜的妾室，他英雄救美帶回來的，雖然他自己一再堅持與她們沒有任何關係。

雪姨娘靜靜地看著風荷，她想恨又不知該恨誰，這條路本就是她自己選擇的，奈何她算好了一切卻沒有算到自己的心，也沒有算到那個男人也是有心的。這是不是她的悲哀，一場騙局，最後囚禁的不是他，而是自己。

她勉強擠出一絲笑來，她一直都是高傲的雪姨娘，不想在他的妻室面前流露出自己的狼狽與心痛來，她笑顏如花。「讓少夫人費心了。只當是胃口不好而已，其他並不覺得不妥。」她咬咬牙，終是無法說出「婢妾」兩個字來，那樣的卑微，她寧願一死了之。

「太醫一會兒就來了，待他看過就知道了。妳還年輕，別人不疼惜妳的身子，難道妳自己也狠心作踐嗎，這又是何苦？」她們都是杭天曜的妻妾，她沒有大度到把自己的夫君讓給別人的地步，也不是那等視她們性命如草芥的冷心之人，何況至今雪姨娘都不曾針對過她。只要別人不逼急了她，她也不想將人逼到絕境上。

「少夫人，我能與您說幾句話嗎？」她怔了半日，忽然開口道。

風荷頓了一頓，擺手令丫鬟下去，沈烟幾個看了雪姨娘一眼，退到了門口守著。

「少夫人喜歡少爺嗎？」她卻是直截了當問了出來。

風荷淡淡望著她，她知道雪姨娘這是想以平等的身分與她對話，不是妻和妾，而是同時喜歡一個男子的兩個女人。她並不惱怒雪姨娘，但為她可惜，一開始她們就不是能夠平等對視的人，即便雪姨娘再奢望，她這一輩子都沒有機會了。與其讓她繼續活在遙不可及的嚮往裡，風荷寧願當一回惡人。

風荷輕笑，搖頭道：「其實，妳沒有資格問我，我更不必回答妳。妳既然當了他的妾，就該謹守妾室的本分，妳這樣只會讓自己更痛苦而已。我是否喜歡他，不是妳可以置喙的，關鍵在於他心裡究竟是誰？心悅君兮君不知，這才是最大的悲哀，妳甚至都不敢讓他知道妳的心意，憑什麼還要祈求更多呢？

「妳完全可以跟我爭，失敗了又如何，總比來去無蹤的強。妳若不爭，妳這輩子都不會真正服氣的，只會以為我是占了名分之便。

「他從來不知妳的心意，妳獨自在背後淒淒慘慘的，有誰會憐惜有誰會在意，甚至還會被人罵作狐媚子。何苦呢，要嘛就堂堂正正的，妾又如何，妻又能怎樣，不過一個名分罷了，妳要是看不破這一點，當初何必進府。妳已經接受了這個名分，還在意別人的眼光做甚？」

喜不喜歡，這是風荷自己都不能回答的問題，所以她困惑而迷茫。

她當日編織那個美麗的陷阱，引誘杭天曜一步步陷進去，只是站在她的立場上，想要爭取一個丈夫的心而已。時至今日，她或許是喜歡他的，或許心裡也有他的存在，但並不是非他不可的，這亦是她不願去想的現實。

而杭天曜，對她是不是獨一無二的，即便現在是，往後呢，多少年後，當她容顏老去，當他們已然平淡到波瀾不驚的時候，他是否又會陷入別的女人的溫柔陷阱中。她不願去深究這些。

剛進凝霜院的大門，風荷就發覺氣氛不大對，院裡不聞一點丫鬟的說笑聲。

風荷回頭看了雲碧一眼，雲碧只是不解地搖搖頭，她走的時候院裡還好好的呢。

雲暮快步迎了上來，只當去扶風荷，暗暗低語道：「韓小姐派人送了幾盆菊花過來，恰好當時少爺也在，不知為何生了大氣，命人將花全部送去暖房，一盆都不得擺在院子裡。」

這個季節，正是菊花怒放的時候，似乎沒什麼必要送去暖房吧。

杭天曜一個人坐在炕上，暴躁地將鞋踢到一丈遠的桌下，他很想壓抑自己的怒氣，但他控制不住，只要一聽到有關韓穆溪的任何一點點事，他都沒來由地會聯繫到風荷身上。

風荷對他，應該是很好的，可是僅此而已，他心裡十分清楚，他想要的遠遠不只這些。他想讓她死心塌地跟著他，想要她心裡只有他一個人，可是他發現，他不過在風荷心上轉了一圈，占了個小小的地方。

他嘗試著慢慢侵蝕她，但是他等不及了，她的雲淡風輕教他受不了，似乎他離開她，她也不過一抬眸就忘了。

風荷彎腰撿起他的靴子歸整好，坐在他身邊不語。她當然明白他這是吃韓穆溪的醋了，可她不知該說什麼，說韓穆溪根本是他的臆想，說她對韓穆溪沒有一絲感覺？這些事，她心裡最清楚，不願去撒謊。

韓穆溪對她，是有情意的；她對韓穆溪，應該是有一種情結的。但那不是喜歡，只是少女心目中對未來夫君的想像，恰好韓穆溪是最符合她想像的，她從來不曾想過自己最後會嫁給一個杭天曜這樣的人。

風荷就像每個女孩兒一樣，無數遍想像過未來的那個人，往往最後愛的、在一起的通常不是那樣的人，但一遇到那種人心總是特別容易被勾起，被軟化。

「雪姨娘思慮太過，傷了脾胃，你要不要去看看她？」她最後出口的話讓她自己都呆了一呆，她真正想說的不是這句，可是當她面對杭天曜之時，她心裡發酸，酸得悶悶的。

杭天曜想像過無數句風荷會說的話，只是沒料到是這一句。

那一剎那，他真想緊緊地將她摟在懷裡，問她到底想要怎麼樣。可是不過轉瞬間，他已經如她一般平靜地點頭應道：「也好，不用等我用晚飯了。」

他起身，自己穿了靴，頭也不回地掀了簾子。

依風荷的理智，她知道自己這時候應該怎樣說怎樣做，但她第一次沒有按自己的理智來行事，她也想感情用事一回。

看著杭天曜的背影消失在門簾後，她捂著帕子哭了。為了征服這個男人，她付出了太多，但她不想再那樣了，她太累太辛苦。她更想看看這個男人到底有沒有將她放在心上，如果她不再對他耍心機，他同樣更喜歡她，她才是真正成功了。

屋子裡，清清冷冷的，杭天曜的心一次次往下沈，沈到深不見底的深淵。床上的女子與他說了什麼，他幾乎聽不到，他腦海中全是她的畫面，輕顰淺笑的、嬌媚妖嬈的、清純楚楚的、柔弱無依的、從容自若的……

他每回想一遍，他的心就不可遏止的收縮、疼痛，他幾乎不能面對她對自己無情的事實。他曾經想過許多遍，想她對自己到底是什麼意思，他心下清楚得很，她對他遠遠不到託付終身的地步，不過是服從命運的安排。

雪姨娘苦笑，這個男人晶亮的眼神、黯淡的眼神，與她無關，他的心裡眼裡只容得下那個女人，無論她以怎樣卑微的姿態訴說，無論她以怎樣迷人的微笑誘惑，落在他眼底的，只是一片空白，他透過她，看到的依然是別的女人。

那一刻，她徹底認輸了。輸了也好，從此後情愛遠去，她也該做她應做的事，為了遙不可及的情，她一直耽誤著拖延著，狠不下心下不了手。

桌上擺的什麼菜，他壓根兒沒去看，連筷子都沒動一下。

他只是在想今天的風荷有點怪，她彷彿對自己徹底失望了，不想再爭取不想再付出，她停手了。她是覺得自己不配嗎？還是心裡真的有別的男人，她難道真對那個見過一、兩次的韓穆溪動了心動了情，那她對自己又算什麼？

杭天曜從來沒有過這麼慌張這麼害怕，他怕極了她心裡的男人不是自己而是別人。以風荷的性情，倘若心中有了別人，她多半會提出和離吧，她一定不會委屈自己勉強自己。而到那時，他又該如何？

他後悔自己沒有一開始就愛上她，那樣或許他早已經想盡辦法來奪得她的心。想要問個清楚又害怕結果，不去問，彷彿有幾萬隻螞蟻在他心上糾結攀爬，他第一次感受到風荷對他有多重要，從前他還是看輕了自己對她的情意。

夜色深沈，天邊沒有星，黑漆漆的，稀薄的霧氣環繞在周身，有寒涼的秋意。他又一次翻牆進了自家院子，想要看看那個女人沒有他的夜晚會不會傷心失落。

桌上點著一盞小燈，照見她甜睡的容顏，微微噘起的唇，鬈翹的睫毛，細膩如玉的瑩潤肌膚，細細的呼吸聲。

她永遠都能睡得這麼香嗎？若她心裡不再有他，他要該如何，他能放得了手嗎？

他忽然間恍然大悟，即使她不喜歡他，即使她要離開他，他也不會退後一步，他永遠不會將她交給別的男子。所以，他的矛盾徬徨，他的難受痛苦，都不重要，重要的是他會抓緊她，牢牢將她縛在自己身邊。何況，風荷從來不曾有過想要離開他的行動，只要他再努力些，她一定會真正喜歡自己的。

風荷也不知自己怎麼就睡著了，當她醒來時，發現身邊有個溫暖的胸膛，她又靠近了一點，一手環在他腰上，然後安穩地睡著了。

晨光熹微，她懶懶地睜開眼睛，床上只她一人。

慢慢梳洗了，信步走到院中，驚訝地發現迴廊下擺著十來盆品種各異的菊花，有懸崖菊、案頭菊、大理菊、金繡球等等，顏色鮮豔，每一株都婀娜多姿，迎著清晨的涼風。

風荷笑著將每一株都細細觀賞了一遍，笑問道：「這就是韓小姐命人送來的嗎？有這麼多。」

沈烟抿嘴笑，將那盆案頭菊搬了起來，說道：「少爺一大早起來就吩咐奴婢們去暖房將花兒搬回來，這盆案頭菊最是小巧，少夫人看放在繡房裡如何？」

「很好，就擺在繡房的黃花梨高几上吧，換下那盆盆景來。昨兒忙亂著，都忘了問是單送了我這裡呢，還是五小姐院裡也有。」風荷心情大好，深深吸了一口氣，澀澀的香味。

「五小姐那邊也有，只是不及咱們這兒多。」沈烟招來淺草，示意她照風荷的話將花搬到裡邊，一面回著。

風荷想了想，又道：「這兩盆懸崖菊，一盆我待會兒親自送去太妃娘娘院裡，一盆送給王妃娘娘。大理菊給五少夫人把玩吧，這個金繡球，分別給丹姊兒和六小姐，再揀一個五小姐那裡沒有的送過去吧。」

沈烟一一應了，除了給太妃娘娘的，其他都搬了出來，吩咐小丫鬟各自送去。

直到用飯時，還不見杭天曜的人影，不由問道：「妳們爺呢，沒有說去哪裡嗎？」

「我不過才走了這一刻，妳就想我了不成？」熟悉的戲謔聲響起，杭天曜穿著石青色繭綢的秋衣，笑著過來摟了摟她的腰。

風荷丟了個媚眼，似惱似羞，隨即挽了他胳膊往桌邊走，嗔道：「昨晚上不回來歇在了哪裡，雪姨娘身子不好，你可不許鬧騰她。」

杭天曜暗暗吻了吻她秀麗的脖頸，笑道：「我是那樣的人嘛，告訴妳不得，我昨晚上見到了一個絕世大美人，尤其是她還對我十分主動，一個勁兒往我懷裡鑽。妳說美人在跟前，我要還拒絕就不是男人了，妳不會吃醋吧。」

風荷故意在餐桌下踢了他一腳，惱道：「你都有了美人了還回來幹麼，趁早去了，人家必然準備了豐盛的早點等著你呢。」

「那可不成，我不回來，妳哪兒吃得下啊。妳若想我想得瘦了，我可捨不得。來，趁著熱，先吃這個。」杭天曜挾了一個水晶蓮蓉的包子餵到風荷唇邊，眼裡滿滿的寵溺之意。

這麼大個包子，風荷哪兒吃得下，硬是吃了四、五口才慢慢吃了。杭天曜又殷勤地為她盛了一碗鴨子肉粥，推到她跟前，握了她手道：「娘子，我對妳好不好？」

風荷差點忍不住笑，強憋著笑意鄭重地點點頭，還做出一副感動至極的樣子來，連連點頭。「好，可是……」她說了一半卻不說了。

杭天曜正在吃粥，不及嚥下口裡的粥，巴巴望著她。

風荷看他臉上都有了三分急迫，才道：「可是你也要多吃一點，你瘦了我可是要心疼的，尤其昨晚上還累著了。」

她話音剛落，杭天曜就想把口裡的粥吐了出來，卻不得不在風荷殷切的目光下慢慢嚥了下去，差點把自己噎死了。

「爺，你沒事吧，快喝點水。」風荷關切地拍著杭天曜的背，一手接過丫鬟倒來的水，絮絮叨叨。「與你說了多少遍，不要仗著年輕就不知保養，你倘若有個什麼，叫我將來靠誰去。」

半日後，杭天曜才喘著氣說道：「娘子，我不過是被一口粥噎了，沒那麼嚴重，妳別擔心。」杭天曜覺得自己功力不及風荷深厚，他第一次發現風荷說起這種話來還臉不紅心不跳的。

夫妻倆正在你一言我一語的打趣對方，卻見芰香笑著過來，只是眼神有點嚴肅，回道：「少爺少夫人，蕭世子妃遣了人來，說是家裡菊花盛開，請少夫人一起去逛一日呢。」

兩人對視一眼，愣了一下，世子妃與他們二人都不熟，還不到這樣沒事單單請風荷去賞花的地步，便是要請也會將信送到太妃那邊，順便邀請其他人，而且一般都會提前幾天。像這樣點名了只請風荷過去的做法，卻是有些不大對勁了。

風荷見杭天曜點了點頭，吩咐道：「快請進來。」

同來的是一個年輕的管事媳婦和一個丫鬟，丫鬟年紀也不小的樣子，應該有十八、九歲的模樣。

杭天曜愣了一愣，那丫鬟他認得，是蕭尚從前身邊得用的丫鬟，並不是他們世子妃跟前的人，如今在蕭尚書房裡伺候著。

管事媳婦卻有點悶悶不樂的樣子，但依然恭敬有禮地行了禮，說的話和芰香說的差不多。她說話時，那個丫鬟一直拿眼瞟著風荷與杭四，似乎有話要說的樣子。

杭天曜會意，隨手指著雲暮道：「這可是世子妃身邊得力的管家娘子了，還不請下去吃盞茶坐一坐，妳們少夫人略微收拾一下。」

那管家娘子不大想下去的模樣，只是不敢拒絕，勉強跟了雲暮下去。

待她一走，那個丫鬟再次請了一個安，忙忙說道：「四少爺想來是認識奴婢的，奴婢是世子爺書房裡伺候的。世子爺說，有要事請四少爺與四少夫人一併過去商議，因尋不到合適的藉口，才假託了我們世子妃的口，請四少夫人也去。因為時間緊迫，請四少爺與四少大人越快越好。」

聞言，風荷起身說道：「估計是關於鳳嬌的，妳等一下，我去祖母那裡說一聲。」

杭天曜亦是起身攔住了她，笑道：「妳太慢了，還是我去吧，正好趁著這點時間收拾一下，我就跟祖母說閒著無聊送妳過去。」

風荷想想也是，太妃應該不至於為這樣的小事覺得她失禮了，而且杭天曜好歹會暗示太妃幾句，太妃是個明白人。

不過一刻鐘，一切就好了。風荷換上淺綠色雲紋繡百蝶渡花的上衣、象牙色的緞裙，披了碎花的月白披風，與杭天曜一道上了馬車。

嘉郡王府裡，蕭尚一直在二門處等著他們，世子妃一個人坐在房裡發呆。

今兒早上，蕭尚忽然去了董姨娘房裡，出來後什麼都沒說，只是跟自己借用了一個人，也不說用來做什麼，她只知道遣她們去了杭家。

前後一聯繫，她就懷疑是跟董姨娘有關，或許是董姨娘寂寞無聊想請娘家人過來走動走動，偏偏她是妾，董家其他人不算親戚，只怕去請他們人家也不願以妾室娘家的身分前來吧。是不是因此，去請杭家四少夫人過來，她好歹算是董姨娘的姊姊。

這麼久以來，蕭尚一步沒有踏足過董姨娘的院子，她心下好受許多，也儘量讓自己不去針對董姨娘或者其他姨娘。可是今天，蕭尚無端端就去了，是不是終於想起那個女子了。雖然知道風荷應該會來，她應該前去迎接，只是她就是不想去，她不明白蕭尚為何那麼心急，堂堂世子親自去二門口等著。

杭天曜先下的馬車，隨即一把抱了風荷下來，蕭尚沒想到他們同乘一車，微微詫異，很快上前迎道：「咱們去書房說話吧。」

杭天曜與風荷都料到出了大事，也不遲疑，跟著他往書房走。

世子妃聽說蕭尚沒有領他們前去董姨娘的院子，先是鬆了一口氣，隨即聽到去了書房，連風荷都去了，極為震驚與惱怒。

蕭尚有個特別的脾氣，他的書房從來不容人隨意走動，除了書房留了兩個服侍的丫鬟外，妻妾們一個都不能去，連她都不曾進去看過。而且蕭尚常常大半月歇在書房，所以書房對世子妃而言簡直就是一個提都不能提的地方。她猛地站了起來，欲要去問個究竟，又覺得自己那樣做有失主母風範，會被人恥笑，終於頹廢的坐了下來。

可是她壓根兒坐不下來，就算蕭尚再喜歡董姨娘，也不可能愛屋及烏到連董姨娘的姊姊也一併是特例吧，何況這些日子來根本不見蕭尚有喜歡董姨娘的意思啊。憑什麼一個毫不相干的外人都能去，而她卻被禁止。

蕭尚一坐下來，就敘述了事情經過。

原來自從發生上次董鳳嬌差點害得風荷出醜一事後，他就在她身邊安了人，每日監視她。即使風荷拐騙董鳳嬌習字的事他都知道，而且還配合了一下，故意讓伺候董鳳嬌的丫頭往這方面引導。

今天早上，天還沒大亮，他尚在書房習武之時，伺候董鳳嬌的一個丫頭就急匆匆跑去稟報他，說昨晚是她值夜，凌晨的時候，朦朦朧朧聽到董姨娘房裡傳出聲響，就放在了心上，偷偷起來去看，發現一個黑衣人影從董姨娘房裡逃出去，而董姨娘居然一直睡著不曾發現。她本來想叫人的，可當時黑衣人都去遠了看不見人影，只得作罷，暗暗觀察董姨娘的情形。

今兒早上，董姨娘平日都戴著的一對鐲子少了一個，那是董姨娘的陪嫁，據說值不少錢，董姨娘十分寶貝。董姨娘丟了鐲子後大怒，要一個個拷問她們，那個丫鬟就暗自去通知了蕭尚。

後來蕭尚特地過去安撫了董鳳嬌幾句，許諾會送她一個更好的，從中得知那是董鳳嬌剛出生時老太太就賞給她的，價值不菲。

一開始，蕭尚也以為是普通的小賊，看著董姨娘那邊的院子偏僻，守衛不嚴，就起了賊心。可是細細一想，發現裡邊大有不對，一者聽丫鬟的描述那應該不是個普通的賊，身手很不錯的樣子；再者，倘若是賊，要偷東西還能不偷別的，光偷了這一個就了事，就算他時間緊迫害怕被發現，那也不可能兩個鐲子只拿其中一個的道理啊。

蕭尚聯想上次杭天曜請他幫忙隱約提到幾句有關董家的事，懷疑是有人將主意打到了董鳳嬌身上，偷了她的東西或許是想要挾而已。

他知此事干係重大，不敢耽擱，當即請了杭天曜夫妻二人過來。

本來他前去杭家也是行的，一來怕杭家沒有他這裡安全，二來擔心董鳳嬌出事，最後決定請他們過來更好些，或許還能讓風荷從董鳳嬌那裡套出些話來。

杭天曜與風荷聽得驚愕，要說是賊，他們還真沒法相信。能有膽子偷到王府去的就不是一般小毛賊，身手那麼好就不會慌張以致拿了一個鐲子。尤其風荷知道董鳳嬌十分寶貝那對鐲子，睡覺前都會卸下來包好了放在梳妝匣內。要是個賊，梳妝檯上那麼多值錢的首飾不拿，非得翻出那個鐲子，這也太不可思議了些。

要說有人故意如此倒是可能些。

那樣做最大的可能是針對董家，董家能被人利用的事情還真不多，而且要是想利用來要挾董老爺做什麼事，可能對董老太太下手更合適些，畢竟一個庶女要想讓董老爺為她怎樣是不大可能的。對董鳳嬌最重視的，只有杜姨娘。

上次二夫人扯出身世一事，風荷已經知道是王妃在背後搗的鬼，可惜最後關頭失敗了，王妃一定不會就此死心的，或許正要以董鳳嬌來要挾杜姨娘說出所謂的實情來，或者做一筆什麼交易。不然，幾乎沒有什麼人會關注董鳳嬌，對她做出什麼事來。

風荷輕輕站了起來，笑道：「你們倆先聊著，我去給王妃世子妃請個安，再去看看鳳嬌，這戲也要作得像一點。」

蕭尚想了想，點頭道：「去給母妃請安還是回頭我們陪妳去吧，也不急，左右你們也要用了午飯賞了花再回去。」

「只是有點不恭，還沒給王妃請安就先去看鳳嬌。」誰家府裡有這樣的道理啊，主母小主母還未見，先跑去看一個妾室，說出去還不得被人說成藐視主母，當然主要是藐視世子妃。

「這個無妨，每日這個時候母妃要唸佛的，世子妃尚在料理家事，妳見完了董姨娘時間正好差不多。」蕭尚溫和的笑笑，在對待外人時他難得有這麼和氣的時候。

風荷看他堅持，也就罷了，由蕭尚叫來的丫鬟領路，去董鳳嬌院裡。

董鳳嬌並不知道她會來。

第一百零五章　魔高一丈

因為丟了一只鐲子引得蕭尚一大早親自來看她，還許諾送她一對更好的鐲子之後，董鳳嬌的自信心得意感從來沒有這麼強過。她不由暗暗想著，其實蕭尚是很關注她的，只是裝著對她滿不在乎而已，不然怎麼她這邊剛出事他那邊就知道了，或者蕭尚對她練字之舉很滿意呢。

她支著下巴，坐在窗前，眉眼裡全是將要溢出來的笑意。

當聽到丫鬟稟報說是風荷來看她之時，她還未反應過來，幾乎想不起來誰是杭家四少夫人，直到風荷都進了屋，她方驚訝地站了起來。

風荷正想借她的鐲子一用，不免親熱地笑著走過去。「二妹妹，妳如今可是了不得了呢。」

自從上次風荷教她習字博取蕭尚喜歡後，董鳳嬌對風荷的態度好了許多，笑著站起來道：「姊姊怎麼過來了，我有什麼了不得的。」說完，她又羞怯地低了頭。

風荷暗暗腹誹，蕭尚那廝有什麼好的，居然能把鳳嬌迷到這地步，簡直就跟換了一個人似的，不過這樣也好。

風荷在她對面坐下，故意盯著她看。「妳難道還不夠厲害，不就一個鐲子嗎，害得表弟一大早巴巴把我請過來，我還當什麼事呢。雖說是老太太賞的，自然珍貴些，只是這樣倒不像是看重鐲子而是看重人了。」

這話簡直說到董鳳嬌心坎裡去了，真是又得意又幸福，她正想尋個人好好訴說一番呢，偏偏整個王府沒一個她熟識的人，想要顯擺也沒對象。比起來風荷好歹與她在董府一同生活了十幾年，倒比王府的人親近不少。

風荷的話勾起了她的話頭，甜蜜地憶著與蕭尚的初識、許諾、指婚、迎娶等等，連這幾個月來蕭尚對她的冷淡，全都成了愛護她喜歡她的一種表示。

風荷撫額，這陷入情愛中的女人原來都這樣啊，當然董鳳嬌比別人的症狀更為嚴重些，幾乎是在臆想狀態了。雖說風荷不喜歡鳳嬌，但想到他日她得知真相或者被蕭尚拋棄之後的慘狀，風荷還是有幾分不忍心的，是不是男人都喜歡玩弄女人呢？他們想近的時候就近，想遠了可以把妳當作陌路人，甚至送給別的男人，這難道就是所謂的女人如衣服嗎？

「他說要送我個比這還珍貴的鐲子，也不知何時送來呢？」董鳳嬌拉扯著手中的帕子，臉上全是期待的表情。

「瞧我，妳不說我竟忘了今兒的正事。表弟請我過來啊，就是想讓我借妳剩下那個鐲子看看，他回頭好請工匠訂製去。他們男人呢，妳是知道的，最好面子，讓他親自來與妳說吧，他總覺得有違男子漢大丈夫的行事，跟個女人一樣。這府裡又沒旁的與妳親近些的人，不免把我叫了來，還讓我問問妳有沒有其他喜歡的首飾，他好一併命人打好了送給妳。

「從前我們爺還常說表弟是個性子清冷的人呢，家裡的妻妾從來不肯多關心幾分，弄得陌生人似的。倒是妳，得了他的緣，居然肯為妳做這麼多事，連我看了都羨慕不已。」聽董鳳嬌提起鐲子，風荷忽然心下一動，想起一個法子來，越發把董鳳嬌捧得高高的。

董鳳嬌故意扭捏了一下，最後終是讓丫鬟把剩下那只鐲子取來，還假意說著：「有什麼話不能自己來說。」

風荷汗顏，卻不得不把這個謊圓了，又奉承了她幾句，最後說道：「自妳來了這麼久，還不曾見過杜姨娘吧，想不想趁這機會見見她呢？」

果然，董鳳嬌一聽就歡喜起來，立起來問道：「可以嗎？丫鬟們跟我說，世子爺他不喜歡府裡人來人往的，我怕他生氣一直不敢提。」鳳嬌還打算好好請教請教杜姨娘如何籠絡男人的心呢，風荷與她畢竟曾經生過嫌隙，有些話她可說不出口。

風荷斜睨了她一眼，捂嘴笑道：「妳也呆了，杜姨娘如何與那些閒人相比，妳想見不過一句話的事兒，要是妳不便與他說，我幫妳傳個話好了，保管一會子妳就能見到杜姨娘了。」

董鳳嬌雖然有心自己去與蕭尚說，又覺得現在蕭尚喜歡她，她越發要自重了，不能輕易去見他，倒是同意了風荷的說法，還催著風荷快去。

風荷便帶了鐲子辭了她，讓她安心等著好消息。

杭天曜、蕭尚兩個大男人還在書房等她，見她進來時面色不大對，就詫異地問道：「怎麼了，她給妳臉色看了？」

風荷忙搖頭，隨即覺得自己的心眼的確不少，便覥著臉將方才的事一五一十說了一遍，聽得蕭尚臉黑了又黑。即便想想自己對那個大條暴躁的董鳳嬌有愛意，他都覺得噁心不已。

風荷說完，十分不好意思地偷偷看了看蕭尚，暗暗道——「我不是故意出賣你的，誰叫你的招牌好用呢。」

杭天曜卻不管蕭尚心裡的惱火，笑著與風荷點頭道：「妳的意思是那人偷了鐲子後應該會去找杜姨娘，或者逼她做什麼事，或者想從她嘴裡問出什麼話來，咱們不如這回就叫了杜姨娘來套套話。順便還能以董鳳嬌來嚇唬嚇唬她，讓她不敢胡說亂做。是也不是？」

「就數你聰明，行了吧，瞧你那得意勁，又不是你想出來的。」風荷好笑地嗔著他。

「妳想出來的與我想出來的有何分別，連妳的人都是我的，難道還計較這些。」杭天曜的手越過小几捏了捏風荷的粉頰，一臉得逞的笑意。

風荷當即被他羞得連耳朵根都紅了，這可是別人家裡，還當著外人的面，這杭天曜，太輕浮了。而杭天曜與蕭尚那是毫不見外的，自然不認為他們夫妻有什麼必要背著他行事。

蕭尚看得眼神閃了閃，輕輕咳了咳，低了頭去。想起他與世子妃，似乎從來不曾有過這樣親暱的舉動，倘若他這樣對世子妃，怕是得把她嚇得臉色鐵青不可。為何有些女人就是不懂情調呢，夫妻之間，總是那樣一副公事公辦的樣子，讓人看著就倒了胃口。

其實男人都是一樣的，既希望自己的妻子能端莊賢慧地伺候自己，甚至主動給自己納妾；但有時候又期待妻子能如秦樓楚館中的女人一樣有情趣，會撒嬌吃醋，而不是一味的恪守規矩。總之就是看著碗裡的吃著鍋裡的，一個都捨不得放手。

這會子杜姨娘正在董府急得團團轉，大半夜的有人不知不覺偷進她的房間，幸好董老爺沒歇在她房裡，而且還拿了鳳嬌的鐲子給她看，要她與他們合作。她當時嚇得快昏死過去，人家雖然只拿了鳳嬌的鐲子，但顯然是指假設她不肯乖乖合作，連鳳嬌的命都能取來。

只是她不敢大意，這的確與鳳嬌的鐲子一模一樣，但她依然不能十分確定。嘉郡王府守衛森嚴，難道真有人能那樣神不知鬼不覺地取了鳳嬌性命不成，關鍵是她不知人家要她合作些什麼，要是因此而傷害到兒子華辰的利益，那她自然要好好權衡一番。

那人似乎也不急著要她下結論，說是給她兩天時間考慮。

今兒一天，杜姨娘都在想用什麼藉口能去趟嘉郡王府，好歹先知道鳳嬌好不好，是不是她的鐲子。她想出董府容易，可要進嘉郡王府就難了，還不知嘉郡王府認不認她這個親戚呢，或者世子妃故意尋釁，壓根兒不讓自己見鳳嬌呢？

就在杜姨娘焦急慌亂的時候，嘉郡王府派了人來接她，說是董姨娘想見見她，這下子她愈加緊張了，一定是鳳嬌那邊出了事，不然不可能想見她的，但也證明了鳳嬌在王府至少不是沒有一點權力的。

杜姨娘也不知是急迫還是寬心的到了蕭家，她原以為會讓她先去拜見世子妃的，誰知前來領路的丫鬟直接將她帶去了一個小巧的院子裡，瞧著不像是堂堂世子妃住的地方。她以為是鳳嬌的院子，誰知一腳邁了進去，見到的不是女兒，而是董風荷，她當即愣住了，半日方反應過來。

風荷笑著指了指下首的座位。「姨娘，咱們坐下說話吧。」

杜姨娘迷迷糊糊坐了下來，她聯想到昨夜的人，以為一切都是風荷安排的，就是要逼她說出當年陷害董夫人的事。這般一想，她倒是放下了些許，倘若風荷逼她跟董老爺說董夫人是自己陷害的，她最後還能以鳳嬌被脅迫讓董老爺不再相信這個說法。她強自鎮定了下來，笑道：「大小姐請我過來有什麼話說？」

風荷淺淺啜了一口茶，抬眸笑道：「其實也不是什麼大事，姨娘知不知道昨兒夜裡鳳嬌的鐲子丟了，就是她出生那年老太太賞給她的，因著事情鬧得大了，就請了我來撫慰鳳嬌。」

杜姨娘心中一跳，果真是鳳嬌的鐲子，董風荷到底想要幹什麼。她咬了咬唇，問道：「大小姐，妳想要如何？」

「嗯，姨娘是什麼意思？我也是早上聽說了這個消息趕過來的，這會子世子爺在鳳嬌那邊，她不便見妳，是以讓我在這兒陪妳說說話。」風荷幾乎可以斷定偷了鳳嬌鐲子的人一定已經去找過杜姨娘了，不然杜姨娘就不該是這副表情了，好歹要先驚訝一下。杜姨娘這麼鎮定，表明她早就知道此事了。

「妳，大小姐的話當真？」杜姨娘有幾分吃不準風荷的意思，她既懷疑是風荷設的計，又擔心不是風荷，那樣倒暴露了有人要她合作的事。

風荷莞爾笑著，將茶盞放在桌上，發出清脆的聲音。「自然是真的。姨娘，咱們明人不說暗話，妳似乎早就知道鳳嬌的鐲子丟了啊，是誰告訴妳的呢？」

杜姨娘暗暗心驚，她知道自己剛才的表現露出了馬腳，便想法子轉圜。「大小姐，鳳嬌的鐲子真丟了不成，那可是老太太賞的珍貴之物啊。」

事到如今，她想演戲也要看人信不信，風荷索性從袖子取出董鳳嬌的鐲子來，拿在手裡輕輕把玩著。「姨娘認認是不是這個，這還是方才鳳嬌給我看的呢？」

杜姨娘幾乎忍不住就要從懷中掏出另一個鐲子來比對一下，終是壓住了這個念頭，故意上前幾步細細看著。「對，就是它，只剩下這一個了嗎？」

「是呀，另一個不正在姨娘身上嗎？」風荷眼角的餘光掃到了杜姨娘下意識要伸手的動作，便詐詐她。

杜姨娘幾乎穩不住了，她當即確定是風荷取了鳳嬌的鐲子要挾她，咬牙切齒從懷中取出另一只鐲子來，問道：「大小姐，妳想讓我做什麼？」

風荷故作驚詫，不解地問道：「姨娘這話是什麼意思，我怎麼聽不懂呢？真是怪了，鳳嬌丟失的鐲子如何在姨娘手裡，姨娘從哪兒得來的？」

杜姨娘聽得越發迷糊了，這瞧著又不像是風荷做的，不然她可以開門見山與自己直說，何必拐彎抹角不肯承認呢。不是她做的，她又怎麼猜到鐲子在自己身上？杜姨娘覺得十分沮喪，她感到自己就像別人手中的玩物，任人宰割。

風荷也不與她打啞謎了，正色問道：「姨娘，鳳嬌的鐲子丟得奇怪，王府裡已經開始懷疑了，所以才請了妳過來證實一番。妳與我說實話，是不是有人拿了這個鐲子逼妳做什麼事？」

杜姨娘萬分懊惱，她估計自己是被風荷詐了，本來她自己不說他們是不會發現有人要自己合作一事的，眼下看來卻是瞞不住了。要說那人能取了鳳嬌的性命，她相信董風荷現在就能讓鳳嬌生不如死，她們之間可是有夙怨的。

與其被那個不知身分不知要求的人要挾，杜姨娘寧願選擇與風荷合作，至少她還有法子應付風荷。

她深深吸了一口氣，將昨夜的情形完整敘述了一遍。

這一切與風荷的猜測差不多，可惜不知那人是什麼身分，要求杜姨娘做什麼事，但倒是可以好好利用一番。

風荷笑著收起一對鐲子，語氣中含著微微的諷刺。「姨娘既然願意把一切都說出來，看來是不打算與那人合作了吧。姨娘這麼做是對的，堂堂王府，若是想要保住一個人的安全，妳覺得幾個宵小之徒當真能成事？這一次，是王府不知他們的歹意，被他們利用了，可是下一次呢，他們還能拿鳳嬌怎麼樣？

「但是，我既然能讓鳳嬌心甘情願的交出鐲子，自然也能讓她死得無聲無息，這一點，姨娘需要懷疑嗎？不過，姨娘也別擔心，我對鳳嬌並無其他意思，她好歹是我妹妹，只要她不妨礙了我，我是可以讓她在王府風風光光當她的姨娘的，甚至將來的側妃娘娘。姨娘信也好，不信也好，總之，姨娘現在可以先去見見鳳嬌，回頭再告訴我妳的決定。」

杜姨娘心中恨不得立時咬死了風荷，但她不敢，她知道這裡不是她可以胡來的地方。風荷既然能見她，既然敢光明正大與她說這些，那必是經過嘉郡王府同意的。杜姨娘第一次這麼後悔，她讓鳳嬌嫁到王府，分明就是把鳳嬌送到了風荷眼皮子底下。王府世子與杭四少可是表兄弟呢，她當初怎麼忘了這一點。

杜姨娘一步步沈重地出去了，風荷一點也不擔心，杜姨娘是個聰明人，什麼該說什麼不該說心裡明白，不會把這些告訴董鳳嬌的。

杭天曜與蕭尚從隔壁的屋子裡出來，望著杜姨娘隨僕從遠去的身影，對視一眼，都小心地審視著風荷。這個女人，可不簡單，輕易惹不起，回頭被她賣了還替她數錢呢。看看她，三言兩語哄得杜姨娘說了實話，還拿她半點沒辦法，回頭可能還要將女兒的生死交到她手裡。最倒楣的可能會是那個要挾杜姨娘的人，因為他已經在某人的算計中了，估計就怕他不去呢。

蕭尚故意蹙著眉，嚴肅地問風荷。「表嫂，董姨娘好歹是我的妾室，妳確定我會把她的命交給妳處置？」

風荷抿了抿嘴，笑看了他一眼，一本正經的說道：「表弟願不願意把鳳嬌交給我我不知道，但我確信杜姨娘一定是這麼以為的。而且表弟不肯，難道我當真沒有別的辦法了，都不用我動手，還不知表弟府裡有多少人等著要鳳嬌的命呢。尤其表弟今兒又去看鳳嬌又為她招來杜姨娘的，多少女子正咬碎了銀牙盯著看呢。」

蕭尚卻被她的話說得不好意思起來，聽風荷的意思，似乎是笑話他妾室太多，忍不住就反唇相稽。「我雖然妾室多，但在京城也是出了名的不喜女色，不及某人名聲響亮。」

杭天曜聽著把禍水引到了他身上，而且還這麼不留情面，當即反駁道：「你別往我身上潑髒水，我可是清清白白的，這點我娘子最清楚。」他一面說著，一面討好地搖了搖風荷的胳膊。

風荷卻是輕輕推開他，笑道：「我清楚什麼，清楚你有五個姨娘，清楚外面有一堆女人巴巴望著你去。別打量我整日待在府裡就什麼都不知道，我陪嫁來的那幾個護院小廝，平日連你的面都沒見過，上了街還有人找他們打聽你的去向呢，千萬託了他們有機會就引著你去。」

「娘子，他們哪是望著我的人，分明就是指著我的銀子呢。」杭天曜顏面盡失，又想到風荷這回勉強給他留點面子，回去還不知要怎生磨搓他呢，就對蕭尚恨之入骨起來。

蕭尚摸了摸鼻子，他說什麼了嗎，他只是為自己辯駁兩句，就說了一句不及某人名聲響亮嘛，有指名道姓嗎？沒有。

杜姨娘從女兒的院子裡出來，又是放心又是擔憂，放心的是女兒至今完好無缺，擔憂的是女兒壓根兒不知道近在咫尺的危險，還一門心思沈浸在美夢中。

但是她清楚，風荷說得有道理，只要嘉郡王府有心保護鳳嬌，不會那麼容易讓那些人得逞的，但要是風荷想害她，那就是防不勝防了。她已經打定了主意跟風荷合作。

風荷笑吟吟地讓丫鬟給杜姨娘上茶，她就是要讓杜姨娘確信自己在嘉郡王府是貴賓，然後關切地問道：「鳳嬌還好吧，姨娘放寬了心。」

杜姨娘眼中的風荷帶著恐怖，幾乎不能平心靜氣與她說話，但為了不失底氣，強撐著應道：「多謝大小姐美意，她很好，大小姐想要我做什麼？」她相信風荷絕對不會是單純的關心鳳嬌，一定有她自己的目的，所以她就直截了當問了出來。

風荷慢慢吃著一塊糕，吃完了用帕子拭拭嘴角，柔和的笑道：「我能要姨娘做什麼，不過是為了幫姨娘與鳳嬌度過這一次難關。咱們在家裡怎麼鬧都不打緊，但是要鬧到外人面前就不好看了，最怕有人將咱們自己的矛盾利用了去，到時候吃虧的怕是老爺與大哥了。姨娘不希望如此，我自然也不希望如此，董家好歹是我娘家，保住了董家就是保住我在王府的地位。

「姨娘，妳說我說的對不對？當然，我也不會置姨娘於險地的，那人不是要和姨娘合作嗎，姨娘總得知道他想合作什麼才成啊，不然被人賣了還不知道呢。何況，事情關係重大，姨娘不敢輕率作決定，想要那人再證實一次也不是不可以，保險點總是好的。」

聞言，杜姨娘也覺得有理，有人想要與她合作，事情多半與董家有關，不然她能知道什麼能做什麼，如果是針對董家的事難免給董家帶來危險，風荷關注些也在情理之中。她很快點頭應道：「我明白大小姐的意思，我會照大小姐吩咐的去做的，只是鳳嬌這裡……」她說到一半，就不再說下去。

風荷徐徐點頭。「我下了保，自然會把人完完整整還給姨娘的，再說了王府也不會容許外人動府裡的姬妾啊。那人要是去問姨娘，姨娘打算怎麼說呢？」

「我就說我與他素不相識，輕易不敢相信他，今兒特地來女兒這兒打探消息。偏偏女兒一句未和我提有關鐲子的事，連我旁敲側擊都不接口，我心裡有些懷疑他那個鐲子是真是假，他要是想取信於我，就來取了另一個鐲子給我看，那時候我才可以信任他。不過，他最好先告訴我合作什麼事，我心裡有了底也能做點準備。」杜姨娘自然清楚風荷話裡的意思，也不遲疑，很快回道。

風荷笑著拍拍手。「與姨娘合作就是痛快。我也不敢耽誤姨娘的工夫，這就派人送姨娘回去吧。」

送走了杜姨娘，風荷又請蕭尚佈置了一番，這就到午飯時辰了。

蕭尚帶了他們夫妻去給王妃請安，王妃似乎很高興的樣子，留他們夫妻一同用飯。

世子妃在一旁調停桌椅，眼睛時不時瞥向風荷，隱隱有嗔怪。是怪她來了王府不先去拜見她這個世子妃，而是先去一個妾室房裡待了半天，到了用飯了才現身。

風荷知道自己有失禮之處，也不與她計較，笑吟吟陪著王妃說話，另有小郡主在一旁湊趣。

用了飯，王妃要歇午晌，囑咐世子妃好生招待他們。

說好了是賞花，蕭尚自然不會叫人挑出錯來，賞花的地方早就佈置好了。就在園子裡的菊花圃邊，丫鬟們燒水的燒水，搬桌椅的搬桌椅，早早就忙開了。

人也不多，就世子妃領了兩個姬妾、小郡主、風荷，杭天曜與蕭尚在不遠處自己安了一桌，自顧自飲酒。

蕭家的菊花圃還算大，有半畝多地，現今時新的品種都很是齊全。菊花圃邊即是一條潺潺而過的小溪，溪對岸是一片桂花林，彼時正是桂花飄香的時節。

世子妃親自斟了茶，遞給風荷與小郡主，兩個姬妾只有站著伺候的分。菊花茶，用的杭白菊，雖沒有園裡的菊花名貴，但勝在口感好，清熱降火，配著鬥彩菊花的茶盞很是好看。

小郡主獻寶似地指給風荷看。「表嫂妳嚐嚐，我親自收的菊花呢，嫂子她看不起杭白菊，嫌它普通，是我執意讓人在莊子裡種了一大片，這可是今年最新鮮的。」

菊花經了水，原先乾癟的花瓣彷彿吸足了養料一樣，個個圓潤飽滿起來，在水中舒展著飄舞著，像極了盛開的時候。香味苦澀中帶著清淡芬芳，茶湯顯出淡淡的黃色，啜一口淡極而雅。

風荷笑著讚道：「確實不錯。泡這菊花茶，也就杭白菊、貢菊才好吃，換了這些菊花，雖然好看，但是不耐吃。尤其這個季節，天氣又乾燥，最易上火，喝了菊花茶有助於清心熱明肝目呢。」

「表嫂真是我的知己。他們都不喜歡，一會兒沒有龍井的回味，一會兒失了鐵觀音的清香，一會兒不及毛尖好看，總之就是一無是處，是俗人才喜歡的。我就想吧，俗人就俗人，讓他們當文人雅士去。如今表嫂也愛吃，算是破了他們的話，表嫂難道不是雅人？」小郡主的茶受到別人的稱讚，比讚了她自己還歡喜，又讓風荷嚐嚐桌上擺的糕點。

風荷肚子正飽著，可惜卻不過她的盛情，拈起一塊菊花佛手酥吃了兩口。她與小郡主倒能說到一塊兒去，兩人時不時大笑起來。

世子妃自進了府，恪盡職責，對小郡主這個小姑算得上是疼愛有加的。見此，不免生了淡淡的醋意，正色與小郡主道：「女孩兒家要莊重，笑不露齒，妳這樣叫外人看了不是卻了妳郡主的臉面嘛。」

小郡主知她這個嫂嫂最守規矩，也無不快的樣子，對風荷眨眨眼道：「嫂子，好嫂子，這裡又沒有外人，怕什麼，改明兒有了外人妳再提醒我不遲啊。表嫂好不容易來走一遭，偏偏又與我喜好相同，妳就讓我們自在說說話吧。」她作出一副嬌態，搖著世子妃的胳膊。

世子妃對她的要求一向是不會拒的，但也不知今兒怎生回事，看著她與風荷嘰嘰喳喳就有些不爽，她不好責備小郡主，不滿的目光就看到了風荷身上。

風荷想著世子妃吃鳳嬌的錯，是以不喜自己也是情有可原的，只是這醋未免吃得多了些，蕭尚至今沒將鳳嬌怎麼樣呢，倘若他日真的收了房，她還不知會做出什麼事來。

正有點尷尬呢，卻是王妃那邊有人來請小郡主過去，說是有話囑咐她，小郡主忙忙去了。

剩了風荷與世子妃兩個人，越發沒話說了。

風荷有心告辭，又不到時候，只得耐著性子沒話找話說。「今兒多謝娘娘美意，累得娘娘為我們忙了半日。」一面對世子妃，風荷真不能做出親暱的樣子來。

也不知是不是世子妃一時不察，居然順口說道：「原是世子爺要請你們來賞花的，我也是才知道的。」她剛說完，自己也察覺到了，欲要掩住口卻來不及了，訕訕地低頭。

風荷聽得暗暗搖頭，卻不好表示出來，只得假作不經意地應道：「是嘛，只怕是兩位爺許久不見想要說說話。」

世子妃想要彌補自己剛才那句話，勉強笑道：「其實我也常望著你們閒了來走動，聽說妳如今管著家事，怕妳忙走不開身。」

「我不過跟著母妃打打下手，正經我也不大會呢。娘娘得了閒，也讓我有機會招待娘娘一番。」風荷覺得要讓她與世子妃待一天，她非得憋死不可，這規矩也太嚴了些。尋常大戶人家都極重規矩，可是只要大面上不出錯就行了，自家人面前還是挺隨意的。

誰知世子妃忽然定定地看著她，欲言又止，手裡的帕子扭成了麻花。風荷不知她想說什麼，到底沒有催促，豈料世子妃竟然沒說，吶吶地勸她吃茶點。

過了有近一個時辰，小郡主才回來，風荷鬆了一口氣，不由笑道：「舅母叫妳去做什麼呢，這麼久。」

小郡主癟癟嘴，隨即展眉笑道：「母妃一下子睡不著，叫了我去說閒話，直到剛才才睡下。」

風荷暗暗奇怪，王妃若是睡不著，隨便找個丫鬟嬤嬤說話都行，何必非要叫了小郡主過去，還是明知小郡主在陪著她賞花的情形下。難道王妃是想給世子妃與自己單獨說話的時間，這倒有點可能，世子妃明明有話要說卻說不出口的樣子。

到了申時一刻的時候，杭天曜與風荷才告辭回府，等著蕭尚的消息。

剛進屋，雲碧就神秘兮兮地低聲笑道：「少夫人，你們走了沒多久，順親王府的世子妃就來看五少夫人，剛剛才走呢。」

風荷換下出門的衣裳，點了點她的額角，笑罵道：「什麼大不了的事，也值得妳這樣來報告。」

雲碧噘了噘嘴，一面給風荷穿上家常的玫瑰紅長褙子，一面說道：「少夫人也不聽奴婢說完，就當奴婢沒好事，奴婢哪兒是那種不知好歹的人，特地來回給少夫人的，當然是大事了。」

杭天曜也不換衣服，只是脫了靴子，笑看著她們主僕倆道：「娘子，瞧妳把她們慣的什麼樣兒，明明看見主子在更衣，也不知道過來伺候著。」

一旁抱了風荷換下的衣裳要送去漿洗房的淺草止了步，歪頭道：「奴婢們都是少夫人的丫鬟，少爺的丫鬟不在這裡，要不要奴婢給您去茜紗閣傳幾個過來。」淺草也是個牙尖嘴利的，知道杭天曜是在打趣她們。

說得風荷與雲碧都大笑起來，杭天曜無法，自己尋了雙屋裡穿的鞋子蹬上，氣鼓鼓道：「現在妳們主子護著妳們，一個個都不把我放在眼裡，哪天妳們主子出了門，小心我收拾妳們。」他也不過是說笑罷了，要是他叫丫鬟給他更衣，風荷的眼神一瞟過來，他就會緊張得直打鼓。

風荷坐在榻上，問雲碧道：「到底什麼事，快說，少不了妳的好處。」

雲碧笑嘻嘻地靠近風荷，挨著她道：「我們從世子妃身邊的丫鬟那兒聽說，他們家王爺前兒不知從哪裡弄來一個貌美女子，又不敢叫他們王妃知道，偷偷藏在後園一座小樓裡，時常尋機去偷會。如今闔府無人不知，只是瞞著他們王妃，生怕王妃知道後大怒，據說這還是他們世子妃下的令呢。」

風荷好笑地回眸看了杭天曜一眼，得到杭天曜肯定的眼神，才對雲碧道：「這也算不得多大點事，瞧把妳興頭的。今兒世子妃是特地來看五少夫人的嗎？」

「是呀，好像輔國公夫人最近身子不大好，病在床上，世子妃來與五少夫人商議呢。」最近五少夫人也怪倒楣的，與五少爺總鬧矛盾，吵得滿府都在傳說，加上母親病了，越發添了愁煩。

風荷只是點頭，並沒有深問下去，又道：「把我們剛帶回來的禮物分幾份出來，我一會兒過去給太妃娘娘請安時帶過去。記得裡邊好像有幾樣藥材，妳選一、兩樣好的，回頭送去五少夫人房裡，只說我這不便親自去探望，就當孝敬她母親的吧。」

雲碧應是，退了下去，打點禮物。

風荷走到床邊，推了推歪在床上的杭天曜，問道：「那女子是你安排的吧，從哪兒弄來的人？好快的手腳。」

杭天曜輕輕一拉，風荷就倒在了他懷裡，他笑得十分得意。「那還用說，娘子吩咐的事為夫自然要當第一要務，人嘛，肯定不是京城的，但絕對可靠，不怕迷不住順親王。」

「哼，還有臉說，你怎麼認識的，才在嘉郡王府還哄我呢，這回露餡了吧。」風荷兩手擰著杭天曜的耳朵，大有他不老實交代就要動用暴力的態勢。

「娘子，妳真箇冤枉我了，我只是吩咐他們想辦法弄個美貌女子塞給順親王，我只見過一回呢，叮囑了幾句話而已，究竟長得什麼樣，我連看都未看清。」杭天曜可憐兮兮的求饒，誰叫他口碑太差，偏偏那種事又不能證明，倒成了風荷拿捏他一輩子的把柄。

風荷一手支著肘，居高臨下的摸了摸杭天曜的鼻子。「算你明白，要是往後被我發現你在撒謊，你自己看著辦。」

杭天曜覺得自己太窩囊了些，總被一個小女人要挾，摟著風荷翻了一個身，變成他在上，繼而揚眉笑道：「這樣辦好不好？」

風荷抱著他的脖子，搖著頭，嫣然笑了。「不好。」

「那娘子的意思是還是像方才那樣更好些？」他一面說著，一面作勢又要翻一個身。

風荷忙忙抱緊他的手嗔道：「你急什麼，大白天的，我要去給祖母請安。」

杭天曜不理，一口吻住她粉嫩的唇瓣，支吾著。「妳這會兒……說得好好的，晚上又……又裝睡，我還是，不要信、妳的好。」

風荷力氣不及他，推不動他，只得半推半就的讓他得了手。

待到太妃看見他們，故意板著臉問道：「不是說你們申時整就到了嗎？怎麼過了都近一個時辰才來。」

風荷暗自瞪了杭天曜幾眼，摟著太妃的肩膀道：「祖母有所不知，爺他說左右晚上還要過來，不如直接來祖母這兒蹭一頓晚飯算了，省得我們院裡又要鬧。祖母這兒什麼好吃的沒有，祖母一個人也吃不完，咱們人多些還熱鬧，祖母也能多用些，就當孫子的孝心了。從來只聽說孫子孝順做了好吃的孝敬給祖母的，倒是不曾聽過來祖母這兒騙吃騙喝也叫孝順了，虧他說得出口，倒把我臊得不行。」

說得太妃與眾人呵呵笑了起來，忙命人快快擺飯。剛用罷晚飯，蔣氏也來了，原來是與太妃打個招呼，她明兒要回娘家一趟，太妃自然不會不准，倒賞了她不少好東西帶回去。

第一百零六章　大幕揭開

當日晚間，那人遵守承諾沒有去找杜姨娘，到了第二日，又逢董老爺睡在書房的日子，杜姨娘按捺著緊張慌亂的心情，假裝在床上睡覺，其實一直未合眼。

這一等，卻是等了許久也不見人影來，杜姨娘模模糊糊真的睡著了。直到丑末寅初的時候，杜姨娘隱約聽到一點動靜，隨即清醒過來，感覺到自己臉頰邊有絲絲寒氣，立時睜開了眼。一把明晃晃的刀就在她頭上懸著，隨時都能要了她的性命。

杜姨娘深深吸了一口氣，勉強忍住出聲叫人的慾望，她知道黑衣人既然剛才沒有殺她應該就沒有要她性命的意思，只要她肯乖乖配合。

這個人就立在窗前，仍然穿著黑衣，蒙著面，看不清形容，只知道身材高大，四肢健壯，一雙眼睛冰冷迫人。

能在董家由一個孤女當了姨娘，生下二子一女，還幾乎奪得了大半的掌家大權，這樣的杜姨娘也不是多簡單的人物。即便有老太太相助，倘若杜姨娘當真沒有一點心機手段，也不可能被老太太這般看重。

杜姨娘做出一副十分冷淡不悅的樣子來，躲開那人手中的刀，起身穿了衣服，很有些架勢。

黑衣人看得愣神了，半日方沈聲問道：「妳決定了？」

「我決定什麼啊我決定，你當我關在大宅門裡好忽悠呢。我實話告訴你，我昨兒去看我女兒了，她壓根兒沒提丟了鐲子的事。我還反覆試探了她幾遍，那可是她最寶貝的東西呢，日日戴在手上的，要是丟了，你說她怎麼可能不告訴我這個當母親的，哼！」杜姨娘滿臉都是氣惱生氣的表情，看著黑衣人的目光中帶有輕蔑。

黑衣人半日不曾反應過來，記得前晚來的時候這個女人被嚇得戰戰兢兢，渾身發抖，今晚跟變了個人似地，這也太、太善變了些吧。她說什麼，鐲子沒丟？怎麼可能，自己明明拿了她一個鐲子，難道還能變出一個來？

杜姨娘也不等他說話，繼續說道：「你說吧，你想要什麼東西，我給得起的自然都給你，別拿我女兒嚇唬人。你難道不知道會嚇死人嗎？喏，這是你的鐲子，也不知從哪兒弄來的假貨，就想懵我，當我三歲小孩呢。我就說嘛，嘉郡王府那是什麼地方，戒備森嚴，別說你一個小毛賊，便是高手都不一定能來去自如。行了，你要多少錢？說吧。」杜姨娘一面說著，撇了撇嘴，從懷中掏出一個鐲子扔給了黑衣人，看都不看一眼。

黑衣人徹底暈了，這、這什麼意思？是……把他當成了走江湖的騙子，他堂堂、呃，堂堂一個人物，怎麼可能無聊到為了點錢財做出這樣無聊至極的事情來。可是，眼前這個女人似乎認定了自己是騙她的，黑衣人相當無奈，他都是服從上級辦事的，嘴皮子功夫實在不怎麼的，他一下子不知該怎麼取信於人了。

杜姨娘暗暗觀察他的表情，看得出來黑衣人沒有殺她的意思，她更放心大膽了，絮絮叨叨。「我手頭上現銀不多，五百兩，夠不夠？你要嫌少那匣子裡有些珠寶首飾之類的，你自己拿吧，往後別來糊弄人了。」

「妳……我沒有騙妳，這的確是妳女兒的鐲子。我稀罕妳那點銀子啊，當我吃飽了撐著的，妳信也好不信也好，總之，妳乖乖和我們合作最好，不然就等著給妳女兒收屍吧。」黑衣人的臉被遮住了，不然這時候一定能看到比鍋底還黑的臉色，他行走江湖多少年，第一次被人這麼瞧不起啊。

「你，別嚇我了，你說的若是真的，就把我女兒的另一只鐲子也拿來我瞧瞧，那時候我就信了你。」杜姨娘做出三分害怕的樣子來，縮了縮脖子，聲氣沒有先前壯了。

黑衣人真想拂袖而去，可他任務在身，不是與一介婦人置氣的時候，思忖了半天，方咬牙說道：「好，妳等著，到時候妳再不乖乖跟我們合作，別怪我不客氣。」

說完，黑衣人就想離去，杜姨娘忙喚住了他。「喂，你等等，你說真的呀？」

黑衣人沒好氣地瞪了她一眼，壓低聲音喝道：「廢話，妳當老子耍妳玩兒呢！」

杜姨娘被他惡狠狠的樣子嚇得後退了幾步，扶著床沿小聲問道：「你們，究竟要我做什麼呢，我要做不到怎麼辦？」

黑衣人以為杜姨娘相信了他的說法，上前幾步，冷冷盯著杜姨娘道：「我們要知道你們府裡大小姐的身世，就是現在的杭家四少夫人。」

杜姨娘嚇得渾身一哆嗦，居然是為了這個，對方到底想要自己怎麼說呢？她是萬萬不會承認風荷是野種的，一來那樣鳳嬌的性命同樣不保，二來可能還會連累華辰。或者，對方是想讓自己做假證？不過，很快杜姨娘就反應過來，詫異道：「什麼意思？我們大小姐有什麼身世嗎？」

「妳當真不知？」黑衣人有點拿不定主意，照理說這個女人肯定知道些什麼。而且上邊說了，她就算真不知道也沒關係，她願意出來指認就夠了。

「我真不懂你在說什麼？」杜姨娘直接坐倒在床上，呆呆的。

黑衣人認真審視著她臉上的表情，雖然裝得很像，但看得出來裝的痕跡，他輕輕將刀擱在杜姨娘面前一尺處。「妳說還是不說？」

杜姨娘眼裡全是恐懼，身子往後挪了挪，但硬著口氣道：「除非你把我女兒的鐲子真的取來，我才相信你的話，不然我哪知你是不是在詐我的，反正我一個妾室，死不足惜，你殺了我也沒什麼了不起。」

黑衣人無法，只得冷冷喝道：「好，就這麼說定了，我取來妳女兒的鐲子，妳就給我好好交代。」

杜姨娘勉強點了點頭，目送著黑衣人的身影消失在夜幕裡。

直到過了有一刻鐘，確定黑衣人遠去之後，譚清才從屋後面的樹上跳下來，偷偷潛進杜姨娘的屋子。杜姨娘正在琢磨著怎麼把消息送給風荷，讓她保護好鳳嬌，卻被這突如其來的人影嚇了一大跳。但她今晚受驚嚇多了，也沒太慌張喊叫，只是驚懼地問道：「你是誰？為什麼到我房裡來？」

譚清做出一個噤聲的手勢，左右掃視了一眼，知道丫鬟都睡沈了，方小聲道：「我是大小姐派來保護妳的，情形如何？」

杜姨娘暗暗腹誹，保護自己，我看是監視自己還差不多。但她不敢違背風荷的意思，將事情經過一五一十描述了幾遍，又叮嚀風荷一定要信守承諾。

譚清聽她說完，點了點頭，就飄然而去了。

杜姨娘這心七上八下的一夜未睡好，生怕再冒出個什麼人來。

杭四夫妻得到消息已是第二日清晨，傳信給了蕭尚，讓他做好準備。

那黑衣人不是沒有一丁點懷疑的，是以他沒有很快下手，而是暗暗觀察了嘉郡王府好幾日，看他們一切如常才準備在第四日晚間下手。

可惜他還是算錯了，這一晚，他剛剛潛進鳳嬌的屋子，還沒翻到鐲子在何處，就被包圍了。雖然他武藝上等，到底招架不住一群侍衛圍攻，最終繳械投降。

他原以為嘉郡王府會當即審問他，他反正來個一問三不知就行了，但是，他只是被帶到了一個四面密閉的黑牢裡，被扔了飯菜等物，中間無人和他說過一句話。

風荷從流鶯閣裡出來，她這是勸架去的，五少爺夫妻昨兒晚上又吵了一架，連太妃都被驚動了。太妃如今對蔣氏雖然不大喜歡，但畢竟也是她的孫子孫媳，總希望他們能和和氣氣的過日子，三天兩頭的鬧誰看了都不像啊。這一大早就派了風荷過去給兩人說和，風荷沒法子，忍著氣去了。

自從杭天睿收了綠意之後，蔣氏的脾氣就有些不大對頭，一次比一次暴躁易怒。

當然，這對風荷是好事，可她看了也有些不舒服。男人納妾那是常事，女人想要阻止多半是不會成功的，這時候女人只能想自己的方法留住男人的心，在這一點上蔣氏無疑是失敗者。其實，也是從前杭天睿太順著她了，以至於她忘了這裡是杭家，她是杭家的媳婦，風荷暗暗告誡自己，別看著杭天曜現在對自己好就恃寵而驕，男女之間相處分寸是極難把握的。

屋子裡，杭天曜坐在炕上，地上一溜小杌子上坐著幾個姨娘。她們每日都會在風荷從太妃那邊回來後來請安，但因風荷今日沒回院子直接去了流鶯閣，她們便安靜地等著。

其他人倒還安分，只有柔姨娘時不時用哀怨的眼神望著杭天曜，似乎在怨怪杭天曜忘了她們這些妾室們。

杭天曜認真看著書，早忘了下邊還坐著他的妾室們，他不說話，她們自然不敢開口，顯得特別寂靜小心。

風荷進房，看到這幅景象，倒是愣了一愣，幾位姨娘忙忙起來給她行禮。

風荷坐在杭天曜對面，擺手笑道：「卻是我忘了使人去通知妳們，害妳們等了這許久，都坐吧。」

幾個姨娘如今是略略看清了形勢，知道風荷的地位牢不可動，也不敢有別的想頭，只是希圖著稍微分一點點寵愛。聞言，都強笑著歸了座。

杭天曜這回才放下書，握了握她的手，不悅地道：「早上天氣涼，起了霧，出去如何都不穿件披風呢。」

當著一屋子妾室的面，風荷沒心思與他表演恩愛的戲碼，那不是戳這些女人的心窩子嗎？趕緊抽出自己的手，笑道：「走得太急了，而且也不冷。」

「那也不能大意了，昨兒晚上不是還嚷著頭痛嗎，現在可好些了？要不要叫個太醫來瞧瞧？」杭天曜的眼裡，妾室就是下人，好不好的賣了清靜，絲毫不覺得她們有權利吃醋傷心。

同是女人，風荷不想太過為難她們，就對幾人笑道：「罷了，妳們去吧，我這裡不用妳們服侍。」

幾人安安靜靜行了禮，告退，柔姨娘走在最後，臨走前還回頭對杭天曜送了個秋波，可惜這秋波杭天曜沒收到，卻是被風荷收到了。

風荷輕輕嘆了一口氣，低聲道：「她們幾個，日子也不好過，你別太為難了她們。」

杭天曜起初還未明白過來，隨即捏著風荷的面頰笑道：「我何曾為難過她們，妳倒是好，為她們難過起來了，也不想想她們出了這屋子就在那兒罵妳呢。」

「那也沒有辦法，你既然將她們收了房，自然就要對她們終身負責，不然何必白白耽誤了人家呢。她們今年都不過花樣年華，難免一副兒女情長，你要是偶爾閒了，也可以去那邊坐坐，我不至於為了這麼點小事吃醋。」風荷不是想要當一個賢慧的妻子，而是杭天曜假若只是過去走走轉轉，她還不至於拈酸吃醋的，或者杭天曜索性打發了她們，別讓人家空等一場。

以她們的品貌，要是不怕吃苦，配個一般小戶人家當正妻還是可以的。不要以為她們不是黃花閨女了就沒人要，杭家出去的，別說杭四少的妾室了，一個小小的通房都有人搶呢。

杭天曜越聽越不是味兒，起身走到她身邊，將她抱在懷裡，沈聲問道：「妳到底是什麼意思？妳難道就半點不知我的心意嗎，我待妳如何，妳到今日都不肯相信嗎？我說過，我跟她們是清清白白的，憑什麼要我負責。妳要是仍不肯信我，那我就對天起誓。」

風荷不想他會這麼激動起來，明明都是他的女人，倒弄得像是她紅杏出牆一樣，忙摟著他腰，低低嬌語道：「瞧你，值得這麼大氣嘛。我不過是說句公道話，你就惱了起來。我是女人，自然清楚她們的悲哀，與其這樣白白耗著她們的青春，還不如打發的好。你待我好我當然一清二楚，只因如此我也不想教你委屈嘛。」

她說著，紅了眼圈，將頭埋在他胸前。

杭天曜也不知為什麼，只要風荷一提起他和那些妾室之類的，他心中的火氣就忍不住往上冒，非得發洩一通不可。他捧起她的臉，深深吻了下去，想要讓她感覺到自己真的是很喜歡很喜歡她的，到了他已經不可自拔的地步。

風荷幾乎窒息，憋得小臉紅紅的，整個人軟倒在他懷裡。

「往後，妳都不許說這種話，不然後果自負。」杭天曜好不容易迫使自己放開了她，啄著她小巧的鼻子，喃喃道。

風荷也不躲閃，揚起笑臉，附在他耳畔輕聲道：「這個就是後果嗎？」

杭天曜原就心猿意馬起來，被她這一撩撥，真有幾分情動，強自道：「自然不只這樣。」

風荷索性整個身子貼到了他身上，吐氣如蘭。「杭天曜，你這個大壞蛋，總是欺負我。」

「董風荷，妳最好安分一點，不然我現在就要妳好看。」他懷疑她今兒吃了藥似的，竟然這般主動。

風荷越發格格笑著去脫他的衣服，吻著他俊逸的面龐，迷迷糊糊說著：「我就想試試你能把我怎麼辦？」

杭天曜打橫將她抱起，狠狠咬著她耳垂，低聲道：「好，一會兒不許哭，不許躲。」

風荷摟著他脖子，扭著身子，細細撫摸著他胸前壯健的肌膚，抬眸媚笑道：「人家才沒那樣沒用呢，就怕你沒那本事。」

她膚白如玉，雙頰上開出一朵豔麗的桃花，散發著旖旎的淡淡幽香。在扭動中，衣襟半褪，露出精緻的鎖骨、瑩潤的肌膚，慵懶嫵媚。

杭天曜幾乎被她攝去魂魄，再也顧不得別的，大步跑進房裡，將她扔在床上，直接壓了上去。

完事後，他吮吸著她粉紅的蓓蕾，悶聲問道：「今兒這麼主動，小妖精，到底想要幹什麼？」

「人家什麼都不想，只是想要叫你高興而已。你說，你方才歡喜不？」她抱著他的頭，輕輕揉弄著他的黑髮，相信自己應該是愛這個男人的。

「當真？我真的很喜歡，妳那個時候，真美，我真想把妳一口吞下去。」他抬起頭，將下巴擱在她柔弱的肩頭，大手揉捏著她的酥胸。

風荷的臉頰燙得發燒，酡紅一片，忙推開他，側了身背對他，呢喃著。「那你只許對我這樣，不許……」

他大笑著攬了她在懷，一雙略帶薄繭的手慢慢地在她身上游移，直至聽到她動人的喘息聲，才咬牙笑道：「妳一個我都招架不住，哪兒還有旁的心思。」

她登時全身都泛起了細膩的紅暈，把頭埋在被子裡，哼哼著。「求你，別說了。」

兩人一直鬧到快中午了才起身，風荷詫異的自語道：「表弟那邊還沒有消息嗎？莫非那個黑衣人起了疑心，不敢再去夜探王府？」

杭天曜哎喲一聲，拍著自己的大腿。「妳去祖母那裡請安時我得了消息，差點忘了這麼重要的事，人已經抓到了。」

風荷白了他一眼，嗔道：「我就說嘛，不可能沒有消息，虧了你居然能忘記。」

「還不是妳老勾引我，哄得我不知今夕是何夕，否則哪兒就能忘了。現在倒是把責任都推到我身上，難不成忘了剛才某人連連喊著我的名字嗎？」他涎笑著拍了拍她微微翹起的臀部。

「杭天曜。」風荷低咒一聲，這個壞人，得了便宜還賣乖。

「娘子，我在，妳好想要嗎？」他拉著她坐在自己腿上，顧不上穿了一半的衣服，眼裡都是壞笑。

風荷實在受不住了，只好滿口求饒，逼他快說正經事。

杭天曜好笑地親了親她，笑罵道：「有賊心沒賊膽的小傢伙，看妳以後還嘴硬。」說著，他把蕭尚派人送來的消息細細與她說了一遍，最後還問道：「妳說，能從那人口中問出什麼話來嗎？」

正午明媚的陽光透過紗窗照進來，屋子裡的淫靡之氣漸漸散去，有一種分外明朗的感覺，不由使人心情大好。

風荷拍了拍杭四的頭，取笑道：「你素日那般聰明今兒也犯糊塗了不成？那是什麼人，必然是咬緊牙關死不開口的，能問出話來才奇怪呢。」

「哦，那妳抓了來幹麼？妳明知道他什麼都不會說，索性將他獨自關起來？」杭天曜摸摸頭，暗道自己怎麼就像隻小狗呢。

也不是存心抓他，而是放著威脅到董鳳嬌的安全，難保不出事。而且人沒了，派他來的能不急嗎？一急就會有反應，那樣就容易知道是誰的人手了，也能多做防備。

而那黑衣人被關之後，先還不著急，幾日過後也不見人理會他，心下就有幾分詫異了，或者說是恐懼。這樣黑不見天日的地方關著，不知年月白天黑夜，不見一個人影，無人說話，這樣的寂寞可不是一般人能忍受得住的啊。

他相信上邊發現他失蹤了一定會派人來找他，找不見人應該會料到他出事了，關鍵是他還沒死呢，別把他當死了啊。獲救的希望相當渺茫，估計也不會浪費人手來救他，他已經隱隱想明白了，他這是落入別人的陷阱中了，要怪只能怪他自己，居然被一個女人糊弄了一場，早知道應該結伴去的。

他失蹤的消息第二日就傳到了上邊，引來一場震怒。

內侍托著茶盤，將茶獻給老婦，低聲勸慰道：「娘娘，您也別太生氣了，小心氣壞了身子骨。一個不成，咱們還能再派人手去，不信拿不住他們的把柄。」

老婦咳嗽了幾聲，內侍忙給她拍著背，待她平靜下來伺候她漱了口，吃了半盞茶。老婦嘆了一口氣，喃喃道：「妳不懂，這次事情不成，咱們就是失去了一個最好拿捏他們的把柄，以後想要下手是絕不可能了。這次人沒了，必定是他們早就發現了不對勁設了個陷阱，現在戒備森嚴，咱們派多少人去都是不成的。何況那丫頭心思靈敏，只怕早就想好了應對的策略，咱們再想以這個尋事，說不定就是自投羅網呢。」

內侍聽得有點緊張，忙道：「那咱們就放棄了不成？多好的機會啊。」

「罷了，以後再想其他辦法吧。他們府裡，事情那般多，不信找不到機會扳倒了她。還有啊，聽說最近杭天睿夫妻鬧得有點不像話，妳傳話下去，叫他們安分點，別動不動就鬧事，傳言流了出去不是什麼好事。以後大好的日子有呢，現在窩裡鬥，將來出了事誰擔待。」老婦提起這個就是一肚子火，傳說中風流杭四少娶了妻子後變了個人似的，不但夫妻和順，還小心謹慎起來；反是一向隨和安穩的杭家五少，最近傳言不少。

內侍忙忙應道：「是。」

王妃神思不屬地坐在炕上，上邊又發了話下來，自己何嘗不想讓他們好好的，可是年輕夫妻之間，這種事誰說得好呢。勸又勸不服，罵也無濟於事，弄得她是焦頭爛額。加上女兒的親事，王妃真覺得事事不順，連她都忍不住想要發火。

王爺從外間進來，看到王妃最近一直都是這副心不在焉的樣子，心裡嘆了一口氣，淡淡問道：「妳這是怎麼了？身子不好就請太醫來看看，別拖成了大病。」

王妃猛地驚醒，強笑著上前服侍王爺脫了外衣，口裡說道：「王爺今兒回來得好早，衙門裡無事嗎？」

「沒什麼大事，那點小事他們就能料理了。我記得妳最近氣色不好，特地回來陪陪妳的，剛吃了午飯，怎麼就坐在那裡一動不動的，應該出去走走，天氣正好呢。」王爺徐徐說著，握了握王妃的胳膊。

王妃眼圈登時紅了，忙忙忍住淚，嗔道：「咱們都十幾年夫妻了，我知道你外頭忙，別為我耽誤工夫。我好著呢，下午再去陪母妃抹骨牌玩兒。」

多年夫妻，王妃不可能對王爺沒有一點感情，可惜她身不由己啊。嫁過來之時，她就知自己身上背負著任務，這些年，她努力擔好自己身上的責任，操持王府，撫育孩子。

有些事，或許她並不是十分樂意，但也無法，誰叫她出身如此呢，她的人生由不得她自己選擇，只能按著別人安排好的腳步走。王爺年紀比她略大些，倒是會疼人的，她也是真心想與王爺白頭到老的，可是那些事，無時無刻不糾纏著她，或許到最後她與王爺是仇人相見呢。

王爺心下也是一陣難受，當初太皇太后指婚，他就擔心魏氏進門另有目的。後來雖然魏氏表現得很好，他也確實很是喜歡，但不代表他就失了戒心，只是無能為力而已。何況魏氏為他生兒育女，夫妻十數載，感情不是旁人可以想像的。他不希望魏氏落到淒涼的結局，但也不能容忍她壞了大事。

他拉著魏氏一起坐下，含笑問道：「我看妳最近似乎有心事，不如與我說說，什麼事我不能替妳擔著呢。」

王妃動了動嘴角，抬眸望著王爺，含淚應道：「王爺，妾身的心思你是知道的，妾身也不想瞞你。妾身就這麼一個女兒，疼若掌珠的，妾身實在捨不得她年紀輕輕的就一個人。劉小侯爺不是不好，他什麼都好，可他的身子……瑩兒自小被人捧在手心裡長大的，如今讓她去伺候一個病人，長年累月的，妾身怕她堅持不住啊。

「劉小侯爺若是能好起來也罷了，是瑩兒的福分。倘若他一直不好呢？或者、或者再有個什麼事，叫瑩兒靠著誰去？瑩兒心思簡單，整日嘻嘻哈哈的，妾身看不得她委屈啊。王爺，就當妾身求你，瑩兒的親事，咱們慢慢看，好不好？便是劉家那裡，也可以等他們小侯爺身子好一些再說啊。」

她一面說著，眼淚就撲簌簌掉了下來。王妃一共生了兩個兒子一個女兒，大兒子最近不順心也就罷了，女兒也有麻煩事，偏偏最小的兒子還小，不但幫不上一點忙，還要教人操心。

王爺還是很疼愛杭瑩的，也不願這個女兒可能小小年紀當了寡婦，可是劉家，不是別人，是老大媳婦娘家呢。老大媳婦進門不到一年，老大就沒了，人家苦熬了十來年，如今杭家一口否決了劉家的親事，到底有些不仁義呢，還會害得老大媳婦在娘家沒臉。

而且，劉家小侯爺的為人他是打聽過的，確實不錯，算得上這一輩中的青年才俊了，虧就虧在身子上了。不過，還沒到不行的地步，至少這十多年就挺過來了，不可能女兒一過門就沒了吧，至少還有幾年可以活。再者，聽人說劉家為這個兒子請醫服藥，現在似乎比年前還強了不少，與其嫁給一個風流紈袴之人，王爺寧願將女兒嫁給劉小侯爺。

他再次吁了口氣，將帕子遞給王妃，緩緩勸道：「妳的擔憂難道不是我的擔憂，瑩兒也是我的女兒。只是咱們既然為兒女著想，自然不能只希望他們享福，也要讓他們學會受苦。小侯爺身子不好是事實，但太醫沒說多麼不好，撐個幾年是沒問題的，尤其他為人忠厚誠懇，將來待瑩兒必會好的。

「何況咱們瑩兒明知他身子不好，還肯嫁過去，這一點就在劉家站穩了腳跟，無論是他們侯爺還是侯夫人還是小侯爺，都會對瑩兒刮目相看的。日後假使發生什麼事，他們也會護著瑩兒的。

「要是把瑩兒嫁給一個紈袴，還不如不嫁呢，妳也說了她性子純善，哪兒有那麼多心眼，到時候還不一定能駕馭住那些妾室通房呢。倒是劉家人口簡單些，看在小侯爺體虛分上，他們也不會給他納什麼妾室通房了。如果過幾年小侯爺身子好轉，瑩兒才真正是享福去了呢。」

這些道理，王妃自然明白，只是一時間想不通，總覺得自己如花似玉一個女兒，嫁給一個長年病在床上的人，實在是太委屈了。但王爺說到這分上，她也沒辦法了，只能祈禱劉家小侯爺長命百歲了。

第二日，永安侯府果然請了人上門提親，杭家同意了。兩家換了庚帖，合了八字，議定明年秋辦婚事。

杭瑩倒是無知無覺的，每日仍同先前一般。一次風荷暗暗試探了她一番，誰知她竟是正色說道：「四嫂，我是女孩兒，論理不該說這些話，但妳怕我受苦我心裡很感激妳，有什麼話就與妳直說了。婚姻大事父母之命媒妁之言也不容我有別的想頭，而且大家都說小侯爺為人很好，我便滿足了，女孩兒指望的不就是終身有靠嗎？

「小侯爺體弱那也是尋常事情，咱們這樣的人家，孩子嬌養慣了。又不是吃不起藥請不起太醫，我也不怕。實在最後……最後，落得個淒涼下場，那就當是替咱們家還了劉家的人情，大嫂不就在咱們家過了這些年嘛。大嫂能過的，我怎麼就過不得了。」她說到最後，終是滴下了眼淚，忙用帕子擦了。

風荷心中暗嘆，別看杭瑩素來嬌生慣養，脾氣柔順性子嬌憨的，其實豪門大院長大的女子，哪一個是沒有半點心眼的，只是平日不願去耍罷了。她知道自己的命運那是容不得自己反抗的，也就安然接受了，其實這樣也好，相信劉家小侯爺會喜歡她的，也許心情一好就好了也說不定。

這日剛送走劉家請來提親的媒人，杭天曜就急急來尋風荷，風荷只得辭了太妃，跟著杭天曜回房。

半路上，杭天曜就神秘兮兮地點頭道：「有好消息告訴妳，看妳怎麼謝我。」

風荷好笑地推開他的頭，故作滿不在乎的問道：「什麼事兒，想說就說，不說我還不樂意聽了。」

杭天曜附耳低語道：「妳要找的人找到了，現在已經帶到了府裡，就等妳驗看呢。」

風荷驚得瞪大了眼睛，拉著杭天曜的胳膊問道：「當真？你沒懵我？」

「我幾時哄過妳了，不信就算了。」

杭天曜越發賣起了關子。

風荷覥著臉喚了好幾聲好夫君好相公的，杭天曜才滿意，笑道：「走，這回就帶妳去看看，免得妳不信。」

風荷倒是有些猶豫了。「帶進府裡來，會不會被人發現？」這樣的秘事，究竟是醜聞，無論誰對誰錯，風荷都不想讓董家以外的人知道。

「放心吧，當作妳莊子上來回話的管事帶進來的，還特意弄了些瓜果給兩人帶著呢。而且妳的人平兒也常來，大家不會注意的。」杭天曜攬了她，諂笑著。

風荷這才徹底安心，對杭天曜拋了個媚眼，算是獎勵他。

沈烟領人守在門口，一男一女兩個老人跪在地上，渾身簌簌發抖，衣物卻是穿得不錯，像是鄉下的小地主。

被帶來之前，他們已經大略知道當年的事情發了，這是來尋他們作證的，雖然想跑，可哪兒跑得過人家，乖乖被送到了京城。

這兩人，一個就是當年給董夫人診脈的太醫，一個則是穩婆。太醫是在他們老家隔壁的縣裡買了一大塊地，當起了地主，兒孫也好著；穩婆投奔了女兒家，攜女兒一家子逃到了南邊去，買房置地的。

杭天曜人手多，個個能幹得很，派人去追查之後，很快就有了線索。先找到的是穩婆，隨後就尋到了太醫。兩人雖然一口咬定不知情，奈何杭天曜手下的人不過拿他們的家人稍稍一威脅，就怕了，願意招認。

風荷冷冷掃了兩人一眼，看得兩人身子抖了抖，頭壓得更低了。

「你們是自己說呢，還是我來問？」

冰冷的聲音嚇得兩人慌亂地抬頭瞄了一眼，穩婆雖然從前常在大戶人家走動的，但到底心智不及太醫強，很快竹筒倒豆子敘述了起來。「夫人，饒命啊！當年，我也是一時迷了心竅，貪圖那點銀子，又怕家人出事，沒奈何答應了他們的要求，絕對不是我故意要陷害董夫人的。」

「揀緊要的說來。」風荷的聲音依然冷酷而無情。

穩婆被嚇得嚥了口唾沫，終於交代起來。「本來，董夫人生產那天是我接生的，因著是早產，加上董夫人身子不好，整整辛苦了一日一夜才把大小姐生出來，為此董夫人元氣大傷。我起初還以為是個女兒董家會不喜，誰知董老爺興沖沖命人賞了我二十兩銀子，我歡喜得什麼似的。時間一長，漸漸將此事忘了。

「哪兒想到，五年後，有人找上我的門，逼我說董夫人當初不是早產，那是在董夫人的授意之下欺瞞董老爺的。我一直安分守己，怎麼敢做這樣傷天害理的事，可他們說我要是不配合的話就要取我女兒的性命。夫人不知，我就這麼個女兒，怎麼忍心她白白喪命啊，沒辦法應了他們的要求，他們還給了我二百兩銀子。

「對了，這是董家的杜姨娘派來的人。我一開始也不清楚，後來我怕董家事後發現尋我報仇，就投奔了我女兒女婿，一家人逃到了南邊。當時路上有人追殺，我一狠心將那二百兩銀子拿了出來，求他們放我一命。他們估計是念我一個老婆子也興不起什麼風浪來，就接了銀子放了我們幾個性命，言語中還提到那位杜姨娘，說是奉了她的命來殺我。

「那位杜姨娘的孩子也是我接生過的，是以認識，知道這是她們妻妾爭鋒，也不敢耽擱，帶了剩下的錢財在馬鎮買了地造了屋住下來。其他的，我真是不知道。求夫人看在我也是迫不得已的分上，饒我一命吧！」

那太醫見穩婆都說了，他也瞞不過，只得將事情從頭到尾敘述一遍。只是他是看在五千兩銀子的分上答應的，他當時年紀大了，只有一個兒子又是個好吃懶做的，倒把家中產業漸漸揮霍了。五千兩銀子對他一家是筆不小的數目，何況董老太太一向不喜董夫人，他長年去董府走動也是清楚的，強不過董老太太逼迫，就鬆了口。

因他是官身，董老太太倒不敢把他怎麼樣，只是警告他早點告老還鄉。他自己也擔心事情套登出來麻煩，就在第二年告老歸鄉了。又怕事後被人尋仇，就搬到了隔壁的縣裡，隱姓埋名住著，不意今日還是被人尋著了。

事情和風荷預料的差不多。

杭天曜命人帶了兩人下去好生看守好，輕輕抱著她勸道：「事情過去這麼久了，好在總算能還岳母大人一個清白了，妳該高興才是啊。」

「嗯，你放心，我並沒有傷心。何況母親傷心也不是為著這些人，他們陷害母親是無奈，老太太、杜姨娘陷害母親是情仇，但母親真正難過的是老爺。他們青梅竹馬長大，情分非同一般，母親將他當作最親最重要的人看待，以為夫妻之間最重要的是信任。老爺的懷疑才是對母親打擊最大的。唉，事情雖然能夠大白於天下，但受了傷的心卻無法挽回。」

這些年，董夫人背後的難過風荷最是清楚，那樣的不言不語，那樣的沈默哀嘆，都不是可以彌補的，董夫人的青春年華就這樣在背叛猜忌中度過了，又有誰能還她呢？

「妳打算怎麼做，帶這兩個人回去作證嗎？」杭天曜不想風荷太過傷懷，繼而懷疑他們倆的感情，忙與她說起正事來。

風荷笑了笑，婉轉道：「他們既然能被別人收買，自然也能被我收買，到時候被人拿來倒打一耙倒是失策了，也浪費了這麼好的機會。何況，什麼話從外人嘴裡說出來總不及從自己母親、枕邊人嘴裡說出來來得可信。」

杭天曜略想了想，就笑了。「妳是想要她們自己承認，免得她們反咬一口，說妳收買了太醫與穩婆做假證？」這樣倒是更可信一些，只是不容易辦。但是杭天曜也相信，董家那老太太和杜姨娘說不定還真能說出那樣的話來。雖然上一次杜姨娘乖乖合作，但不代表她就真的放棄了，這一點杭天曜是不抱希望的。

風荷輕笑著扶正珠釵，莞爾道：「出於她們的口，到時候我要看她們還能怎般辯駁，我也想看看老爺會是怎樣的情態？」

「風荷，」杭天曜擔憂的搖了搖她，握了她手。「董老爺確實有不對的地方，他錯在不該不信岳母大人，但當時的情形容不得他去多想，所謂的證據太多了，讓他傷心之下作出了錯誤的判斷。不過，妳想啊，雖如此，他能留下妳，那也是念了情分的，妳不會恨他吧？」

「嗯？怎麼會呢，你放心，我雖然叫他老爺，但我心裡一直清楚他是我的父親，我當女兒的萬不能恨自己的生父。當然，也不能指望我會原諒他，他畢竟讓我母親受了太多苦。」她平靜地靠在他懷裡，有些事她早就看透了，只是不願說而已，何必呢？

是不是父親，不是她認不認就能肯定或否定的，事實擺在眼前，她只是想讓母親心裡順暢一點而已。她亦是明白，董老爺犯了很多錯，但好吃好喝把她養大，那就是於她有恩的。倘若她真的對董老爺有恨意，只怕最難過的不是別人，而是董夫人，她到底現在都是愛著那個男人的，不然也不會怨他怪他恨他。

很多時候，杭天曜覺得自己看不透風荷，她的觀念常常比較特別，他自問要是他碰到這種事，嘴上不說心裡還是恨著那個當父親的人，但他明白，風荷當真不恨。恨，或者不恨，是她看得太透呢，還是心裡本就不在意那個人，他不懂。

第二日，傳來消息，董老太太夜間著了涼，得了傷風。

隨後幾日，太醫日日去請脈，卻不見好轉，倒是有發熱的跡象，把董老爺嚇得不行。

杜姨娘親自伺候在董老太太床前，連晚上都不曾歸房，因為老太太絕不會讓董夫人去伺候的。杜姨娘嘴上不說，心裡還是挺埋怨的，憑什麼自己一個妾室卻要幹正室的活兒。只是她怎麼不想想，憑什麼她一個妾室，有權利享受只屬於正室的風光。

很多事情，都是要還的。

第一百零七章　真相大白

一片陰沈的夜色下，樹影黑漆漆的，像是一個個可怕的鬼影在飄浮游動，萬籟寂靜無聲，偶爾有風吹颳樹梢的吱呀聲。

屋子裡的燭火昏暗至極，照得帳幔泛出青黃之色，紫檀木的家具嚴肅沈靜。

「今兒的燭火怎麼這麼暗，挑得亮一些。」董老太太歪在迎枕上，有氣無力地抱怨著，她不喜黑暗，便是晚上睡覺都要點著明亮的燈。

杜姨娘聞言，拔下頭上的簪子輕輕撥了撥蠟燭，屋子裡似乎稍微亮堂了一點，她轉身看著窗外道：「這幾日月色不好，顯得比平時更黑些。已經戌時正了，老太太安歇了吧。」

董老太太隨著杜姨娘的視線看過去，還有一扇窗不曾關上，恰好正對著一棵石榴樹。不免說道：「將窗戶關了吧，一眼看著那黑漆漆的樹杈，怪怕的。」

杜姨娘忙上前關了窗，一面恨恨說道：「那幾個小蹄子，不過叫她們去瞧瞧二少爺歇息了沒有，竟去了這麼久，就會偷懶，不知伺候著主子，改明兒要好生教訓一頓。」

「行了，明兒再說吧。妳先伺候我歇了，別等她們了，還不知幾時能回轉過來呢。」老太太一生病，心情就不好，脾氣比往日更大些。

杜姨娘無法，只得親自服侍老太太安歇了，自己歪在美人榻上打盹。誰知不過一小會兒，兩人居然都睡著了。

幾個丫鬟回來，見二人都睡了，忙壓低了腳步聲，悄悄退了出去，到了隔壁屋裡守夜。

亥初一刻左右，竟是連丫鬟都昏昏欲睡不知所覺了。

原先杜姨娘關上的那面窗戶不知怎生被風吹開了，發出呼喇的聲響。

老太太迷迷糊糊中感到有什麼東西在自己臉上爬，嚇得朦朧驚醒，身子坐了起來，剛想喚人，誰知卻見窗戶口飄然而進一個黑影，接著又是兩個略顯矮小些的影子。

她慌得當即大叫起來，也不知是不是剛睡醒喉頭發乾，只是發出了輕微而壓抑的哼哼聲，連杜姨娘都不曾被叫醒。

「夫人，為夫來看妳了，妳不高興嗎？」低沈的聲音從較高些的黑影處傳來，他的身影彷彿在飄動，慢慢靠近床前，老太太嚇得抱了被子後退，被擠到了床角裡。

隨著人影的移進，她隱隱約約有幾分辨認出來，清瘦的臉龐，二寸來長的鬍鬚，雪白的膚色，一雙眼睛冷酷而冰冷，這像極了活著時的老太爺。

「你……你怎麼、怎麼來了？」老太太哆哆嗦嗦的，她病得有點糊塗，記憶中老太爺好像沒了，又好像還在。

黑影穿著一身烏黑寬大的袍子，頭髮散開，他的嘴唇似乎並沒有動，可是老太太明明白白聽到他在說話。「夫人，為夫許久不見妳，在地府裡日夜念著妳啊，這次跟閻王告了假，他准我來帶妳走呢。夫人，咱們終於可以團聚了。」黑影說著在床沿坐了下來，伸出一隻雪白瘦削的手摸向老太太。

老太太嚇得身子蜷縮成一團，拚命大叫。「不要，不要過來！老太爺，你已經是地府的人了，我、我還在陽間呢，你快回去吧！」她雙腳踢著，不讓黑影靠前。

黑影倒是沒有再向前，只是冷笑出聲。「夫人，妳莫非病傻了，妳難道忘了妳也已經到了陰曹地府，我可是特地來接妳的啊。來，跟我走吧，閻王說妳生前做了惡事，本來要下十八層地獄的。看在我給妳求情的分上，勉強饒了妳，只是免不了要在油鍋上走一圈，放心，只要妳小心謹慎些，不會掉下去的。來吧，我們走。」

他說完，再次向老太太伸出了手，大有爬上床要把老太太拉走的架勢。

「不要，來人呢，救命啊！老太爺，看在我們夫妻一場的分上，求求你放了我吧，別帶我走！」老太太一想到自己掉進了燒得滾熱的油鍋，就全身冒冷汗，大哭起來。

「夫人，妳不想與我團圓嗎？我好不容易和閻王求來的機會呢，妳若不跟我走，就要下十八層地獄的，除非……」黑影面無表情，似乎全身冒著寒氣。

老太太覺得自己快瘋了，當她聽到最後一個除非的時候，彷彿抓到了最後一根救命稻草一樣，瘋狂地哭叫起來。「除非什麼？老太爺，求你了，救救我吧，我們好歹夫妻一場，我為你生兒育女的，你難道眼睜睜看著我被下油鍋嗎？」

黑影發出刺骨的冷笑聲，雙眼凌厲似劍，生生刺向老太太。「夫妻一場？呵呵，夫人，妳不覺得可笑嗎？妳自己說，妳進門這些年，我可曾虧待過妳？而妳呢，妳都做了什麼，妳背著我是怎麼對待我們董家子嗣的，嗯？」那個「嗯」字彷彿是從地獄裡冒出來的，帶著無盡的冰冷。

老太太心中狂跳，她對董家子嗣，也只有風荷母女一件事啊，可那不能怪她啊，是老太爺心太狠了，要把與她作對的母女供成佛一樣的，待她老了她還有什麼好日子過啊。那件事情隱秘至極，老太爺怎麼會知道？不可能，不可能。她驚恐地瞪向老太爺，想要尋求答案。

黑影似乎看出了她心中所想，呵呵笑道：「夫人，莫非妳以為做得人不知就行了，那也要看看鬼知不知道啊。為夫就實話告訴妳吧，咱們每一個人在陽間做過的事，地府的人都清清楚楚看著呢，都會在每個人的命理簿上記著呢。等妳死了，下了地獄，就會按妳在陽間的作為一一懲罰呢。

「夫人，來，為夫帶妳認識一個人，這個，妳還記得吧，他是當年的劉太醫啊，夫人想起來了嗎？劉太醫一生治病救人，本來有八十年陽壽好活的，可惜他不該做出陷害無辜之人那樣的事，生生被減去二十年陽壽，上個月也來地府報到了。就等夫人跟我們一塊兒去，好把此事了結了呢。夫人，咱們走吧。」黑影一面說著，一面指向身後一個作男子打扮的老頭，那老頭渾身黑袍染了鮮豔的血跡，瞧著恐怖至極。

老太太先前只顧看著老太爺，並沒注意到後頭的兩個人，這回順著老太爺手指的方向望過去，正對上一雙滿腔怨恨的眸子。

那個叫劉太醫的人，惡狠狠地對老太太啐道：「要不是妳，老夫還有二十年陽壽呢，都是妳逼我的，是妳逼著我說董夫人不是早產的。老夫一輩子救人無數，一生清白就毀在妳這個惡婦手裡了，妳親自陷害自己家的嫡親子嗣，罪名只會比我更重十倍，哼！」

「啊——」老太太發瘋般地大叫起來，對著老太爺磕起頭來，嘴裡胡亂說道：「老太爺，求求你了，你救救我吧！我真的是鬼迷了心竅，我不是存心陷害曲氏的，老太爺，看在她們母女如今完好的分上，你饒了我吧！我一定給你請高僧來超度，老太爺。」

也不知何時，杜姨娘已經醒來了，昏昏沈沈看著眼前這詭異的一幕，頭腦漸漸清醒過來，大叫出聲。她猛地從榻上坐起來，衝門口奔去，誰知被什麼東西絆了一下，撲通摔倒在地上，她欲要爬起來，卻見眼前出現一隻白色染著殷紅血跡的鞋子。她當即抬起頭來，看見一個頭髮凌亂、衣衫襤褸，臉上掛著血水的老太婆，仇恨地盯著她。

「杜姨娘，妳可還記得我，妳要是忘了，我就提醒提醒妳。妳看看，我身上的傷，我胸膛是被妳命人刺穿的，妳要挾我冤枉董夫人，隨後又命人暗殺我，妳真是好狠的心呢。」老太婆正是穩婆，一開始杜姨娘也未認出來，當聽她說到冤枉暗殺時，慢慢記了起來。

可她還存著三分僥倖，矢口否認。「我不認識妳，我不知道妳在說什麼，妳不要冤枉好人。」

穩婆一聽，指了指床上被嚇得魂飛魄散的老太太，冷笑道：「姨娘，妳看看你們老夫人，難不成妳也要成了她那副樣子才肯承認嗎？告訴妳吧，這種事，妳老老實實認了還能少受些罪，不然不但妳不得好結果，還會連累妳的子女呢，報應會報到他們身上的。」

聞言，杜姨娘渾身顫抖，癱在地上說不出話來。

穩婆又添了一把火，哈哈笑道：「做父母的幹了壞事，兒女總要跟著受罪的。算起來，小少爺是逃不了一個被挖心的下場了，二小姐，嘻嘻，我不說妳也能明白的。」

杜姨娘徹底崩潰，胡亂磕頭，口裡把什麼話兒都說了出來，也承認了自己的罪名。

「砰」的一聲，門被推開，明亮的燭火將屋子裡照得有如白晝，董老爺踉蹌著走了進來，不可置信地看著床上和地上一齊磕頭的他的母親和姨娘。

老太太見了董老爺進來，以為他是來告別的，哭道：「長松啊，你快替母親求求你父親吧，母親知道錯了，是母親看曲氏不順眼故意陷害她的，母親一時作孽沒有想到後果會這麼嚴重啊，長松……」

董老爺整個身子劇烈搖了搖，杭天曜怕他打擊太大，忙上前攙住了他，扶著他坐在了椅子上，身後跟著滿臉是淚的董夫人，左右是風荷與震驚不已的董華辰。

三個鬼影見此，紛紛退了下來，整齊地跪在地上。

杭天曜輕輕揮揮手，扮演老太爺的人行了一禮退了下去，太醫和穩婆知道他們有罪，不敢輕易起來，只是跪著聽候處置。

老太太與杜姨娘見此，有點不明所以，加上房中透亮，心神漸漸回籠過來，怔怔地看著眼前這一切。

董老爺痛心疾首，看著老太太的目光明顯帶了冷意，半日後終於擠出幾個字來。「老太太，妳為何要如此做，她們都是妳嫡親的兒媳婦、孫女啊，妳怎麼狠得下心，妳是想斷了我們董家的血脈嗎？」

老太太之前生了病，身上發熱有點迷糊，加上被那場景一嚇，魂魄不全，才被幾句話詐了出來，此時卻有些反應過來，真是又悔又恨，希圖再挽回一下。她忙哭道：「長松啊，你不要聽錯了，我怎麼可能做出那種事來呢，都是他們逼我說的，我不敢不說啊，其實我真的什麼都沒做過呢！」

若說董老爺先前還有幾分母子情誼的話，這會子就連最後那一點點情分都被消磨掉了，都到這分上了老太太還不肯承認錯誤，她到底想要怎樣呢，毀了董家才甘心嗎？

「老太太，我念著妳生養了我，凡事孝順妳。妳對清芷心有不滿我是明白的，但想來妳也不過是不喜她而已，我實在沒料到妳居然會恨她到這個地步。她自進府，從不曾有違背妳之處，妳為何就這般恨她呢，甚至連累了我們董家的子嗣。是不是要我按著老太爺的遺囑休了妳，妳才滿意啊！」親生的母親為了一己之私陷害自己妻子兒女，瞞著自己十幾年，那種悔恨那種痛苦只有董老爺自己能夠體會了。

而他更不能原諒的是自己，是自己的不信任才造成了悲劇的發生，倘若他全心信任董夫人，也許他們夫妻就不會走到那一步，他也不會失去自己的親生女兒。他恨自己，卻不知該如何挽回彌補，或者明知無從挽回，便愈加怨恨幕後的人，他的母親。

聽到被休那句，老太太徹底被激怒了，她這一輩子，進了董家門，就不曾得到過夫君一天的愛憐，甚至拿休書威脅她。她重重捶了一記床，恨恨說道：「休了我，憑什麼，我犯了七出中哪一條？你與你的父親一樣，都被一個女人迷昏了頭，我就不懂她們曲家女人有什麼好的。

「我替他生兒育女，操持家務，憑什麼我只要稍稍表示出一點對曲家對媳婦的不滿，就那樣對我，我在董家苦熬了幾十年難道還及不上她嗎？那個女人，早已背棄了他們之間的過往，轉頭另嫁高門了，可你的父親呢，他那麼沒出息，還一心一意念著，事事幫著她，到最後還要把她的女兒弄進門來堵我的心。

「我憑什麼要喜歡她，我一看到她那狐媚的樣子，我就氣不打一處來。而你呢，你比你父親還要沒出息，捧著她當個寶，恨不得把整個董家都貼了她們曲家才好。我偶爾說她一、兩句不好，你就搶白我，你可是我生的，辛辛苦苦拉拔大，你就為個女人頂撞我、排斥我，你說，你這是孝順的好兒子嗎？哼，你們父子倆一樣，都是糊塗透頂的人！」

這些年來，老太太尋不到機會發洩心中積攢了幾十年的妒火、怒火，今兒總算能一股腦兒都倒出來，心中滿意得很。

董老爺驚愕地看著自己孝順恭敬了一輩子的母親，他幾乎不能接受自己母親會是這樣一個人，為了幾十年前一丁點恩怨就記恨一輩子，不惜陷害董家骨肉來達到她心中的目的。他不能相信自己母親會是這樣一個惡毒的女人，這個詞，他連想都不敢往母親身上想，卻不得不想起來。

他不知與她們說話還有什麼意思，他太累了，幸福美滿的生活被親生母親斷送，還差點失去自己這輩子最愛的兩個人。而他，同樣不能原諒自己。

他顫顫巍巍站起來，轉過身，緩緩說道：「老太太，從今往後，妳就去佛堂為父親祈福吧，希望他老人家能原諒妳的所作所為。杜姨娘，妳自己選一種死法吧。」說完，他強撐著邁開腳，不敢去看旁邊的董夫人母女一眼。這一切，太沈重，他承受不起。

一邊是他的妻女，一邊是他的生母，他如何衡量呢？

他不能真的依照父親生前的遺囑休了生母，那樣的事他一個做兒子的做不出來，以老太太的年紀被休怕是連娘家都容不下她，要她一個人流落街頭不成？何況老太太身上是二品的誥命，休了她總是要有一個合理藉口的，卻不能翻出這件事來，那樣對董家會是致命的打擊。董老爺不在乎自己會被貶官，但他不能害了兒女，華辰的官路剛剛開始，風荷在杭家不能遭人詬病，董家不容許傳出那樣的名聲來，那樣又如何對得起先人呢。

杜姨娘啊的大哭起來，死命抱著董老爺的腿求饒。「老爺，我伺候了您十幾年，您不看在我的面上，也看在兒女的面上啊，我知道錯了，我以後一定做牛做馬服侍夫人，求您饒我一命吧！我以後都改，我再也不敢了！」

杜姨娘是真的怕了，她心裡清楚，雖然董老爺這些年待她不錯，但那完全是因為心裡惱恨董夫人才對她好一些的，其實董老爺對她壓根兒沒有多少情分。所以，她只能搬出兒女來，好歹她還為董家生了兩兒一女呢，其中一個兒子還當了官，她不信董老爺會不看兒女的面，真的賜死了她。

「妳早知今日何必當初呢？妳想想，妳進了我的門，我又沒有虧待過妳，誰知妳這婦人蛇蠍心腸，陷害正室夫人，妳不死，或者還想連累兒女嗎？」董老爺說不出的厭惡，尤其厭惡自己，他跟這個惡毒恐怖的女人同床共枕了十來年，甚至與她生兒育女，一想到這，他就噁心得想吐。

他拚命踢了杜姨娘一下，抽出腳繼續往前走。

杜姨娘滾到地上，抬頭看見兒子董華辰沈痛地看著她，忙哭著對董華辰道：「華辰，我可是你親生母親，莫非你要見死不救嗎？你快求求你父親啊！我死了，你弟弟怎麼辦，他還那麼小——」

雖然也曾懷疑過當年董夫人一事與自己生母有關，但當證據確鑿之時，他還是無法相信。他明白杜姨娘有很多小毛病，愛錢財，愛攬權，不喜董夫人，可是那些畢竟還在他能接受的範圍內，但是這一次，陷害撫育了自己幾年當親生兒子待的董夫人，他實在無法接受，他更不知該以何面目面對董夫人和風荷。

若是可以，他寧願代杜姨娘受過，可是世界上沒有那麼多可以。但正如杜姨娘所說，身為兒子，他怎麼忍心看生母赴死。

望著董老爺漸行漸遠的背影，他終於追了上去，撲通跪下。「父親，放姨娘一條生路吧。兒子知道姨娘罪不可恕，可姨娘畢竟生養了兒子，兒子不能看著她不管啊。」說著，他歉疚地回頭看了風荷一眼。

他知道，這樣委屈了董夫人和風荷，可是他確實沒辦法啊，生母犯錯，要他這個做兒子的怎麼辦？

風荷輕輕偏過頭，不想與董華辰對視，不是她怪哥哥，而是她亦不知該怎生面對他。於風荷而言，杜姨娘是仇人，但她是哥哥的親生母親，倘若哥哥看著不管，到底有些冷情了，哥哥也不是那種人。

杜姨娘見董老爺停頓住了，哭奔上前。「老爺，您不能這麼狠心啊，您就讓我做牛做馬服侍夫人吧，我不想死啊！老爺……」

董老爺卻是不為所動，以杜姨娘的罪名，死不足惜，他要是輕饒了她怎麼對得起董夫人，董夫人無辜受冤十幾年，難道就該白白受了不成？他抬腳向前，硬是沒有回頭。

「老爺，你放她一條活路吧。」讓人意想不到的是，為杜姨娘求情的卻是董夫人自己。她扶著風荷的手，一步步上前，走到董老爺前面與他對視，一字一句說道：「事情既然發生了，是非對錯既然已經明瞭，何必再糾纏於她一人呢？她確實有錯，但我與風荷如今都好端端的，饒她一命又何妨，逼死了她也挽回不了什麼了。」

董夫人是真的看透了，即便老太太、杜姨娘可惡，但她對她們本就沒有多少感情，也不會太怪她們，她心裡怨的恨的自始至終只有董老爺一個。她以為他是她終身的依靠，信賴他扶持他，而到最後，他寧願聽信無關之人的說辭也不肯相信她的清白，相信她對他的一腔情意。這樣的夫妻，又有什麼意思？

董老爺的眼神一點點黯淡下去，渙散開來。他何嘗不懂，他何嘗不恨自己，可是大錯已經鑄成，他處罰了別人又有什麼用，要是他當初再堅持一下，老太太和杜姨娘的所作所為又有什麼用呢，關鍵的錯在他啊！

董夫人略微撇開頭，不去看他一下子蒼老了十歲的容顏，輕輕嘆道：「罰她服侍老太太吧，從此後，這件事就過去了。」

風荷沒有攔阻母親，她早猜到了董夫人會放過她們的，她尊重母親的決定。

「好。」這個字彷彿從董老爺胸腔中擠出來的，他有什麼資格拒絕？

夜半無人，幽暗的光影籠在董夫人身上，清淺又哀傷。十年的青春，十年的痛苦，一朝散去，可是誰又能還她十年呢，還有最初的信任與情愛。過去的總是過去了，不是誰死了或者誰錯了就能從頭再來的。

風荷挽著母親，將頭擱在董夫人肩窩裡，強笑著道：「娘，您打算以後怎麼辦？」

她清楚，與其看到董老爺變成那樣，董夫人寧願算了，讓一切消逝在時間裡，可她又不甘，她同樣是矛盾而痛苦的。但是風荷，她是一定要還母親這個清白的，做了就要承擔，要是承擔不起，那也怪不得旁人。

董夫人似乎與往常一樣，柔柔拍撫著她的背，摸著她的臉頰，微微笑道：「什麼怎麼辦？現在這樣不是很好嗎？」

風荷相信董夫人明白自己的意思，自己是在問她決定與董老爺怎麼辦，但是董夫人迴避了這個問題。她張了張口，終是什麼都沒有說，她應該再給董夫人一段時間的，今天的一切來得太突然了。

誰知董夫人卻是主動說了起來。「我知道妳的意思，可是又能怎麼辦呢？要我原諒他，我做不到；要我恨他，從此一刀兩斷，我也捨不得。風荷，妳懂不懂，有些人，已經融進了生命裡，徹底的決斷只會讓自己活得更痛苦，在一起卻永遠隔著那重紗幕。

「他那樣，我心裡其實也痛，母親與妻子之間，讓一個男人怎麼選擇？老太太，我亦不想怪她，妳外祖母曾經跟我說過，是她對不起老太太，如果當年她沒有與老太爺暗中相許，或者老太太不會過得那般淒涼。我當然清楚，當年的恩怨情仇不是老太太針對我的藉口，但她一輩子都是個可憐人，我又何必與一個可憐可恨之人計較呢？

「所以，妳放心吧，我會生活得很好的，我還要看著我將來的外孫、外孫女呢。風荷，妳從小是個烈性的孩子，烈性不是不好，至少不會被人欺負，但是很多時候，妳也不要太追求完美了，這世上何來十全十美的事呢？

「我看姑爺，他待妳也是不錯了，妳不要希望他太多。男人，注定他們永遠不會為了一個女人停留的，他們有自己的野心，有家族的責任，有許多不得已，倘若姑爺什麼地方對不住妳，妳不如隨他去吧，保持了自己的本心最重要。母親這些年的痛苦，都是因為母親太在乎那個人了，否則母親還能活得自在些。」

女人，愛上一個男人的時候，注定了她這一生都將坎坷、徬徨、迷茫。為他的在意而歡喜，為他的不在乎而難過，為他的背叛而苦痛。正是因為董夫人看透了這一切，才不想女兒也如自己活得那麼累。

風荷抬起頭，抱著董夫人的脖頸，喚道：「娘，女兒不怕。」

一剎那間，董夫人既酸又苦。

風荷是個聰明的孩子，自然明白自己是想勸她在男女感情中保留一點，但風荷的話表明了她的立場。她不怕！即便知道可能會受傷，即便清楚可能會痛苦，她也是義無反顧的，她愛上那個人，就要竭盡全力去爭取，飛蛾撲火般的勇敢。當結局失敗的時候，她也會堅強地離開，不為一個男人而失去生命的激情，君若無心我便休。

第二日一早，董家就對外宣稱董老太太夢見董老太爺，心中難受，決定去佛堂靜修，為董老太爺來世祈福。杜姨娘不過一個小人物，沒什麼人會關注，跟著去伺候董老太太，別人只當她們是姑侄情深。

尋常時候，去佛堂靜修還是能錦衣玉食的，但這一次，兩人是有了過錯才去的，董老爺狠心，命人一日三餐都是素齋，還不讓人去服侍，一切都要董老太太、杜姨娘自己動手。她們兩個都是享福慣了的人，哪兒做得來繁瑣的家務，卻不得不去學，洗衣做飯，樣樣都要自己來，顯示她們的心誠。

董老爺沒有踏進過佛堂一步，他既不想看到她們兩人，又怕自己看了心軟，那樣就更對不起董夫人了。

而他自己，先是大病了一場，直接辭了官。命人將董夫人移到正院住，自己搬去了書房，家中庶務全部交由董夫人打理，再也沒去見過董夫人，他沒那個臉。

這般一來，董華皓就成了大問題，他今年只有十一歲，照理說也能自立了，但從小備受老太太、杜姨娘寵愛，養成了驕縱的性格。讀書識字不行，脾氣卻是不小，家裡僕人哪兒壓制得了他。

董老爺如今簡直就是深居簡出了，連長子董華辰都極少能看見他的面，更別提董華皓了。最後，倒把董華辰的親事提上了日程，董家與陳家兩家早就說得差不多了，本是要等明年大婚的，眼下的情形，董家有意讓陳小姐早點進門，一來好給董夫人分憂，二者有了長嫂，也能撫育董華皓了。

陳家一開始有些捨不得女兒，欲要再多留一年，後來聽說董家跟先前不同了，重新由董夫人掌權，但董夫人性子淡薄，希望媳婦能早點進門接過家務，就鬆動了不少。

後來，風荷親自出面去陳家商議了一番，陳家終於同意讓女兒年內進門，日子定在十二月十五。好在陳家給女兒的嫁妝幾年前就開始慢慢準備的，這一來也不顯得太過急迫。倒是董家這裡，一切初初著手，董夫人一人忙不過來，風荷三不五時回娘家幫幫忙，或者差遣身邊能幹的幾個丫鬟回去搭把手。

這日，風荷剛從娘家回來，正要下馬車，車簾掀起，就見杭天曜瞇著眼看她，眼神不善。

她自忖自己最近沒有招惹他，不知他發的什麼脾氣，扶了他的手下車，一面往裡走一面說道：「爺在這兒做什麼，是不是要出去？」

「我能去哪兒？妳如今可是厲害起來了，連著幾日都不在家，也不問問我吃得好不好穿得暖不暖，有妳這麼當人妻子的嗎？」

杭天曜憋了一肚子不滿，前天代王妃去輔國公府探望他們夫人的病情，昨天去韓家祝賀侯夫人生辰，今天回娘家，他每日回來都見不到她的人，巴巴地望著院門口，就像個被人丟棄了的小狗。

風荷抿了嘴，停下腳步拉了他的手，嬉笑道：「忙了一整天，我腰痠得很，你給我揉揉好不好？我不是囑咐了含秋伺候你嗎？她一向妥貼，怎麼可能讓你沒吃飽沒穿暖呢，小心她聽見了當你看她不順眼呢，到時候不肯伺候你，我可再也找不出一個合適的人來了。」

杭天曜拚命板著臉，偏偏就是忍不住翹起了嘴角，只得捏了捏她耳垂，嗔道：「聽聽，誰家有夫君服侍娘子的道理，妳倒是不怕人聽見了笑話妳。對了，最近，只要妳不在，柔姨娘、媚姨娘兩個沒事就往我們院子裡跑，妳上次不是說要給她們尋個去處嗎？要不就快點吧。」

「怎麼，你果真捨得？唉，這事說起來容易做起來難，就怕她們不肯出去，到時候要死要活的反而多事，尤其柔姨娘還是府裡家生子。你說，你沒事招惹她們做什麼，有本事招惹就自己收拾了去，叫我背黑鍋。」風荷嘟著唇，憑什麼讓她背上妒婦的名頭，關鍵柔姨娘可是側妃的人，哪兒那麼容易出去。

「胡說八道，走吧，有好東西給妳看呢。」杭天曜點了點風荷額角，拉了她快走。

院子裡卻在大興土木，風荷站在門口愣住了，半日看清了幾個丫鬟正在鬆土，把一株杏樹挖了出來，旁邊擺著三株還未入土的梅樹，詫異地問道：「這是做什麼？」

杭天曜指她去看那幾株梅樹，笑道：「妳不是嫌這棵杏樹太高了擋著陽光嗎？索性叫人拔了去，又怕光禿禿的不好看，弄了幾棵梅樹來種上。再過一、兩個月，梅花盛開，暗香浮動，豈不更妙？那時候咱們在梅花樹下煮茶看書，人生一大樂事啊。」

風荷笑著打量了他一眼，問道：「你幾時也風雅起來了，從前不是還酸我故作高雅嗎？」

杭天曜深深看了她一眼，卻不解釋。還不是因為妳喜歡這些，還不是因為韓穆溪也喜歡這些，所以妳總忘不了他，往後我也培養些共同的興趣愛好，或者就能彌補妳心裡的一點點遺憾了。

現在，杭天曜勉強能理解風荷對韓穆溪的感情了，不是喜歡，應該說是知己，但便是知己也足夠他喝一壺醋了。他苦思冥想之後發現，只要自己能取代韓穆溪的位置，風荷就不會有遺憾了，他們的婚姻也能圓滿起來。

風荷笑著指點著丫鬟應該怎麼安置這三株梅樹才顯得最好看，沒有發現杭天曜一臉的高深莫測，即使發現了，她也不會想到杭天曜會想得這麼深遠。

剛用完晚飯，小丫頭卻說平野在外頭求見四少爺，風荷忙催著他去了。平野這麼晚了到內院來找杭天曜，必是有要緊事。

杭天曜出去後，大概過了半盞茶工夫，打發了小丫鬟回來說有事要出去一趟，讓她一個人先歇著，她越發確定了心中所想。

這麼急著出去，自然不是等閒小事了，說不定關係到杭天曜的任務，會不會是皇上有重要事情要他去做呢？風荷輾轉反側，想不出個所以然來，只能強迫自己先睡，反正如果有必要杭天曜回來後會告訴她的。

不及歇下，卻被響亮的雲板聲驚起，忙命人出去打探消息，自己更衣起床。

很快，雲碧就匆匆忙忙搶了進來，白著一張臉子，高聲回道：「少夫人，三少夫人不好了。」

「妳說什麼？」風荷唰的站起，握緊了拳，強迫自己不要慌，要冷靜。

「三少夫人沒了。」雲碧也知事情不好，三少夫人雖然一直病著，但最近並無病情嚴重的消息傳回來，怎麼突然間說沒就沒了。要是尋常病逝還好，就怕裡頭有什麼貓膩，那就不能不小心應付了。風荷在杭家沒少被陷害，弄得丫鬟們都一個個提心弔膽的，什麼事情都會儘量往深處想。

沈烟忙上前扶住風荷的身子，風荷定了定神，輕輕應道：「給我取素淨的衣服來，我要去太妃娘娘那裡。」眼下還不知具體情形，到了太妃那裡就明白了。

賀氏就這樣沒了？她以為賀氏會堅持下去的，至少要看到兒女長大成人，或者確信新夫人不會害她兩個孩子，她居然在新夫人進門沒多久之後就去了。

風荷的心裡亂糟糟的，相比起來，她更喜歡賀氏勝於蔣氏，蔣氏只是個被人寵壞的孩子，賀氏到底愛過恨過，她平靜的外表下掩蓋不住她的有血有肉。一個這樣的人，就這麼沒了，風荷幾乎不能接受，她甚至不曾見到自己愛了一輩子的男人最後一面。

忽然間，風荷發現自己身上的擔子有多重了，她曾經承諾過會護住丹姊兒與慎哥兒的，但賀氏尚在，她總不覺得有什麼不一樣的。如今賀氏一走，兩個孩子才真正麻煩起來，她要對兩個孩子負責了。對於還沒有當過母親的風荷而言，她是有些心虛的。

整個杭家，一下子燈火通明起來，各房各院的人都匆忙起身，匯聚到太妃院裡。無論賀氏曾經做過什麼，她死的時候都是以杭家三少夫人的身分去世的，杭家會給她應有的體面，風光大葬。

略微商議幾句之後，杭天瑾、杭天睿去迎賀氏遺體進城，風荷同去。賀氏畢竟是個女子，有些事難免需要一個女人在那兒主持。大家太過匆忙，也沒來得及計較杭天曜的缺席。

整個過程，杭天瑾就如失了魂魄一般，不言不語，最後還是杭天睿半拉半扶的將他弄上了馬車。

第一百零八章　賀氏之死

漆黑的夜裡，崎嶇的鄉道，馬車行進得很艱難，只怕到家廟的時候已是明天清晨了。馬蹄噠噠聲，車行轆轆聲，伴隨著沙路上的小石子，奏成了一曲寂寥的交響樂。天邊一片烏黑，不見一絲星光，只能靠著燭火的亮光前進。

近兩個時辰的急行，沒有歇息，搖得風荷渾身都要散架了，她勉強靠在鬆軟的錦緞上，在迎枕上閉目養神。

馬車忽然停了下來，風荷被驚醒，忙讓沈烟打起簾子，欲要看看出了什麼事。

卻是杭天睿快步過來了，拱手一禮，問道：「四嫂，還有一個多時辰的路呢，要不要就地休息一下。我們還罷了，就怕四嫂不慣走夜路，不如下車鬆散鬆散吃點東西再趕路吧。」要是只有他們幾個大男人，早就快馬疾馳而去了，但這不是平常事情，他們去了不一定能料理清，倘若再把風荷累壞了那府裡就更亂了。

風荷看了看天色，抬眉問道：「這是什麼時辰了？」

「丑時三刻。歇半個時辰再走，到那差不多正好天亮。」杭天睿忙道。

「罷了，荒郊野地的，還是趕到了地方再說吧，那裡沒個主事的人，我也不放心。你們不用為我擔心，我還能堅持得住。」風荷搖頭，她此刻也停不下來，只想快點前去弄清楚事情經過，尤其最好能在午時趕回城裡。

杭天睿看她堅持，也就不再勸，上了馬車命人即刻啟程。

這一路上，杭天瑾不曾說過一句話，無論杭天睿與他說什麼，他都是點頭而已，倒把個杭天睿急得不行，想與風荷說說又覺得不妥，只得自己一個人慢慢勸解著他。

寅時末的時候，馬車終於行到了地方。賀氏的遺體並沒有搬動，仍然在那個破敗的小院子裡。杭天睿一看先是嚇了一跳，他雖然怨怪賀氏害了他的孩兒，但見賀氏落到這種情狀，心下也不是滋味，想來都是權勢惹的禍。

院子裡傳來雜七雜八的哭聲，嗚嗚凄凄的，在熹微的清晨聽起來分外瘮人。露水很重，一出馬車，撲面的霧氣，燭火已經把整個院子照得白晝般亮堂。

伺候賀氏的人聽到了動靜，都奔了出來，一齊跪下哭訴。

杭天瑾腳下一軟，身子就向旁邊歪去，杭天睿眼明手快，衝上前撐住了他即將倒下的身子，口裡急喚：「三哥，三哥。」

雖然昨晚就得到了賀氏已走的消息，但杭天瑾私心總是不肯相信，覺得或許是消息弄錯了，如今到了地方聽見一片悲聲，終於不得不面對現實。這半年來，他幾乎不怎麼見過賀氏，但心裡知道她還在，總有一股支柱支撐著他，覺得還是有一個女人永遠默默支持他的。賀氏突然沒了，他一下子就如失了主心骨的稻草，隨時都能倒下，或許，所謂結髮夫妻就是這般的。陪在身邊的時候不覺珍貴，一旦失去才發現沒有妳不行。

風荷扶著丫鬟的手下了馬車，緊走幾步，勸道：「五弟，先扶三哥進去坐下來緩口氣吧。」她隨即厲聲喝斥道：「都哭什麼，該做什麼做什麼，一個時辰內啟程回京。」丫鬟婆子不敢再哭，各自跟著府裡帶來的有經驗的管事娘子忙活起來。風荷也不等杭天瑾，當先就進了屋，直奔內室。

床前跪著一個作婦人裝扮的年輕媳婦，瞧著也不過剛二十的樣子，伏在床沿上嚶嚶哭泣，倒有幾分真切。她聽到腳步聲，轉過了頭來，卻是賀氏從前最得力的丫鬟畫枕。

原來，當時賀氏知道自己事情敗露，怕是不會有好結果，匆匆忙忙將她嫁給自己陪嫁來的管事的兒子，一來有她看著不怕管事會乘機貪墨了自己的產業，二來怕她在府裡受自己連累，倒不如打發去了莊子裡，日後還能看顧自己兩個孩子。賀氏的陪嫁莊子並不大，千畝來地，離這裡不遠，兩個時辰的車程。

「四少夫人，您來晚了。」她話音未落，早已哽咽不已。

風荷幾步奔到床前，看見賀氏穿得齊齊整整，臉上甚至上好了胭脂，安靜地躺在床上，只有臉色青白，看著不像個活人。

風荷心中酸楚，拿帕子捂住嘴，強迫自己不能哭，沈聲問道：「誰服侍三嫂去的，妳何時來了這裡？」

畫枕聽問，不敢一味哭泣，擦了擦淚，訴道：「是奴婢服侍的少夫人歸去，昨兒午時，奴婢得到少夫人派人送去的消息，說想見見奴婢，奴婢慌忙趕了過來，見了少夫人最後一面。少夫人去前都好好的，還與奴婢說笑來著，又讓奴婢服侍她好生梳洗打扮了一番，誰知奴婢出去招呼晚飯，再進來時少夫人竟然……竟然沒了。奴婢嚇得半死，忙命人去廟裡知會，那邊才遣人快馬加鞭送了消息回府。」

照畫枕這麼說來，賀氏生前可能預感到自己快不行了，不然也不會做出這麼奇怪的舉動，又是喚來心腹丫鬟又是打扮的，難道她都料到了？

杭天瑾站在門口，聽到畫枕這一番話，心中劇痛，眼淚登時滾了下來。

風荷想到了，他自然也想到了，賀氏臨去前知道自己不行，卻不肯派個人去叫他，寧願叫了丫鬟來伺候自己最後一程。她這是至死都不能原諒自己啊！他以為還有很多時日還有很多機會求得賀氏的諒解，卻不知上次見面已是訣別，這教他怎麼承受得起。

他的身子緩緩滑落，杭天睿幾乎撐不住他，兩人都要癱倒地上去了。

誰知畫枕看見他，捂著嘴不去看，勉強哭道：「少夫人之前還與奴婢說，這個屋子不乾淨，以後少爺若是來看她，就在門外說話吧。」她說完，哭得痛徹心腑起來。

風荷亦是大驚，賀氏究竟是想通了，要與杭天瑾訣別，還是一直怪著他呢？

雖然這不能算是臨終遺言，但這話對杭天瑾無疑是致命的打擊，賀氏分明是有意這麼說的，是不想見他最後一面啊。她定是怪他的。

風荷一下子不知該怎麼辦，難道真的按賀氏所言不放杭天瑾進門，還是違背賀氏的心意呢？她躊躇半晌，最後終是開口說道：「三哥，三嫂去了，丹姊兒和慎哥兒還需要你呢，你還是在堂屋裡休息一會兒吧。我這邊馬上好了，咱們即刻回城吧。」

杭天睿也怕杭天瑾這樣會出事，使眼色給身後的丫鬟，口裡勸道：「三哥，四嫂說得有理，我陪你在隔壁坐坐，等四嫂忙完了咱們好儘快出發。」

杭天瑾卻是掙扎開了丫鬟的攙扶，坐在地上泣不成聲，良久道：「我……我不進去，就讓我、讓我在這兒看著吧。」

風荷看得難受，忙轉過了頭，索性吩咐丫鬟伺候賀氏穿上鞋襪，戴上簪環。

卯時一刻左右，天邊泛起了淡淡的烏青色，一行人收拾停當，啟程回京。

風荷估計賀氏最後可能給畫枕交代了重要的話，不然不可能特地把她叫來，直接讓身邊的丫鬟伺候就好，亦把她帶回了城。畫枕也想最後送主子一程，哭著上了馬車。

剛走了一小段路，聽見大道前邊傳來奔馳的馬蹄聲，風荷心下一動，忙揭起車簾一角往外看，正是杭天曜飛馳而來的身影。他勒住馬韁繩，與杭天睿說了幾句話，直接衝風荷的馬車而來。沈烟忙跳下車去，候杭天曜上了車，自己才去了後面丫鬟們的車上。

風荷忙拿帕子拭去他臉上的風塵，嗔道：「你怎麼也來了，半夜出的城嗎？左右我們都要回去了，何必巴巴跑一趟。」

他細看著風荷，發現她眼睛下有淡淡的黑眼圈，心疼不已，攬了她在懷說道：「快靠著我睡一會兒吧，距離到府還有近三個時辰呢，昨晚一夜不曾合眼吧。」

「還好，在車上時略微打了個盹。你昨兒什麼時候回府的，出來祖母知道吧？」風荷真有幾分累了，靠在他懷裡瞇著眼。

杭天曜輕輕拍著她，柔聲道：「我回來時你們剛走了兩個時辰，祖母知道我是來接你們回城的，不打緊。」

風荷神智有些模糊，卻想起了昨晚他匆匆而去的事情，忙打起精神問道：「發生了什麼事，你走得那麼急？」

杭天曜怕她憂心，不敢瞞她，附在她耳畔低語道：「上次我與妳提過的吳王有個兒子的事情，有些眉目了。」

風荷被徹底驚醒，眼角一挑，亦是壓低了聲音問道：「是誰？」

他索性細細與她說明了。

風荷聽得瞪大了眼，驚愕不已。「竟然是他，不會有錯吧？」

「八九不離十了，咱們暫且按兵不動，看看上頭的反應，或許能看出點眉目來。」杭天曜初聽到這個消息時比風荷還震驚，真是好不容易消化下去的。

這種關係到朝堂大局的事情，風荷一個女子不便置喙，也就住了口不再深問下去，她相信杭天曜可以處理好的，若他需要她的時候自然會說。如此，也便伏在他膝頭，慢慢睡著了。

王府裡，喪事的佈置都按著規矩準備停當了，就等他們回來。

進了院子，風荷匆匆換上剛做好的較細的熟麻布衣裳，傳了雲碧來問了幾句府裡的安排。

雲碧揀緊要的說著。「太妃娘娘的意思是三少夫人到底為杭家生下一子一女，功過相抵，以正經禮儀葬之，命王妃好生操持喪事，另外似乎有意讓少夫人幫著照看。王妃那裡卻有些不大情願，但礙於太妃在跟前，倒也沒怎麼反對，只怕會在小事上使絆子阻撓。」

她話未說完，太妃跟前的端惠就來了，行了禮方道：「娘娘說，少夫人一路辛苦了，但此事剛剛開始，接下來的事還要少夫人多多照應著。娘娘年紀大了，有思慮不到之處，少夫人提點著些，好歹別丟了王府的臉面。」

風荷站著聽完，忙應是。這可是一件為難事，夾在太妃王妃之間，但她一向都是太妃這邊的，也可憐賀氏，自然要最後幫她一次。

正思忖間，府裡現今一個管事娘子卻來回話了，風荷微微詫異，一般她們有事都會去回給王妃的，怎麼倒是來她這裡了。但不及多想，先命人進來。

管事娘子斂聲屏氣的，小心翼翼說道：「回少夫人的話，奴婢是負責接下來的燈燭一物，一早就去庫房支領了，可是庫房說府裡存餘不夠，讓奴婢找帳房支了銀子外頭去採買。偏偏帳房管事先生說這幾日府裡用度太大，一下子周轉不過來，叫奴婢把能用的先支了去，待到過幾天再採買吧。可每日要用掉幾百斤燈燭，奴婢怕接續不上，心裡著急，來請少夫人拿主意。」

這管事娘子心裡也是十分緊張的，她本是要把此事回給王妃的，誰知裡頭說王妃正在吩咐明日的祭奠大事，沒工夫理會她，讓她等閒小事自己看著辦了，過幾日再說。她不由焦急起來，這邊不管那邊不理會，回頭真的少了燈燭，罪名不就是她來頂了嘛。她恰好聽見說是太妃囑咐了四少夫人幫著照看些，心下一動，索性壯著膽子來回了風荷。

聞言，風荷蹙起了眉尖，這個管事娘子她記得是從前先王妃留下的老人，如今在府裡不大吃得開。要是這事辦砸了，回頭還真是讓她背了黑鍋，王妃可真能想，人都死了還要讓她最後失了臉面體統。

她正了神色，淡淡對雲碧道：「帶大娘去富安管家那裡，告訴他，這個時候府裡居然會鬧出帳房支不出銀子的事情，他好好掂量著吧，要是帳房當真存銀不夠，只管去回了王爺，王爺自會想法子。」

管事娘子愣了一愣，以為風荷是想四兩撥千斤的打發了她，隨即一回想又不對，這話說得還挺重的，不是讓富安管家出面嗎，不然直接鬧到王爺那裡，索性大家都沒臉，左右那時候輪不到她一個小小管事娘子來操心。忙謝了恩隨雲碧下去。

富安一聽，也是皺了眉，暗道帳房那邊莫非昏了頭了，以為她一個小小管事娘子好欺負呢，就想撂挑子，也不想想如今四少夫人協理家事，哪兒那麼容易。回頭沒打壓了人，潑了三少夫人的面子，倒是自己惹來一身臊，真是不想想清楚。

他當然明白帳房管事茂樹是王妃的人，庫房也是奉了王妃的令的，但事有輕重緩急，四少夫人又是個厲害的主兒，難保不會把口風露到王爺耳裡，那時候反倒吃不了兜著走。

富安親自帶了管事娘子回庫房，言明要支多少燈燭，庫房仍想用先前的話搪塞過去。富安也不給他們面子，直接戳穿了他們的把戲。「便是庫房存貨不足，論理也不該由她一個裡邊的管事娘子去操心這些事，難道不是你們寫了條陳報上去，帳房那邊自會給你們支銀子？平日你們胡為也罷了，只別太過了頭，當人家大娘好欺負不成，這都告到了四少夫人那裡，回頭惹怒了四少夫人，你們誰擔得起，嗯？」

庫房的人本是欺負這個大娘是先王妃留下的人，如今在府裡沒有靠山，這些年過得都憋憋屈屈的，偏偏還是個好欺負的性子，就理直氣壯欺到她頭上。此刻見富安親自奉了命來過問，也不敢再左推右拖，當著富安的面寫了條陳讓人送去王妃那邊，等王妃批了再去帳房支銀子。

王妃聽說，心下自然是惱怒不已，讓她給賀氏風光大葬，她哪兒嚥得下這口氣呢，她的親孫子可是被賀氏害死的，憑什麼賀氏到最後還能享受這樣的尊榮。

可惜王妃也不想想，外邊人並不知道賀氏的所作所為，聽說杭家的兒媳婦好端端死在家廟裡還不得懷疑，王府這般也是為了掩飾過往的一切，免得有人翻出了老底，到時候丟了王府的臉面。

但事情到這個分上，王妃不批銀子就有些說不過去了，勉強批了，心下卻是暗恨風荷多管閒事。

一個下午，風荷都忙著把喪事中的瑣事一一分派下去，王妃暗中使的絆子都無聲無息拔除了，保證接下來幾日賀氏的喪禮能夠平安的進行下去。

好不容易到了酉時末，才抽出一點時間用了晚飯。明兒賓客們正式前來，只怕比今天還要忙上幾倍，她不由頭痛。若是王妃不管直接撂挑子，那她還好辦，但王妃掛著名頭又不肯辦事，把事情都推到她身上，她明天還要接待賓客，到時候有得饑荒可打了。

正撫著額細想著接下來的安排，有沒有疏漏之處，又回憶著太醫說的話，賀氏確實是虛弱而死的，丫鬟卻來稟報說三少夫人的丫鬟畫枕求見。

風荷當即清醒了過來，賀氏果然留了一手，或許她有重要的事情留在畫枕身上，不然畫枕不會這個時候還來求見她。

她忙命人快帶進來，畫枕哭得眼圈通紅通紅的，原本清瘦的臉兒越發顯得單薄起來，一進來什麼都沒說就跪在地上給風荷行起了大禮。

風荷喚她起身，她都不肯，拭淨了臉上的淚漬，一字一句說道：「四少夫人，我們少夫人說她唯一能夠信得過的人只有四少夫人一人而已，旁人她是絕不敢託付的。奴婢這裡有一封我們少夫人的親筆信，她交給奴婢之時說，待奴婢見到了四少夫人，一定要親自呈給四少夫人看，絕不能走漏一點消息。」

沈烟接過畫枕呈上來的信，也不打開，雙手奉給了風荷。風荷打開細看，臉色漸漸變了，到最後陰沈如烏雲。信封裡還有另一頁紙，她只是略微瞟了一眼，也沒有具體看，只是揣著先前的信發呆。

沈烟與畫枕不知信中寫的什麼，但都料到了不是什麼好事，越發收斂起來。半晌，風荷輕輕收起信，輕問著畫枕道：「妳有沒有什麼打算？」

畫枕愣了一愣，沒想到風荷會突然問她這個，搖頭道：「奴婢一切遵從我們少夫人的吩咐，少夫人讓奴婢照料著陪嫁的產業，奴婢就一定竭盡全力護好了。」

風荷不由點頭，倒也是個忠心的丫鬟，難怪當時那樣的緊要關頭賀氏還要為她謀劃後路，果然是個得用的。她讚道：「很好，妳公公為人如何，能不能放得下心，妳夫君呢？」

畫枕估摸著賀氏最後關頭只給風荷留了信，那一定是無比信任的，也不隱瞞，一一說道：「奴婢的公公是個聰明人，偶爾也愛貪點小便宜，不過現在奴婢去了他收斂不少。奴婢的夫君卻是個實誠的，一心一意幹活，想來出不了什麼大事。」

「這樣罷，妳跟在你們夫人身邊這些年，想來也學了不少，如今儘量帶著妳夫君慢慢接手妳公公手裡的庶務，好好打理了，這些可都是留給妳兩位小主子的。待到過幾年妳夫君能一人撐持了，我再想辦法把你們一家給你們小姐當了陪嫁，往後護著你們小姐吧。」風荷有點鬱悶，她是徹底要接手這個爛攤子了，賀氏真是拿準了她的脾性，也不託給自己枕邊人，全交給了她這個外人，旁人看了還不知怎麼說道呢。

畫枕出府之後，也是有些憂慮的，生怕這一輩子就消磨在莊稼地裡，再也見不到兩位小主子，心下也不大放心。聽風荷這般說，很是滿意，少夫人生前最放心不下的就是小姐了，她將來要能伴著小姐，想來夫人在地下也能瞑目了。想著，又向風荷磕了一個頭。

看看夜深，杭天曜尚未回來，風荷難免問起：「你們爺還在三少爺那裡嗎？」雖然有利益糾葛，但到底是骨肉至親，杭天曜還不是那等絕情冷心之人，看著杭天瑾那樣，便與杭天睿多陪著他些。

直到交了巳時，他才快步回房，風荷剛剛卸了妝，坐在床前想心事。

杭天曜摸了摸她的手，不悅地問道：「穿這麼點坐著，妳是想心疼死我啊，還不快上床歇著。昨晚一夜不睡，今天又忙累了一天，妳以為自己身子撐得住啊。瞧瞧，氣色這麼差，再不聽話索性回了祖母不理事了，扔給她去，讓她一個人得瑟。」

風荷聽得好笑，輕輕拉了他坐在自己身邊，挨著他肩問道：「哪兒來的這麼大火氣，三哥那裡如何了，有沒有平靜一點？」

一提起這，杭天曜心火更旺，抱了她直接塞進被子裡，恨恨道：「他好不好的關妳什麼事，妳操心什麼？」隨即又覺得自己語氣太重了，怕風荷多想，忙握著她手道：「我是妳夫君，妳生生世世都是我的人，別人的閒事少搭理，明白不？妳可知三哥他為何這般傷心？」

風荷抬眸嗔了他一眼，沒好氣的說道：「方才還叫我少管別人的閒事，轉眼又來問我，我哪兒想得明白你們這些男人的心思，一個個深不可測。」

「唉，與妳說了也無妨。我本來不曾這麼生氣，可是方才三哥倒是開口了，言語中的意思他傷心不單單因為三嫂沒了，更因為三嫂至死都不肯原諒他，他心裡有負罪感，才難受的。妳說說，三嫂對他那是無話可說的，為他死了都願意，他最後還要埋怨人死了不給他機會諒解自己，弄得他像個罪人似的。妳說說，為了這麼個男人，三嫂也是糊塗了，太不值了。」他氣憤地說著，原先以為杭天瑾喪妻傷痛，他出於兄弟之情前去撫慰了幾句，想不到卻是這麼個沒良心的人，弄得他憋了一肚子火。

其實，賀氏在最後是原諒了杭天瑾的，但她不想讓他知道，她知道只要杭天瑾獲得了自己的諒解，他一定會很快就忘了自己的，所以她寧願被他埋怨，也要表現出自己對他的怨恨，因為那樣他會記得她久一些。

這個男人，她不曾得到過他的愛，卻為他付出一切，在最後關頭，她也想讓他嘗嘗那種滋味，盡其一生也不能獲得一個人的諒解。

風荷不想讓杭天曜明白這些，因為她覺得賀氏這麼做是對的，杭天瑾確實也該付出一點代價。

杭天曜看著發愣的風荷，推了推她胳膊，強笑道：「怎麼了，莫非是怪我回來晚了？」

風荷回過神來，輕輕描畫著杭天曜的眉眼，嘀咕了一句。「倘若有一日我走了，你會娶個繼室回來嗎？」她也不知為什麼，就稀裡糊塗問了這一句，問完又有些後悔，哪個男人能為一個死去的女人守著，一段時間後，該享樂還是享樂，該抱美人還是會抱的。就如她，如果可以，她也會選擇過自己的逍遙日子的，而不是像劉氏那般，一點點任歲月消磨自己的人生。

杭天曜臉上明顯閃過了怒氣，半日壓抑著斥道：「胡說什麼呢，妳好端端的咒自己啊。

假若，假若真有那樣一日，大不了我追妳到天涯海角，地府又有什麼好怕的。」

她輕笑，卻是不甚信的，只當了一句玩笑話聽，不過還是有幾分感動的，至少杭天曜對她有幾分真心，不由抱緊了他。

「怎麼了？傻瓜，妳不信我嗎？我發誓，不管妳去哪裡，我都會隨妳去的，妳也不能輕易離開我。」他怕的卻是她生前就會離他而去，可是男人的尊嚴讓他說不出口，只能含糊其辭。

「我信，但是王府呢、長輩呢，你的責任呢，你都可以不管嗎？好啦，我不過隨便說說的，我哪兒那麼容易就沒了，我還要好好活幾年呢。」她終是信不過一個男人在纏綿時許下的生死承諾，何況是一個幾乎要什麼就有什麼的男人，何苦為了她而放棄到手的一切呢。

杭天曜卻生氣了，真的生氣，他不能告訴她家族、責任及不上她重要，但也不想她心裡將自己想得那麼膚淺隨便，他從心眼裡要與她生同寢死同穴。

風荷也不知自己何時睡著的，何時醒來的，也忘了昨晚與杭天曜的戲言，只是快速起身，先去給太妃請了安，忙忙跟著王妃去前邊迎客。

董夫人居然來了，來得還挺早，是與董老爺、董華辰一起到的，但兩人面上淡淡的，似乎有些陌生。

風荷忙迎了母親進來，待見了王妃給賀氏上過香之後，安置在了僻靜些的內室裡。

「娘，您怎麼來了？家裡事忙，哥哥過來就夠了。」風荷實在沒料到董夫人也會來，但是心裡卻也高興，顯然董夫人是走出了當年的陰影，即便不與董老爺復合，也能過得很好。能夠如此，她也就滿意了，想要讓母親離開董家那幾乎不太可能，休妻絕對不行，和離滿足不了條件，還不如現在這般，至少能夠安享尊榮。

董夫人扶著風荷的手緩緩坐下，溫婉地笑道：「我們不來，倒叫人看輕了妳。妳穿這樣的粗布衣裳，能受得了嗎？」說著，她愛憐地摸了摸女兒胳膊，便是在最艱苦的時候，風荷也是不缺少錦衣玉食的，而老太爺走時她又小，不過做個樣子罷了。

風荷看了看自己身上一身素白的麻衣，點點頭應道：「裡邊還穿了棉的，倒是還好，不覺得難受。哥哥娶親的新房準備好了嗎？往後我都不能過府裡去陪陪母親了，母親要是一個人忙不過來就帶葉嬤嬤過去，左右我這裡等閒用不到她。」

「不用，我懶散了這些年，正想尋點事情做，那樣反而身子鬆快些。只是委屈了妳，今年的生辰又不得過了。」賀氏剛走，不到一個月就是風荷的生辰了，別說她的，便是太妃的，今年都取消了。

風荷細瞧母親的氣色，確實還不錯，放了不少心，只是又問道：「老太太和杜姨娘最近有沒有安分些，要是她們敢鬧，娘您只管修理她們，真當她們還是從前的祖宗呢。要不是看在董家子弟們將來的仕途上，早把她們逐出董府了。」

董夫人忙正色道：「妳放心，我也不是泥捏的人，她們好好過日子就罷了，要想再鬧什麼么蛾子出來，我也就不客氣了。前兒吵著要添兩個丫鬟伺候，我索性問她們要不要搬到山上去靜養一段時日，她們當即就不敢再吵了。」

風荷抿嘴笑著，搖了搖董夫人的胳膊。「想不到多少年過去，娘第一次有發怒的時候，也該叫老太太見識見識了。若能真搬到山上去才好呢，清靜不少。」

「唉，她畢竟是他的娘親，哪兒狠得下那個心呢，也要遭人詬病，一頂不孝的大帽子扣下來，咱們都不得安穩。」要是董老太爺還在世，那處置起老太太就容易多了，如今幾個晚輩，畢竟有些話不好說，總要留三分情面。而且外人才不管老太太對董夫人做了多少壞事，惡婆婆自來是沒有律條管的，但不孝子媳卻是不好當的。

兩人正說著，卻有前頭的丫鬟來回稟。「錦安伯爺和夫人來了，王爺已經接了伯爺過去，王妃娘娘正在招待康郡王妃一行，抽不開身，讓四少夫人快去迎一迎。」

風荷心裡暗暗腹誹，王妃這是躲著錦安伯夫人吧，怕她鬧起來，推了自己去出頭，虧了她好算計。她輕輕給董夫人打了個放心的眼色，對含秋道：「五少夫人怎麼還不見，許多親眷我都不大認識呢，要請她來給我指點指點，快去吧。」

含秋笑著應是，去找蔣氏了。憑什麼她躲著安樂讓她們少夫人吃苦受罪呢。

隨後，風荷才跟著丫鬟出去迎接錦安伯夫人，她已經由人領了進來，正要撲到靈堂前哭呢。

風荷忙上去握了她的手，哽咽著。「夫人，您總算來了，三嫂一直望著您呢。」可不能給她機會先發飆啊，好歹拖到蔣氏來了再說，看到時候王妃不來打圓場。

錦安伯夫人到了嘴邊的哭訴被噎了下去，勉強應付著風荷。「四少夫人，我一聽到消息嚇得魂兒都沒了，妳說好端端一個人，怎麼會說沒就沒了，我苦命的女兒啊，妳怎麼不等見了為娘最後一面呢。」她說著，就有哭天抹淚的架勢了。

風荷無奈，一旁勸道：「夫人，上次若是您隨我一起去見三嫂一面，好歹也能少些遺憾呢。」

前來弔唁的賓客越來越多，都被四夫人、五夫人接待去了，也有幾個往這邊看，大有看好戲的樣子。

風荷的話把伯夫人窒得想要吐血，這個四少夫人怎麼回事，就會拿那事來堵自己的心，被人聽見了還當自己心裡沒有這個女兒，請去見一面都不肯呢。這一想，口裡倒是止了哭，訕訕的。

恰好蔣氏前來，她原深恨賀氏，如今還要看她最後風光，不免越發添了氣惱，見了賀家的人都沒什麼好感，冷笑著。「是呀，當時四嫂都命人套好了車，要親自陪夫人走一趟呢，誰知夫人府裡忙，連三嫂最後一面都不曾見到。」

她的話比風荷的露骨多了，有不少女眷都隱約聽見了，衝著這裡指指點點，似乎很瞧不起賀家。賀家在朝中略有一點權勢，但比起杭家這樣的來那是差得遠了，不然也不肯將自己家的嫡女許了杭家的庶子。

錦安伯夫人愈加沒臉，也不好再揪著兩人扯，上前給女兒點了香，痛哭了一場。這個女兒雖然不怎麼得她心，總是自己身上掉下來的肉，若能在杭家好好的，也能幫著弱弟一把。

不說杭家喪禮多麼熱鬧多麼隆重，如今單說有一日夜間，都近亥時了，卻有一盞極暗的燈出了東邊的小角門，去了東院裡。平日這個小角門一到晚上就會關了，但近幾日為著賀氏之死鬧得亂騰騰的，也怕兩邊有事來不及照應，索性也不關，左右都是杭家自己的地方，出不了什麼事。

幽暗的小屋裡，炕上對坐著兩個美婦。左邊的要年輕些，右邊的似乎大了一點，但也不顯老。

只見右邊的極其不滿地捋了捋袖子，低聲問道：「妳為何要下手，事先也不跟我商量商量？」

左邊的婦人一副高高在上的模樣，要笑不笑的說道：「我若告訴了妳，妳捨得嗎？她留著遲早是個禍害，還不如了結了我們能安心。」

右邊的婦人聞言著了幾分氣惱，不悅道：「話不是這麼說的，她是絕不會透露咱們的秘密，妳何必要下狠手呢，這樣於我們沒有一點好處，弄得不好還引人懷疑。尤其是，妳想要除去她，那就該早一些，現在二夫人也進門了，一切都晚了。」

聽了這話，另一個婦人也不高興起來，沈聲道：「妳確定她什麼都不會說出去？等到那時候後悔還來得及嗎？不如先下手為強，妳沒聽說嘛，老四他媳婦去見過她呢，要是被問出什麼了，大事就麻煩了。有什麼引人懷疑的，是她自願的，做得神不知鬼不覺，便是被發現了都能推到她自己身上，畏罪自殺而已。」

「雖這麼說，但也該早點下手啊，那樣好歹還有機會對個家世更好些的姑娘，這會子不是浪費了嗎？上邊的意思是要把二夫人扶正的。」右邊的婦人還是有幾分不滿足，本來可以有更好的盤算，急於下手，什麼便宜都沒撈上。

「行了，死了就死了吧。待到咱們大事一成，想給老三找個什麼有背景有家世的女子不行，何必看著眼前這點小利。對了，最近老四、小五兩邊都挺厲害著呢，妳估摸著最後誰會贏？」婦人臉上閃過獰笑，成大事者不拘小節。

右邊婦人想想也沒什麼好說的，便道：「只怕是老四那邊略勝一籌呢，人家最近頗有世家公子風範了，倒是小五最近鬧了些不好的傳聞。王爺的心開始鬆動了。」

前一個婦人聽著皺起眉來，冷笑道：「不能叫老四得便宜了，快想辦法給他弄點事來，最好鬧得他們夫妻不和，鬥得越凶越好。最後，咱們再坐收漁翁之利。」

「說著也是怪了，老四如今對著他媳婦簡直是言聽計從的，旁人都插不下手去，我一時間真沒招了。」右邊的婦人略略搖頭，難得遇到這種情況。

左邊的婦人哼了一聲，低笑道：「他不想，難道咱們不能給他製造機會啊，一切成了真，他不願意也不行了，以老四媳婦的脾氣沒那麼容易放過了。」

兩人頭挨著頭，密密說了起來，卻不知說的什麼。

第一百零九章　有驚無險

北方的冬天來得早，十月初的天氣雖不至於寒冷，但也是深秋了。樹上的葉子開始微微泛紅，不少飄落在地，顯得尤其蕭條，倒是菊花越開越豔，經了風霜濃烈無比。

清冷的空氣裹挾進屋裡，使人清醒起來。風荷踮起腳尖把黑色緞子夾披風給杭天曜罩上，一面繫帶子一面說道：「晚上若是不能回來就給我送個信，府裡這邊有我呢，不會疑到你身上的。」

杭天曜抱了抱她，在她額角印上一吻，笑道：「知道了，娘子。我不會不回來的，頂多晚一些，妳別等我，先去歇著。今兒來的人少，他們也能照應過來，妳多在房裡歪一歪吧。」

「嗯，我省得的，你行事小心些，寧可錯過了這次機會也不能叫他們發現了你。」風荷亦是在他胸前靠了靠，溫婉柔順。

杭天曜覺得自己如今越來越沒有男兒氣概了，不過出去一天，倒弄得婆婆媽媽的，便握了握她的手，點頭道：「我哪兒那麼傻，總是自己安危第一。天氣涼了，若是出去多穿一件。」

待到送走杭天曜，風荷才去太妃那邊請安。太妃見到只有她一人，有些詫異，最近這些日子，日日都是老四跟了他媳婦一同來請安的，然後去前面招待前來祭奠的賓客，今兒怎麼就一個人。

風荷上前扶著太妃的手，解釋道：「四爺一個朋友今兒要離京了，怕是一年半載回不來，他們幾個素日交好的都要去十里坡給他餞行，怕去晚了被人說道，剛才忙忙走了，讓我代他給祖母請安呢。祖母早飯吃的什麼，有沒有多用點？」

聞言，太妃才放下心，邊走邊道：「這也是正理，男人家，總有些應酬，只要不離了大譜就好。早上妳母妃孝敬了一樣鴨子肉粥，吃了半碗。今兒來的客少，妳不用忙著過去，咱們娘兒倆說說話。」

「是，孫媳也正這麼想呢。」風荷忙應是，攙著太妃出了門，繞著院子抄手遊廊閒步。

「最近把妳累壞了吧，過了七七就好了。她這一走，倒有許多事情一時間拿不定主意呢，前些日子我讓丹姊兒回了她自己院裡，是想著她母親既然走了，只是傷心先人也無益處，正經該慢慢與莫氏培養感情，他日也能得個依靠。還有慎哥兒，總不成一直放在方氏身邊教養，也該回自己的院子去。妳覺著如何？」太妃駐足立在拐角處，望著臨湘榭的方向。

太妃這麼做，自然也是為兩個孩子著想，遲早都是繼母，很應該與她親近些，不至於一下子送回去太突然。而且，將臨湘榭交給莫氏，太妃心下還是不能安心的，她有意讓丹姊兒回去，既是莫氏的膀臂，又能掣肘莫氏。

風荷揣摩到了幾分太妃的意思，但不敢直說，只是微笑著。「祖母這樣，自是為兩個孩子著想，他們都是聰明的孩子，定能體諒祖母的一片良苦用心的。何況，丹姊兒回去，不少小事還能替莫氏拿個主意呢。」

太妃連連點頭，拍著風荷的手道：「正是這個話。別看丹姊兒年紀小，心裡有數著呢，莫氏出身略低些，身邊有個人有商有量的總比她一個人瞎琢磨強。」

兩人正說著臨湘榭裡的事，誰知前院的丫頭匆匆忙忙來回話，說是丹姊兒在前邊靈堂哭昏了過去，嚇了太妃好一跳。

丹姊兒每日這個時候都會去給賀氏磕頭上香，前幾日都緩了好些，今兒這卻是有些不大對勁呢。

太妃輕輕看了風荷一眼，風荷忙道：「祖母先回房坐坐，孫媳去前頭瞧瞧，有什麼事必會叫人來回了祖母的。想來丹姊兒也是一時傷心，不會出事的。」

靈堂裡，除了伺候的丫鬟僕婦們，恰好沒有一個外人。

一道尖細的女聲傳來。「姊兒這是怎麼回事呢，這可怎麼辦好，要不要去請太醫呢？若是有個什麼，豈非都是我的錯了，是我不該在姊兒跟前提起這些話，我、我向三爺請罪去。」

聲音有些陌生，還有些驚慌，但風荷一下子就聽出來這是莫氏在說話，只是不見她的人影。仔細一看，邊上的椅子旁圍滿了丫鬟，臉色焦急神情慌張。

風荷忙快步上前，丫鬟聽到聲音，見是她，慌得讓開了路，原來是丹姊兒被人抬到了椅子上，蒼白的小臉上掛著淚珠，雙眼閉著。

「都給我退下！」風荷嬌斥一聲，示意沈烟將丹姊兒抬去後院，冷冷地掃了在場的人一眼，最後停在莫氏身上。「主子暈過去了，不送她回房在這兒圍著算什麼事，幸好這回沒有賓客，若是來了人，妳們吵吵嚷嚷的是好看呢還是好聽？妳們都不是第一天在府裡辦差的，連規矩都忘了不成？都回各自崗位上去，若是哪兒少了人，我絕不輕饒。莫二夫人，請隨我來。」

莫氏有些腿軟，侍郎府雖也是官家，但畢竟及不上王府尊貴，再說她本是庶女，便是受些抬舉，到底外頭見的世面少。方才丹姊兒忽然哭暈了過去，她一下子也慌了手腳，甚至忘了給太妃傳話，光記得把人扶起來。

丹姊兒沒什麼大事，全因近來傷心太過，飲食不調，身子虛弱，哭得久了一口氣上不來，加上靈堂裡人多氣悶的，竟是昏了。

這會子人已經醒了，伏在風荷懷裡痛哭。「四嬸娘，母親當真不要我與弟弟了嗎？母親那麼好一個人，為什麼這麼年輕就去了，父親為何不救她？」

這話聽得風荷詫異起來，她待丹姊兒哭音略止，溫柔地拍撫著她的背，細細說道：「三嫂怎麼會不要丹姊兒和慎哥兒呢，妳想啊，她待你們那麼好，其實最是捨不得你們了。可是這是上天的安排啊，讓三嫂去了天上當仙女，她一樣也能看到丹姊兒和慎哥兒的，只要你們倆乖乖的，不然她看著只怕更要傷心呢。

「丹姊兒是大姑娘了，要照顧弟弟，勸慰父親，孝敬祖母呢。妳想想，妳剛才這麼暈過去了，把祖母都嚇壞了，三哥好不容易被人勸回了房，要是知道還不得趕緊過來看丹姊兒。所以呢，丹姊兒要乖，那樣三嫂、祖母、三哥才能放心啊。」

這些日子來，丹姊兒一直不曾好生吃過東西，睡上一覺，她人又小，早就撐持不住了，卻憑著一口氣堅持著。聽了風荷的話，她心裡好過不少，又怕真的害得父親和曾祖母為她擔心，哽咽著道：「四嬸娘，我往後再不這樣了。那我這會子再去陪陪母親吧。」她說著，又要起床。

風荷忙按住了她，認真而親切的說道：「丹姊兒要聽話，妳這時候最應該好好睡一覺，或許睡著了就能看到三嫂呢。那裡有四嬸娘、娘娘，妳一個小孩子的也幫不了什麼忙，好不好？」

丹姊兒確實覺得有些疲倦了，也不再強求，乖巧的點了點頭，應道：「我聽四嬸娘的，睡著了母親就能來看我了。」

風荷看著丫鬟服侍她躺好，蓋了被子，方才出來，莫氏依然焦急地等在門簾外。

風荷徐徐看了她一眼，徑直坐在上首，虛抬了一抬手。「二夫人坐吧。」

莫氏不敢說話，依著她的意思坐在了下邊的小杌子上，心裡卻是不大痛快的，覺得風荷太過托大了。她進門前就知道只要賀氏一死，她就是正經的填房夫人了，誰想到來了沒多久，賀氏當真去了，頗有些滿意，以她一個侍郎府庶女能嫁給王府少爺，那本是求都求不來的事情。但她也知此事急不得，總得等個一年半載的，不過行動間隱隱將自己當了臨湘榭的女主人。

現在風荷這般，覺得是越過了自己，絲毫不把她看在眼裡，按輩分上來算，自己還是風荷的嫂子呢。好在她還不是個胡為的人，清楚自己眼下的身分容不得她反對，委委屈屈坐了下來。

「方才是怎麼回事，小姐好端端的怎麼就暈過去了？」丫鬟上了茶來，風荷頭也不抬，輕飄飄的說著。

莫氏心中一慌，身子顫了顫，隨即又覺得自己沒說錯什麼話，無須害怕，小聲回道：「姊兒哭夫人哭得太傷心了，婢妾怕她有個好歹，勸說了幾句，誰知姊兒哭得越發厲害了，沒幾下居然暈了。婢妾也不知究竟怎麼回事？」她暗暗看了風荷一眼，眼裡閃過不滿。論理，賀氏一走，她就是臨湘榭半個主子了，憑什麼風荷還坐在上首，把她當下人一樣問話。

風荷看她還算老實，是個心眼尋常的，氣消了不少，抿了一口茶，又道：「哦，妳是怎麼勸姊兒的？」

「婢妾、婢妾只是說夫人久病床前，她自己也難受，如今仙去了也能減輕些她的苦楚。四少夫人，婢妾真的沒有別的意思，只是想勸姊兒想開一點。婢妾……」莫氏登時心慌起來，不知在小主子面前提起這些算不算錯，但她當時果真沒有旁的意思，只是怕丹姊兒哭得太傷心了，回頭有人報去三少爺那裡，攪得三少爺不得休息，三少爺直到凌晨才睡著呢。

「罷了，往後儘量少說這種話，以免姊兒傷心。姊兒如今是妳們的小主子，妳們要好生伺候了，有什麼事也可以回稟給太妃娘娘、王妃娘娘、我或者其他幾位夫人，別擅自作主。院裡的小事妳能辦的辦了，大事還是要去問過了三少爺、小主子才成。」風荷淡淡一擺手，阻止莫氏繼續解釋下去。

賀氏交代的事，看來要提前辦了，一直拖著也不好。

這一日，風荷要嘛在靈堂，要嘛就在太妃院裡。用過午飯，天空黑壓壓的，有下雨的徵兆，只是這個時節，便是下雨也不該這樣的天氣，反而像是夏日裡陣雨來臨前的樣子。

看雨勢還不到，風荷索性帶著丫頭回凝霜院換件衣服，哪知剛走到半路，大雨傾盆而下。即便她們躲得急，還是淋了些，衣裳很快濕透了。她們所在的地方是在正院出來不遠的一個倒座裡，離太妃的院子尚有一段距離，更別提凝霜院了。

倒座是供上夜的婆子晚間歇息的，婆子忙忙送了傘來。

「少夫人，不如去趕了車來吧，雨勢這般急，打了傘也不頂用。少夫人身上都濕了，還是快點回房換了衣裳梳洗一番好些。」沈烟一面拭去風荷臉上手上的水珠，一面問道。

風荷看了看外面，嘆道：「趕車太麻煩了，左右不過一點子路程，還是罷了，驚動了人倒當件大事去回給太妃娘娘。」

外邊的雨大得連視線都模糊了，望出去就是瓢潑而下的大雨，沈烟實在不放心，正色勸道：「少夫人何時也這麼怕麻煩了，少夫人在這兒等著，奴婢和淺草打了傘去叫馬車來，不過半刻鐘而已。」她說完，就拉了淺草，一人打了一把傘匆匆奔出去。

風荷喚不住二人，只得罷了，與雲碧在婆子搬來的凳子上勉強坐了坐。

可她外邊的衣服濕透了，這麼坐著有些發冷，雲碧見狀，亦是急了，欲要叫婆子取個禦寒的衣物來吧，知道風荷的癖性，是絕不肯用的，把自己衣服脫下來吧，也濕了，擋不住什麼寒氣。

好在沈烟那邊動作倒快，也就半盞茶工夫，就趕了一輛騾車來。

「好快的手腳。」雲碧不由讚道。

沈烟從車裡跳了下來，幾步跑過來，笑道：「一聽是少夫人被堵住了，他們哪兒敢耽擱，忙跟著奴婢來了。少夫人，咱們上車吧。」

幾個丫鬟打傘的打傘，攙扶的攙扶，將風荷弄上了黑漆大騾車。

凝霜院的大門是有臺階的，騾車進不去，只得重新下車。

風越發大了，颳得人壓根兒撐不住傘，東倒西歪的。沈烟、雲碧一左一右扶著風荷，向院子裡行去。

不料上臺階時，也不知是沒看清呢還是太著急了，風荷居然絆了一下，要不是兩邊都是人牢牢扶著，只怕人已經摔出去了。嚇得她臉色都白了，喘著氣兒，這回卻不敢急了，慢慢往裡走。

進了屋，丫鬟已經打了熱水上來，幾個人忙忙伺候風荷換下了濕透的衣服，洗了熱水澡，吃了薑湯，才在炕上坐好。

「妳們幾個別在這兒伺候了，都去把自己收拾一下吧，然後遣個人到太妃那裡說一聲。」風荷揮退了丫鬟們，笑道：「讓我一個人歪一會兒，半個時辰後來叫醒我。」

大家也沒多想，都笑著去了。

風荷本是要看帳冊的，剛取了帳冊到手，人就昏昏沈沈的，不知何時進入了夢鄉。

待到沈烟半個時辰後進來，才發現她身上也不蓋點東西，靠在炕上睡著了，就上前喚了幾聲，卻得不到回應。

沈烟心下慌了，又推了兩下，高聲叫了兩句，還是沒反應，當即怕了，揚聲叫人進來。

一下子，凝霜院裡的丫鬟也顧不得多大的雨，分成幾路往外面跑，有人去請太醫，有人去太妃、王妃那裡回稟，都亂哄哄的。

太妃恰在午晌，從夢中被喚醒，一下子失了神，半日才掙扎著起身，連連命人請太醫、備車。

風荷自從進府，身子一向不錯，沒聽過有什麼病痛的，怎麼會無端就睡迷了呢，不曾有什麼不好吧。

一想到這兒，太妃急得簡直坐不下來，幾次喝問為何馬車還不過來，又叫人去問有沒有通知四少爺，聽是沒有，即刻打發一群人出去尋杭天曜。

太妃住得近，比王妃還要先到凝霜院，顧不上行禮的丫鬟，快步跑了進去。

沈烟幾人見到太妃來了，總算有了主心骨。她們平時都能幹得很，但風荷也是個好伺候的主子，一向沒什麼問題，今兒這樣卻是絕無僅有的第一次，難怪把她們幾個嚇壞了，就差沒哭了。

太妃看了看風荷氣色，臉色發白，人倒像是熟睡的樣子，輕輕質問著沈烟。「怎麼會這樣的，太醫為何還不來？」

沈烟忙跪下回話。「回娘娘的話，從靈堂回來時正好淋了點雨，但少夫人瞧著與平時無二，梳洗過後說要睡一會兒，命奴婢們下去各自忙活。奴婢過了半個時辰來叫她，哪知怎麼都叫不醒，卻不知究竟出了什麼事？」

「淋了雨，妳們幾個也糊塗了不成，早該叫了太醫來把脈的，這可怎麼是好？」太妃急得額上冒出了汗，雙拳拽得緊緊的，一般而言，即使淋了雨，以風荷的體質也不該這樣啊，不會有什麼大問題吧？

這邊越急，太醫偏偏來得越慢，也是路上不好走的緣故。

王妃很快趕過來了，聽了之後也只能乾著急幫不上忙。

太妃一個勁兒催著人去請太醫、尋杭四，偏偏都是一去不返。

直到有近半個時辰，太醫才來了。原來今兒是給宮裡眾位貴人請平安脈的日子，多半太醫都去了宮裡，又下雨，就被耽擱在了宮中，好不容易把今兒在家休沐的陸太醫尋了來。

陸太醫也是常來的，加上太妃慌張，規矩什麼的都免了，一迭聲叫他快進去給風荷診脈。陸太醫進去了足足半刻鐘都不出來，屋子裡的人都快團團轉了。

遣去尋杭天曜的人到處找不見人，鬧得滿城風雨，只得去回了太妃，太妃又是好一場氣生。

好在杭天曜還是得了消息，一聽風荷出事，嚇得三魂丟了兩魄，顧不上瓢潑的大雨，策馬飛奔回來。他心裡又急又驚，哪兒有心思去聽丫鬟僕婦們給他回話，一個勁兒往院子裡飛跑。

唰的進了屋，太妃高高坐在上首，見了他的狼狽樣，也有幾分心疼，卻還是繃著臉斥道：「老四，你還知道回來啊，你媳婦說你去給朋友餞行，為何滿城裡都尋不到你的人？你給我說實話，你是不是哄著你媳婦，又出去胡混了？要真是如此，你別怪祖母不幫著你，風荷那孩子那麼好，你還有什麼地方不滿足的，你究竟要鬧到什麼時候？」

太妃原是聽到說何處都不見他的人影，有些焦急，又怕他瞞著風荷出去尋歡作樂，回頭風荷知道了難過傷心，所以先發了飆，這樣風荷心裡也能好受些。

而杭天曜卻以為風荷出了大事，太妃才會這般生氣發怒的，兩條腿像是灌了鉛一般沉重得他支撐不住，身子抖了抖，眼中滿是恐懼、慌張、驚異、惱怒、悔恨。

太妃剛想再說，誰知眼前一晃，杭天曜的人影一閃，已然闖進了內室。太妃怔怔地看了周嬤嬤一眼，似乎在問——「我是不是還沒有與他說完呢，那孩子不會嚇壞了吧？」

周嬤嬤抿嘴笑著點了點頭，扶起太妃一起往裡間走。

杭天曜彷彿是一陣風般捲進了內室，沈烟幾個聽到聲音忙回頭看，不及給他行禮，已經被他一把推開了，大家都愣住了。

風荷如常一般靜靜地睡著了，臉上恢復了一點血色，嘴角還掛著笑，顯得分外安詳而親切。頭髮柔順地放在橘黃色的大迎枕上，襯得臉蛋巴掌般大，睫毛又長又鬈，呼吸緩慢綿長。

杭天曜也不知怎麼就跪在了地上，他渾身濕透，滴滴答答的水珠順著衣袍漸漸往下流，氤濕了深紅色大花的地毯。

「風荷？風荷，妳怎麼了？」他的聲音發顫，像是北風中飄零的落葉，他抬起手來欲要去撫摸風荷明透的雙頰，又怕弄了她一身濕，手停在半空不知該怎麼辦好。

沈烟堪堪扶住了櫃子，沒有摔在地上，瞧著杭天曜有點不大對勁，不知他這樣算是什麼意思，難道不樂意？她頓了頓，站直了身子，輕喚了一聲。「四少爺，少夫人這是……」她的話未說完，風荷悠悠醒轉過來，嚶嚀出聲。

杭天曜又驚又喜，試探著喚了一句。「娘子，妳醒了？」

「是啊，你怎麼了？」風荷詫異地發現自己一睜開眼睛看到的是杭天曜從水裡撈出來一般跪在她床頭，傻呆呆的，好似十分害怕的樣子。

「娘子，妳不會有事的是不是，妳醒了就好了是不是？」杭天曜再也顧不上自己濕透的衣衫，嘩啦一下將風荷抱在了懷裡，眼裡有了淚意。

風荷被他勒得喘不過氣來，外邊的太妃一見，慌得魂兒都沒了，匆匆忙忙跑進來，一面喊道：「老四，你快放開你媳婦。」

太妃的聲音突然，又尖著嗓子，把杭天曜嚇了一跳，不明所以地輕輕放開了風荷，犯了錯似的立在原地發懵。

沈烟幾個也反應過來，忙上前擋開了杭天曜，取了乾淨的被子過來，換下了剛才被他沾濕的錦被。

杭天曜這下徹底慌了，覺得風荷一定病得很嚴重，非同小可，含著哭音道：「祖母，娘子她這是怎麼了？太醫呢？」

太妃覺得可能是自己剛才的作為讓他產生了誤解，忙露出了笑容，走到床前示意風荷繼續躺下，口裡說道：「你呀，毛手毛腳的，一身是水就跑了進來，也不怕讓風荷著了寒氣。她是有了。」

有了？有了？

杭天曜不解地盯著太妃與風荷，喃喃道：「有什麼了？」

「哎喲，四少爺，四少夫人這是有喜了。」周嬤嬤越發好笑，忍不住插了一句。

「有……有喜？風荷她、她有喜了？」巨大的震驚和狂喜讓杭天曜一下子接受不了，大睜著雙眼，不可置信地結結巴巴起來。

噗哧一聲，太妃先忍不住笑出了聲來，指著杭天曜笑罵道：「你呀，怎麼就那麼糊塗，你媳婦有喜了你都不知道，還丟下她一個人出去胡鬧。」

杭天曜還有些不敢相信，呆呆地看著風荷，半晌說道：「娘子，我們真的有孩子了？」

這個喜訊，風荷也是好久才接受過來的，她實在沒想到，她這麼快，尤其在這個時候，居然有喜了。聽杭天曜這麼問，沒好氣地瞪了他一眼，繼而低了頭，啐道：「太醫是這麼說的。」

這下子，杭天曜才完全相信了，他歡喜不盡，想要上前去狠狠抱抱風荷，卻被太妃手快地擋住了。太妃又好氣又好笑，罵道：「還不去換了衣裳再來，你這副樣子，是想把你媳婦嚇壞不成，快去。」

杭天曜一看自己身上，水裡撈出來一般，弄得內室的地毯都濕漉漉的，不好意思的低了頭，飛快地覷了一眼風荷，趕緊去淨房梳洗換了整潔的衣裳過來。

太妃坐在床沿上，拉了風荷的手不停囑咐她，時而又對沈烟幾人囑咐幾句，簡直有一簍子的話要說。

杭天曜出來許久，見太妃依然有大說特說的架勢，索性打斷了話頭問道：「祖母，娘子有喜了，之前怎麼說好像情形不大好呢，太醫是怎麼說的？」

「哼，你還好意思問，一清早出去的，都不知道回家，害得你媳婦一個人擔驚受怕的。這些日子，她白天黑夜的忙，晚上也不曾歇好。上午都在靈堂那邊，那裡本就悶得慌，又可能有什麼不乾淨的東西，出來淋了雨，身子就吃了虧。陸太醫說，是操勞太過了，要好生靜養幾日呢。

「從今兒起，你好生陪著她，不許鬧騰她，不許叫她傷心生氣了，有什麼想吃的想玩的一定要乾乾淨淨做了來。府裡的事暫時讓你母妃管吧，你們小倆口也別拘著規矩，自己高興就好，不用去給我請安。」太妃絮絮叨叨，生怕杭天曜胡為，不是嚇著了風荷就是氣惱了她，恨不得日日在這兒守著。

杭天曜一面聽一面不停點頭，隨即又問：「祖母，要不要請個太醫住在府裡呢？我、我有點怕。」

太妃睨了他一眼，笑道：「你不是素來天不怕地不怕的嘛，連你老子的話都敢駁，這回倒是知道怕了。雖然說得離譜些，但也是個法子，陸太醫也說了要比往常加倍注意，我看請太醫院有經驗的太醫過來看視幾個月吧，待身子穩定下來了再說。」

風荷聽得頭大起來，欲要阻止，誰知太妃已經拍著她肩道：「好孩子，祖母知道妳省事，可這事大意不得。妳又是頭一胎，如今身子也不大穩，倒是請個太醫看著好些，大不了穩定之後再送了他回去，免得祖母我心裡放心不下的。這是老四頭一個孩子，妳就委屈些日子吧。」

風荷很想說杭天曜之前有過兩個孩子了，但她不敢提，畢竟那兩個孩子都沒了，不是好兆頭，只得點了點頭。

太妃看得歡喜，又敦促杭天曜。「我可跟你說好了，要是你惹你媳婦生氣了，到時候別讓祖母幫你賠禮道歉。」
杭天曜一個勁兒點頭，笑得嘴都咧開了，他漸漸相信風荷真的有了他們的孩子。
送走太妃的時候，雨是止了，但天也黑了下來。
周嬤嬤伴著太妃坐在車裡，幾次欲言又止。
太妃搖搖頭，嘆道：「我知道妳要說什麼，只是那孩子剛有了身子咱們就提，怕引得她不痛快，倒不是我們的本意了。」
聞言，周嬤嬤亦是點了點頭，又道：「奴婢說句大膽的話，少夫人好不容易攏住了四少爺的心，可不能因著喜事而生了嫌隙。那幾個房裡人，與少夫人都不大貼心，若是有異心倒麻煩了，還不如收個心腹的在自己房裡，留住四少爺的人。」
太妃聽著車行轆轆的咯吱聲，強笑道：「我何嘗不知。老四這孩子，我也不大看得透，雖說他眼下與他媳婦濃情密意的，但他畢竟是男子，世上哪有不偷腥的貓兒，就怕他一個不留神做出什麼事兒來，反招得他媳婦難過。尤其他之前還是那麼個性子，便是改了，終究有些不大放心。
「也不是我疼孫媳婦不疼孫子，我實在是為了老四自己著想，我能再活幾年呢？總不能一直照應著他。好不容易有個這麼好的女孩子伴著他，能為他分憂解悶的，我心裡真是開心。就怕他不識好歹，惹怒了他媳婦。
「風荷這孩子，我是看在眼裡的，樣樣兒都好，模樣、品性、才學，有幾個及得上。但也是個烈性子，要是真箇生了老四的氣，只怕咱們怎麼都攏不回她的心了，那時候老四是後悔也無用了。唉，這本是高興的事，妳瞧我，真是年紀大了，總是禁不住傷心的。」

周嬤嬤也怕她傷懷，忙開解道：「其實，或許都是咱們瞎操心了，四少夫人那麼個明白人，有什麼想不透的，只怕比咱們還行在先。奴婢冷眼瞧著，四少爺這回是真心了，您沒瞧見嘛，剛才急得都要哭了。」

「呵呵，正是如此，只要他們一直好好的，我還有什麼放不下的。」太妃想到自己方才沒說清鬧出的烏龍，也開懷起來。

屋子裡，寧靜得似乎時光靜止了，杭天曜小心翼翼地摸著風荷的肚子，眉梢眼角間全是幸福的暖意，每隔一小會兒，就忍不住親一下風荷，說一句：「娘子，我們有孩子了。」

風荷覺得自己的臉頰都被他親腫了，噘著嘴兒躲開他，嗔道：「你忙你的去吧，膩在我這兒算怎麼回事，倒鬧得我睡不著。」

「我哪兒都不去，我就想陪著妳和我們的孩子，妳說他是男孩兒還是女孩兒？他知道現在我在和他說話嗎？」杭天曜覺得他心裡的幸福幾乎壓抑不住，都要溢了出來，他真想告訴每一個人，他發現他連一刻鐘都捨不得離開。

「他那麼小，當然不知道啦。你趕著回來，那邊的事沒關係吧，要不要去看看？」風荷睡了那麼久，這時候精神倒是不錯，但陸太醫說了，她懷孕之後有可能比旁人要嗜睡一些，心下就有幾分赧然，回頭一定會成為全府的笑柄了。

杭天曜捧著她的臉兒，暗暗感嘆，他終於也淪陷了，是遠是近都在她手中。

看著杭天曜俊挺的眉眼嘴角，風荷不知是什麼滋味，她居然要當母親了，要為這個男人生兒育女了，甚至她還沒有想過將來的一切。她不知道他會不會變心，會不會如別的男人那樣，可是這一刻，她還是願意爭取的，就像她初來時那樣，她絕不會輕易放棄他。何況，她現在有了孩子，為了孩子，她更要爭取他。

她輕輕依偎在他肩頭，呢喃細語著。「杭天曜，我要你抱著我，我睏了，想睡覺。」

「傻瓜，剛吃了晚飯，現在就睡不好吧，咱們再說說話。」他溫柔地搖了搖她的身子，語帶寵溺。

風荷剛閉上的眼睛翕開了一條縫，眼裡有得逞的笑意，她越發膩在他懷裡，嬌笑道：「人家才不是真的想睡呢，只是想要你抱著我，那樣覺得好舒服好安心。」

他的心軟軟的，全是她的笑她的嬌她的美，輕輕吻了吻她鼻尖。「我不走，一直抱著妳。現在妳有了身子，不能再像平時那樣了，府裡的事隨她們去就好，別太操心了。只要她們不欺到妳頭上，愛鬧鬧去吧，若她們敢碰妳一下，我絕不會放過她們的。」

這個時候，正是多事之秋，正是關鍵時刻，他真怕他們會對她下手，若那樣，他也不想活了。

風荷何嘗不明白這些，從前那兩個孩子，不管是不是杭天曜的，都去得無聲無息，眼下她肚子裡的，不知成了多少人的眼中釘肉中刺。但她不怕，這個孩子，她一定會拚盡全力去保住他，所以她還不能真的萬事不管。

她嫣然笑著挨著他臉頰，低語道：「笨蛋，我哪兒能真不管，我要是手上沒有一點權力，那樣才容易被人欺負呢；只要我握緊了府中的權力，他們想動手也要掂量掂量。雖然會累一點，但是至少能保護我們的孩子啊。」

他聽得發酸，要不是他沒用，也不用她這麼辛苦。他暗中下了決心，有些事需要提前行動起來了，至少能為她擋去不少麻煩。那些人若是自己都焦頭爛額的，估計就沒時間算計到他們頭上了。

夜色沈沈，杭家一片寂靜，只是隱藏在下面的卻是波濤洶湧……

第一百一十章 來而不往

風荷有喜的消息半刻鐘就傳遍了整個王府，只怕不只王府，其他不少府裡都在暗地裡打探這件事呢。

杭家四少剋妻的傳聞早已不攻自破，要是這個四少夫人能平安生下這個孩子，那麼剋子也就成了一場謊言。如今，京城貴族圈裡，誰不知杭家世子之位競爭異常激烈，朝堂上就有不少反應，也就杭家，能保持住表面上的平靜罷了。

最近，杭天曜的聲譽不斷攀升，倒是那個五少爺，不及先前聲名好。而三少爺，經歷了喪妻一事，最近也沈寂不少。

柔姨娘震驚得說不出話來，打發了丫鬟，一個人關在房裡。她低調地過了這麼久，一來是要杭天曜忘了之前的不愉快，二者是估摸著再過幾個月依杭天曜的脾氣，一定會厭倦了少夫人，那時候就是她東山再起的好機會了。

誰知，居然會在這個時候，聞聽四少夫人有喜的消息，這不得不教她痛恨又無奈。

但同時，也是她的機會。一旦四少夫人有喜，就不能再侍寢，到時候不得不打發了四少爺來茜紗閣，以四少爺從前對她的喜愛，不愁不能重新籠絡了四少爺的心。

不過，此事關係重大，她不敢輕易行動，還要去問一問。

夜半時分，柔姨娘冒著地上濕漉漉的積水出了門，過了半個多時辰才回來。

而第二日，風荷剛起床，還沒來得及吃早飯，就聽丫鬟回說雪姨娘娘家打發了人來給她請安。

唉，一個個來得好快啊。她昨天下午才診出有孕的，今天雪姨娘娘家的人就上門了，要說這是巧合她可不信，但派人去打探來的消息，雪姨娘昨日至今似乎並沒有叫人送過消息出去。這麼說的話，或者就是那邊時刻注意著杭家的動靜，或者就是府裡另外有人給他們遞了消息。

娘家人來請安，風荷這樣賢慧的好主母，自然是不會阻撓的，當即叫人領到了雪姨娘院子裡，絲毫不曾為難過她們。

杭天曜本來想勸她再躺躺，但耐不住風荷要起來，只得罷了。後來聽她說有事要去太妃那裡，更加急了，直到風荷暗暗與他說了幾句，他才不情不願的答應了，親自陪著風荷慢慢閒步去太妃那邊。

太妃的院子裡，倒是十分熱鬧，各房的丫鬟都站在迴廊裡小聲說話，人來得甚是齊全，連平日不大喜歡走動的四夫人的人都在。

桂花的香味兒醇厚馨香，瀰漫在整個空氣中，或許是經了昨日的一場大雨，花香越顯濃郁了吧。天朗氣清，是個難得的好日子。

風荷穿著藕荷色的直身長褙子，雪藍色的百褶裙，與一身烏青色的杭天曜倒是相得益彰，素淨溫婉，瞧著好似一對璧人。

剛跨進院門，留在凝霜院的含秋卻是匆匆追來了，神情帶著三分焦急。

二人止住腳步，待她回話。

「少爺、少夫人，嘉郡王府蕭世子遣了人來，請少爺到少夫人的茶樓一聚呢。」看半野的神色嚴肅，含秋心知事情緊急，不敢耽擱，忙忙前來回話。

杭天曜皺了皺眉，看著風荷不語。他昨兒才說要好生陪著她的，豈能一大早又出去了。可是蕭尚找他，一定不會為了喝茶那麼簡單，若是喝茶哪需要一大早巴巴地來請呢。

風荷不想為著自己懷孕而耽誤了他的正經事情，眼下正是關鍵時刻，杭天曜半點不敢輕心，要是真的日日陪著她在府裡，待到她把孩子生下來，只怕一切都成大麻煩了。她微微笑著。「去吧，別讓表弟久等了，我在祖母這裡，能有什麼事？」

杭天曜瞄了一眼院子裡的一群丫鬟，仍然有些拿不定主意，這些人，估計都是衝著風荷來的，自己做夫君的正應該替她擋著，豈能叫她一個人去面對。他終是搖了搖頭。「我陪完了妳再去吧，不打緊。」

自己又不是泥捏的，用得著這麼小心嘛，何況誰想要欺到自己頭上也要看她有沒有這個本事啊。風荷噘著嘴兒，撒嬌道：「我又不是玻璃人，你儘管去你的，難不成日後就寸步不離跟著我了，那你不用做事了？放心吧，她們那點心眼子不說我都能猜個七、八成，今時不同往日了。平時我敬著她們是長輩，凡事讓著點，可是她們要敢將主意打到我們的孩子身上，就別怪我翻臉無情了。」

杭天曜是知道風荷的性子的，不敢再強，生怕反而惹惱了她，只得囑咐了又囑咐，最後說道：「那我去了，很快就回來。妳們幾個，好生照看著少夫人，誰讓氣著了她只管打上去，有我給妳們撐著呢。」

想他從前在府裡的威望，還真沒什麼人敢當著他的面兒說什麼，他不怕自己的聲名再漲一點點。

風荷笑看著他去了，才扶了沈烟的手，一步一搖地向前走。一路的丫鬟紛紛行禮，太妃院裡的看見她來了，忙報了進去，隨即就見周嬤嬤與端惠親自接了出來。

風荷不由頭大，太妃也太招搖了些，不過老人家就是這樣，你還不能跟她說理，不然她心裡還覺得委屈了。

「四少夫人好，娘娘才說四少夫人要多歇著，這麼早就過來了？」周嬤嬤笑吟吟地給她行禮，只要四少夫人能平安生下這個孩子，她在府裡的地位就能徹底鞏固了，而四少爺立為世子也不遠了。自己日日跟在太妃跟前，自然清楚太妃什麼時候見過王爺，大致說了些什麼，昨兒晚上王爺就過來了，還單獨與太妃待了半個多時辰呢，出來時臉上笑咪咪的。別看王爺不聲不響的，估計打心裡是高興的，畢竟這是四少爺的嫡子啊。

「嬤嬤好，端惠姊姊好，我在房裡也是悶著，不如到祖母這裡來，人多熱鬧些。」風荷虛扶了一下周嬤嬤，亦是滿臉笑意。周嬤嬤端惠都是太妃最得用之人，也是心腹之人，不用提防她們，還要好好敬著她們呢。能在太妃當差當到這分上的人，哪個是沒有幾下的？

果然，兩人對她還是頗喜歡的，端惠一面上前扶著她胳膊，一面笑道：「王妃娘娘、四夫人都在呢，說起四少夫人有喜的事，都好不高興呢。」她這分明就是暗示風荷，可能一會子有人要拿這個做筏子了。

風荷對她親切一笑，表示感謝。還沒進正屋，卻是五夫人和袁氏攜手來了，二人應該是恰好遇見的吧。

風荷忙止了腳步，等她們一等，笑道：「五嬸娘好早，六弟妹今兒氣色真好。」

兩人快走幾步，到了她跟前，五夫人笑著攜了她手細細打量。「原是昨兒晚上要去給妳賀喜的，奈何說妳一直睡著，又怕打攪了你們小夫妻說話，就等著今兒過來呢。走到半道上，遇到妳六弟妹，她們說妳來了母妃這裡，我們恰好也要來請安，這回恭喜妳也不算晚吧。」

袁氏接著道：「我還以為妳在院子裡靜養呢，倒沒想到妳這般孝順，比我們還早。」

「還不是昨兒睡得太多了，清晨怎麼都睡不著，索性起來了。倒讓妳們白跑一趟，是我的不是。」五夫人、袁氏一聽到她有喜，心裡更加安定了，知道自己當初的選擇沒錯，跟著老四一房比小五一房希望大多了。風荷當然也明白她們的示好之意，自不會將人推了出去。

這一來，三人有說有笑的進了屋子。

還不等她們請安，太妃已經焦急的說道：「快別拘禮了。端惠，扶著妳們四少夫人坐到我這邊來，小心些。」太妃兩眼緊緊盯著風荷，生怕她磕著碰著了。

風荷無法，只得搭了端惠的手坐到太妃身邊，笑著道：「祖母下了帖子不成，五妹妹沒在嘛。」

「妳五弟妹早上起來咳嗽了兩下，不敢吹了風，在屋子裡歇息呢。妳五妹妹去伴著她說說話兒了。」王妃端莊地坐在下首，聞言笑著回道。

蔣氏是不是真的咳嗽就沒人管了，或許是怕見了風荷勾起自己的傷心事吧，王妃又擔心她想不開，就叫杭瑩去守著她。

聞言，風荷忙道：「五弟妹不舒服嗎？我竟是一點都沒聽到，正該去瞧瞧她吶。」

太妃輕輕按了按她的手，笑道：「妳如今不比先前，可不能隨意走動，太醫不是叫妳好生養著嘛，想來小五媳婦也不會怪妳失禮的。」

聽太妃這般說，王妃自然要表示表示。「那是自然的，也不是什麼大事，不過是節氣變換，著了涼而已，養兩天就好了。老四媳婦妳現在身子嬌貴，還是小心些的好。」

「雖如此說，到底我也不放心。雲碧，妳代我去給五少夫人問個好。我記得我那裡好似還收著南疆一帶治咳嗽的枇杷露，一併找出來送去給五少夫人試試。」風荷可不打算叫王妃挑出錯來，當著這麼多人的面，這樣子還是要做一下的。

「妳這孩子，就是心細，難為妳了。」太妃憐愛地撫摸著風荷的頭，又對王妃道：「後日就是三七了，該備的都備好了吧。怕是來的人不少，只別出了岔子。」

王妃忙站了起來，聽完了，方道：「都好了，就是慎哥兒、丹姊兒兩個孩子身嬌體弱的，不一定能受得住呢。」按著規矩，三七這一日，親友都會燒紙祭奠，孝子也要大哭一場，偏偏兩個孩子這麼小，拋頭露面都是難得的，何況又是傷心的時候。王妃這般說，其實是想讓太妃因著疼愛兩個孩子，免了他們的事，只是那樣對亡者總是不敬的。

太妃蹙了蹙眉，她何嘗不知這個，昨日丹姊兒就哭得昏了過去，慎哥兒比她還小，兩個孩子可不能出事啊。但為人子女者，這是最基本的本分，哪能免了，不但死者難堪，傳出去兩個孩子名聲也不好聽。

風荷輕輕嘆了一口氣。「母妃說的是正理，只慎哥兒和丹姊兒都是孝順的好孩子。」她只是這般一說，太妃當即就應道：「回頭妳派人看好了兩個孩子，也別叫他們太難過，小心些罷了。」這算是同意了風荷的說法，該怎樣還是怎樣。

四夫人等了許久，終於等到插話的機會了，誰知她還沒來得及開口，小丫頭就來回稟了。「回娘娘、夫人的話，董夫人來了。」

風荷一聽，差點站了起來，太妃看她驚喜的樣子，忙笑道：「還不將人迎進來。」

王妃礙於身分，雖與董家是姻親，但有些不大想起來的樣子，五夫人笑著起身道：「母妃與大嫂說著話，我去迎一迎親家夫人吧。」她這算是解了圍。

風荷雖有心出去，但也知太妃不會同意她來來回回跑的，只是伸長了脖子往外看。

好不容易看到一群人影進了院子，笑著下了炕，對太妃道：「祖母坐著，孫媳去瞧瞧。」

「去吧，慢點走，別急。」這是規矩，太妃自然不會擋著。

董夫人臉上掛著笑意，一看見風荷，那笑意越發深了，拉著她手道：「妳好生在裡邊坐著就好，出來做什麼。」

在母親面前，風荷卻有些害羞了，小聲道：「又沒什麼，我覺得與尋常一樣呢，出來走動走動更好些。」

董夫人上上下下仔仔細細看了一遍，方才吁了一口氣。「妳這孩子，怎麼兩個月了也沒發覺，往後可要仔細了。」

「娘，我、我也沒有想到這麼快嘛，而且與過去一樣無二啊。」風荷噘了噘嘴，她自己也納悶呢，不是說會有不少反應嘛，她竟是一點感覺都沒有，真懷疑那太醫有沒有弄錯。

「這每個人也不一樣。好比四姑奶奶，她當時反應極大，把人都嚇壞了；老四媳婦這樣，也是福氣呢。」五夫人笑著插言。

董夫人亦是點頭應道：「希望能借五夫人吉言吧，一直平平安安就好。」

進了屋，王妃到底在門口迎上來了，連四夫人都起來了，大家好一番見禮。

太妃對董夫人態度很是熱情和親切，其餘幾人也不敢當著太妃的面怎麼樣，顯得其樂融融。閒話了半個時辰，太妃才打發風荷帶了董夫人回凝霜院，囑咐吃了午飯再回去。

兩人對坐在炕上，風荷笑著把一塊奶油松釀卷酥遞給董夫人。「娘，您最近似乎都瘦了呢。」

董夫人斜睨了她一眼，嗔道：「我明明是胖了，倒是妳，最是緊要的關頭，萬不可大意了，女孩兒這頭一遭生孩子是最小心的，你們府裡是怎生安排的？」

「太妃請了太醫院陸太醫住在咱們府裡，每日都來給我診脈，直到出了頭三個月。還把有經驗的郁媽媽、秦媽媽撥到了我們院裡，一切都安頓得很好。娘，您不用為我擔心，我吃好睡好著呢。」風荷心知董夫人從前的病都是心細憂慮出來的，如今好不容易好些，自然不敢讓她再為自己日日憂心的。

可是做母親的，最放不下的就是兒女了，尤其只有這麼一個女兒相依為命過來的。董夫人輕輕撫摸著風荷的面頰，咬牙說道：「論理你們小夫妻之間，我這個做娘的不該問這些，只是，妳年輕，不懂，往後到底是怎麼打算的？」

雖然董夫人沒有明說出來，可風荷怎麼會聽不懂，她握著董夫人的手，輕聲道：「娘，他若是想去別人房裡，我是擋不住的；他若沒有這個念頭，我也不會主動給他放人，我還沒這麼賢慧呢。」

董夫人一早就猜到以風荷的性子會這般說，也是無奈，嘆道：「男人啊，都是那個性子，便是姑爺當真做了什麼，只要他心裡敬著妳憐惜妳，妳也別……別太在意了。」她這般說，可連自己都說服不了，有哪個女人當真能不在乎，除非她心裡根本沒有那個男人。

風荷不想叫董夫人難過，忙笑起來。「船到橋頭自然直，娘也不要為我掛懷。」

送走董夫人，杭天曜也回來了。

話說這轉眼就是三七了，果然來了不少親朋好友。即便不管事，風荷也不能縮在自己院裡不出去，總要前去照應一下，陪陪女眷們。

這樣的場合，太妃是向來不出席的，都由王妃張羅著。今兒王妃看著她一直笑嘻嘻的，似乎有什麼好事的樣子。

風荷心中一動，不免打起精神來。

這說是喪事吧，也是喜事，不過一群活人借著一個死人為由熱鬧幾日。待到禮俗完結，一群貴婦們就圍坐著說笑起來，東家長西家短的，當然風荷有喜的話題成了最熱頭上的。

四夫人娘家也來了人，是庶子媳婦，比四夫人略大幾歲，面龐周正，眼神躲閃，看著在恭親王府也是個不得志的。

她也不知怎生想的，大剌剌說道：「雖未出服，但四少爺是小叔子，規矩不用那麼嚴。而且也不是一定要如何，四少夫人有孕在身，行動不便，有沒有給你們爺兒安排一、兩個服侍的人？一來，四少爺省力些，四少夫人也能卸下不少職責。」

她話音未落，已經吸引了在場所有人的注意，只有王妃當作沒聽見，仍在與賀氏娘家人說話。

這樣的場合確實不適合提起這種事，但這些貴婦們素日無聊，就想看看這種戲，尤其大家見王妃不動，越發不會攔了，都看風荷怎生應對。畢竟四少爺自從娶這個妻子後人變了是人所共知的，但狗改不了吃屎，還真沒人相信杭天曜會守身如玉呢。

風荷淡淡掃了說話的人一眼，又看向四夫人，卻是不說話。

四夫人被她看得有幾分尷尬，不免強笑道：「這話雖是正理，只不該這個時候說。其實老四媳婦每日忙於府中之事，一時顧不上也是有的，但咱們為人妻子的，再忙也要為夫君著想，總不能讓他受了委屈。」

她一口一個不該說，可話鋒一轉繼續這個話題。

風荷不料她們居然絲毫不顧賀氏，非要在今兒當著眾人面拿捏自己，心下著了幾分氣惱，皮笑肉不笑地說道：「讓四嬸娘為侄兒侄媳費心了，此事我原想待到三嫂的事情過了再提的，只是……也罷了，其實夫人們都是清楚的，我們爺已經有五個房裡人了，這沒人服侍的話真不知從何談起。我自進門，也沒做出過什麼攆人的事，自問還是賢慧大方的，實在不勞四嬸娘掛慮。」

她狠狠咬著「攆人」兩個字，就是提醒大家當初四夫人進府後可是將四老爺兩個屋裡人都打發了。

五夫人跟著稱是。「老四媳婦這話說得是，說起來，只怕咱們這裡也沒幾個能有老四媳婦賢慧了，誰家爺們有這麼多妾室還能相安無事呢。我看這樣就很好。」

風荷感激地看了五夫人一眼，而王妃掃過五夫人的眼神卻有些不善了。杭天曜身邊，只有吟蓉是她的人，可吟蓉如今不受杭天曜待見，怕是廢了，她不由急著再往杭天曜身邊塞個人，正好趁著風荷懷孕的時間離間了他們夫妻。但她想不到的是，四夫人居然也有這個打算，可是她這個做母親的給兒子房裡放人沒什麼，四夫人以什麼名義呢，還在賀氏的喪期裡。

但她想不到的是，四夫人壓根兒沒打算往杭天曜身邊放人，她不過是順著王妃的心意助她一把而已。

「五弟妹說得在理。不過那幾個都住在茜紗閣裡，平兒老四在凝霜院裡時身邊難免少個人呢。」四夫人故作思慮著，倒是一副疼愛杭天曜的模樣。

滿堂賓客前來參加賀氏的三七，豈知最受歡迎的話題卻是給杭天曜房裡放人，風荷真不知這有多諷刺多無聊，一個個都看不得她好過似的。

四夫人看風荷沈默，以為她當著這麼多人的面不敢駁斥，滿意地對王妃說道：「大嫂，老四媳婦年輕，一下子沒有想到也是有的，妳是老四的母妃，多為他操心有何不可？我記得妳身邊有個叫紫萱的丫鬟，生得不錯，性子也溫柔敦厚，給了老四豈不好？」

這話將王妃都說愣了，她原以為是四夫人自己要塞人，想不到居然是幫著她，可是這麼做她有什麼好處呢，紫萱不可能是她的人啊。而且，她怎麼知道，自己有心將紫萱給了老四呢？一時間，王妃有些躊躇，只得笑道：「他們年輕小夫妻，好得蜜裡調油似的，我這個做母親的看著歡喜，紫萱再好，也是一個丫頭，倒不能給老四媳婦堵心。」

王妃這般說，卻是直指風荷善妒了，風荷要是不答應就是妒忌。她冷冷看了王妃一眼，故意委屈地說著。「母妃說得讓媳婦無地自容了。說起來，咱們府裡也就我們爺的人多，甚至越過了父王和眾位叔叔哥哥呢，這真是不孝至極。前兒，我們爺還與我說，他從前年輕胡鬧了些，如今是真知道錯了，只想著怎麼孝順父王母妃。

「今兒大家一說，我倒是想起來了，做兒女的不能時時侍奉在長輩左右，心下實在難安。偏偏媳婦我手笨口拙的，手下的人都跟著我學，一個個只會鬧心卻不懂體貼人，若是送到父王母妃身邊竟不是盡孝是添亂了。

「既然紫萱姑娘這般好，我也就偷偷懶，想跟母妃換了她來，過幾日送給父王使喚，也算是借花獻佛了，母妃可別小氣捨不得啊。

「左右她最後還是回到了母妃身邊的，不過在媳婦這邊走個過場而已，媳婦也沒什麼好人兒和母妃換，倒是我陪嫁裡的錦屏，雖然笨笨的，好歹是我們老太太調教出來的，還算知禮得用。回頭我就命她收拾了過去服侍母妃，求母妃將紫萱姑娘借我幾日，我也給她準備準備，體體面面的跟了父王。」

她一篇子話說起來別人也插不下嘴，待到聽完，會過意來，才發現事情整個反了。王妃一口氣憋在胸口，不知該拿什麼話駁她。

她說不用吧，那是阻著晚輩們盡孝，而且犯了妒忌。她說紫萱不好吧，剛剛還誇了人，又是自己手底下出來的，風荷是小輩兒謙虛沒事，她堂堂王妃再謙虛就讓人小瞧了。她要是捨不得吧，最後紫萱還是回到了她身邊，而且她還多得了風荷一個丫鬟。她以賀氏喪事為由吧，兒媳婦沒了，沒聽過需要公公守的。

王妃怔怔地發現，她無論尋個什麼藉口都似乎不大合適。但她哪能容忍自己身邊的人給了王爺啊，勉強笑道：「老四媳婦一心孝順，我心裡最是明白。但妳父王已經不年輕了，紫萱還是個十多歲的姑娘家，如何能耽誤了她呢，還不如跟著老四強。」

風荷聽了這話，受了多大驚嚇似的，慌張地說道：「母妃難不成還捨不得一個丫鬟了，父王正值壯年，又是莊郡王，難道還配不上一個丫鬟。紫萱能跟了父王那是她幾輩子修來的福氣，指不定多歡喜呢，說什麼耽誤呀。」

說起來，確實是王妃自己的話不妥，一個丫鬟而已，有什麼耽誤的，大家族裡多少十幾歲的丫鬟跟了六、七十歲的主子呢。何況王爺這麼年輕。

王妃恨不得一口咬斷自己的舌頭，早知道就不該附和四夫人的話，背了人說多好。她一個長輩，賞給小輩一、兩個人他們還能不收嗎？倒不該這時候當著人面說，現在被風荷幾句話一堵，她是想拒絕都沒藉口了，又不能翻臉不認人。

四夫人也有些焦急了，她滿打滿算當著貴婦誥命們，風荷沒膽子拒絕王妃的話，誰知王妃沒把話說清楚，反而被她鑽了空子。瞧這架勢，只怕這紫萱真有可能成為王爺的房裡人了，那她不是白忙活一場嗎？

風荷淡淡笑著，對其中幾位夫人點點頭，繼續說道：「其實兒媳也知道，這麼做孝心不虔誠，奈何兒媳不會調理人呢，不比母妃，身邊的姊姊個個水蔥兒似的。再者說，兒媳也是為著父王母妃省心，紫萱是母妃跟前人，自然清楚父王母妃的規矩喜好，比起外人來更易上手，免得不知規矩壞了事，反給父王母妃招不痛快。」

她的話音剛落，王妃還不及回話，已經有一位夫人接了話頭。「娘娘，我看您這媳婦不錯，是真心孝順，您自己的人總比外邊的放心，不會做出什麼沒規沒矩的事來。」

另一位夫人也笑著道：「可不是這話，孩子們有心孝順，做長輩的總要成全了他們方好，以免他們心中難過。」

兩位夫人都很會說話，絕口不提什麼納妾收通房之類的話，那樣就有插手王妃院裡事的感覺了，只是一味的揪著孝順說事。孝順是經歷千百年的傳統，誰都可以說上一句兩句，不算越矩。

不等王妃開口，風荷已經拿帕子擦了擦眼角，聲音哽咽。「三嫂在的時節，還能給母妃搭把手，分去母妃不少瑣事。如今三嫂沒了，兒媳又是個沒用的，五弟妹又要靜養，倒累得母妃一個人操勞府中的事，兒媳瞧著心裡真是過意不去。若能有個人替母妃分擔一些，便是給父王沏個茶遞個水，好歹母妃也能多多歇著，不會太過勞累了。」

這一番戲演下來，王妃已經沒有退路了，半個「不」字都說不出口，可是又嚥不下這口氣，不願點頭。

誰知風荷也不管她是否點頭，當即吩咐沈烟道：「妳回去幫著錦屏收拾一下，送她去了母妃院裡，再好生接了紫萱姑娘過來，記得千萬要周到些，萬不可怠慢了，不然仔細妳們的皮。」

這變故來得太突然，王妃壓根兒不曾反應過來，沈烟會意，連連應是。待到她一出了這個屋子，紫萱由王妃作主給了王爺的話就傳出去了。

像是這種事，便是王爺知道了也不會拒絕。這個年代，兒女幫父親納妾收通房就好比婆婆給兒子房裡放人一樣正常，誰都不會覺得奇怪，一個下人而已，就當是孝敬了一樣別的東西，都不會引人關注。

王妃恨得牙根癢癢，可是沈烟都出去了，這話是再收不回來了。好在紫萱是她的人，當了房裡人又如何，還不是由她說了算，不怕她能翻出天去。但是這口氣還真是難以嚥下去，本要給風荷添堵的，最後竟是給自己添堵了。想到這，王妃不由怨恨地瞪了四夫人一眼，若不是四夫人打頭提起，若不是四夫人誇什麼紫萱，事情也不會弄到這步田地。

四夫人訕訕地不敢接王妃的目光，她也不曾料到事情會發展成這樣啊，以為是八九不離十的事情，誰知被那個丫頭伶牙俐齒排揎了一頓。最後人是送了，可惜送錯了地方，要是紫萱能給王妃日後尋點事也不差，就怕她是王妃的人，什麼都順著王妃的。

四夫人卻不曾發覺，她馬上也要陷入另一個坑裡，跳不出來。

也不知是誰提起七少爺就要娶親了，恭喜四夫人，四夫人的心情好不容易好轉些。下一刻，她就感到不妙了。

風荷捂了嘴笑，與之前那位助了她一臂之力的夫人繪聲繪色說道：「妳有所不知，我們四嬸娘對這個新兒媳婦可是疼愛有加的，簡直當了親生女兒一般待呢。」

那位夫人得趣，故作詫異地問道：「哦？四夫人真是好婆婆呢，只是人沒進門，這疼愛從何說起啊？」

「七弟房裡，至今還沒有一個人呢，這難道還不是四嬸娘疼愛兒媳婦？」風荷暗暗瞟了四夫人一眼，沒錯過她那一閃而過的惱怒。真當她什麼都不知道，所謂江南世家徐家，江蘇巡撫徐大人，哼，暗地裡還不是恭親王的人，那可是恭親王一手提上去的。

江蘇巡撫官職不小，權力也不小，四夫人讓自己兒子娶他家女兒，還不是想更好地籠絡了徐家，讓徐家更忠心恭親王。既然要籠絡，自然要做得像一些，寧願暫時委屈了自個兒兒子。

旁邊一位年紀大些的夫人聽了，略帶些不滿的與四夫人說道：「疼愛兒媳婦是沒錯，可也不該委屈了七少爺啊。這原就是規矩，這一來，不但七少爺無人照料，新媳婦進門也不好啊。」原來有個規矩，世家的公子哥兒爺們，成親前都要有一、兩個房裡人，教他行周公之禮，據說還是心疼新媳婦呢。

一般大戶人家都是謹守這個規矩的，連當初五少爺房裡都是有人的，後來蔣氏進門前才打發了。所以那位夫人就覺得四夫人的做法不合規矩，她的誥命又比四夫人高一些，不怕這麼與四夫人說話，何況她自認為是一番好意呢。

四夫人臉上紅了白白了紅，強自說道：「我們家哥兒年紀尚小，又專心讀書，是以我就緩了緩。」

「讀書是好事，原該鼓勵著，但聽人說七少爺今年也有十六了，不算小。年內新媳婦就要進門了，再緩下去可就來不及了。」那位夫人依然十分關心的樣子。

四夫人駁不得，惱不得，還得做出一副感激萬分的樣子來，卻沒有明確回答。

恰好丫鬟換了新茶上來，風荷親自托了一盞茶給王妃，笑道：「剛還說母妃最會調理人呢，手下的姊姊一個賽似一個，何況母妃最是疼愛小輩的，常常對七弟讚不絕口，說他好學守禮。」

聽起來，她的話只說了一半的模樣，但王妃好巧不巧正好聽懂了。王妃本對四夫人有怨氣，又一想這是個往四房安插人的好機會，連連讚道：「可不是，要是我們小五有小七這麼用功，我還有什麼不放心的。說起來，我這做大娘的素日裡太忙，也沒好生照料侄兒，不如就送個人給他吧。

「我房裡有個丫鬟叫攏月，雖是個二等丫鬟，但生得還有幾分姿色，也識得幾個字。侄兒讀書之餘，還能幫著磨個墨，收拾一下書房，就將她給了侄兒吧。四弟妹，不是我說妳，讀書是要緊事，可孩子的身子也該有個知疼知熱的照顧呢，妳說是不是這個理？」

四夫人便是心裡再不願意，也擋不住王妃這個伯母送個人給兒子使喚，只能十分不情願的收了。

王妃心裡的那口氣出了，看風荷順眼許多，雖然紫萱是個麻煩事，可及不上四房的麻煩大。攏月是王妃的人，四房也不好將她怎樣，她又是個能幹的，若有本事籠絡了杭天瞻，那四房往後有得饑荒打了。

貴婦們看了杭家這場內訌，都十分高興，不愧是皇親國戚啊，說起話來都一個比一個厲害，偏偏面上都能裝得那般和睦。她們自認修為不夠，真應該多來杭家坐坐，學點子本事不動聲色就把對手給挾制住了。說起來，杭家四少夫人名不虛傳啊，難怪能制伏風流紈袴的杭四少。

午後的室外暖洋洋的，曬得人懶懶的，只想打瞌睡。

風荷也不知為何，這幾日尤其喜歡睡覺，今天在那兒撐了大半天，這回已經睏得睜不開眼了。陸太醫說了，她這是正常情形，確實有不少婦人，懷了身孕之後極易瞌睡的，估計她就屬於這類了。

雲碧小心翼翼攙扶著風荷，一個勁兒問道：「少夫人，要不奴婢去叫了車來吧。」

「不用，我正好走走，這會子散步才舒服呢。坐了大半天，腰痠背疼的，活動活動筋骨才好。」風荷臉上掛著滿足的笑容，王妃與四夫人，想打她的主意，沒這麼簡單，回頭她要她們吃不了兜著走。

雲碧知她的性子，也不再勸，倒是嘆了口氣。「哎，紫萱也是個可憐人。」隨即又覺得自己這麼感嘆似乎在怪風荷似的，忙解釋起來。「少夫人，奴婢不是那個意思。奴婢只是、只是感慨大家都是下人，身不由己，少夫人是和善人，對奴婢們好，可……少夫人，我真不知怎麼說好。」她說著，話裡都帶了哭音。

風荷好笑地拍了拍她，正色說道：「妳的意思我懂，妳放心，妳們幾個，總要給妳們安排一個好歸宿的。不求富貴潑天，只要待妳們好，夫妻恩恩愛愛的就行。尤其是妳，生得原比旁人強些，我是絕不會委屈了妳的。」

「少夫人，奴婢跟著少夫人是奴婢的福氣，也不敢求什麼其他的，只想好好伺候少夫人。奴婢清楚，少夫人不會像別的主子那樣，拿奴婢去籠少爺的心，或者攀交其他人，所以奴婢才傷心的。奴婢不但不能為少夫人分憂解難，還要讓少夫人為奴婢操心，真讓奴婢心裡難受。」雲碧說著居然忍不住哭了起來，她心裡明白，以她的姿容，換了別的主子，不是讓她當了通房丫頭就是送給別人當姨娘，壓根兒別想正正經經嫁人過日子。

而風荷，從來沒想過這樣利用她，她跟著風荷，才能有這樣的順心日子過。要是真的出去了，只怕也不會有什麼好結果，誰讓她出身卑微偏偏生得好呢。

風荷輕輕嘆了一口氣，拿帕子給她拭淚，打趣道：「瞧妳，叫人看見以為我又欺負妳了。妳們與我名為主僕，但咱們相互扶持著走過來的，我又不是那等沒心沒肺的人，妳們有了好歸宿我也跟著高興啊。說起來，紫萱那丫頭，本就有自己的小心思，與妳們不同，妳也不用為她感到不值或者難過的。」

聞言，雲碧愣了一下，也不哭了，不解地道：「難不成她、她真想當四少爺的房裡人不成？」一提起這，雲碧的口氣就不好了，敢妄想四少爺就是少夫人的仇人，也就是她們的仇人。

風荷挽著她繼續前行，低低說道：「那倒不是，但也差不太遠。她看上的不是妳們爺，而是三爺，妳們爺房裡那麼多人了，她也清楚輪不到她，比起來，三爺房裡人少，脾氣又溫和，以前三嫂在時也是敦厚的性子。她若去了，憑著王妃賞賜這一點，也能過上舒心日子。奈何她的心思王妃不知道，她自己不敢求，三爺那裡又沒表示，便一直拖了下來。倘若她來了咱們院裡，妳想想，妳能安下心來嗎？只怕到時候也是個麻煩。」

想到這，風荷不由想起，四夫人提起紫萱是單純覺得紫萱美貌呢，還是有別的用意？如果她清楚紫萱心裡的人是三少爺，而把她弄到了我們房裡，那不是極易被利用嗎？

這麼做，四夫人是為了三少爺？

要是這般的話，與側妃合作的人幾乎就能斷定是四夫人了。

二夫人、三夫人、五夫人都被排除了，風荷之前就曾懷疑過四夫人，而她是想要出手了嗎？

——未完・待續，請看文創風052《嫡女策》6

勾心之最高段，鬥角絕不服輸

宅鬥絕妙好手／西蘭

嫡女策

謀劃精巧・膽大機敏・
爾虞我詐之中猶有夫妻鶼鰈情深

宅鬥不簡單啊！

文創風 052 6

或許她曾經不愛他，
或許他不是她想要的，
但這一刻，她終於深切感受到了，
他是對她用了真心，情意比她的真……，

「董風荷，我這輩子就要妳一個了，
不管妳願不願意，都死死纏著妳，看妳能逃到哪兒去。」
他不得不對自己承認，自己是真心實意地愛著風荷，
顧不及男人的臉面，他再也不掙扎了，
甚至開口向她要求承諾，承諾她這一輩子都不會離開自己。
現在她有了身孕，懷著他期待已久的孩子，
王府裡裡外外的，不知有多少人盯著她，打著她的主意。
不把她身邊的危險一一去除了，他在外面是一刻不得安心。
明槍易躲暗箭難防，一想到這，他就徹夜難眠。
他決定要一一剔除府裡能近她身的一切危險，
就連不該他男人插手的內院之事，他也攬上身，
雷厲風行地從他的妾室開始「下手」「整頓」……
莫怪他狠，他的心、他的情只能給一個女人！

文創風 053 7

如果不是及時救了她，
當真要出大事了，
他簡直不敢想像那樣的可能，
他懷疑，自己承受不起……

自從他當上了世子，風荷成了世子妃之後，
王府裡的暗潮洶湧依舊沒個平息，
暗處的敵人手段愈漸奸險，簡直像豁出去了似的。真教人恨得咬牙！
那天要不是他正好趕到，他的妻子、未出世的孩子如何保得住？
失去風荷，過往所有的付出，辛苦熬過來的一切都失去意義。
如果之前他費了千萬的心力護她，往後他將加倍做到滴水不漏，
抵擋一切可能，保住他所愛的妻、所愛的孩子……
只要想起他救她那時，他驚惶萬分、心痛不已的神情，
風荷又是難過又是心疼。
她所嫁的這個男人，愛她是不是勝過愛自己了呢，
所以他才願意那樣不顧自己的安危去救她……
她突然間覺得，心裡曾有的那個理想丈夫的男子，都在那一刻遠去了，
這個男人，才是她要一輩子相依相守的人。
只要他心裡一日有她，她都不會離開他……

古代談情不全然轟轟烈烈沈重無比，
細數宅門二三事，這次要笑著出嫁！
咱們大宅小媳婦的日子，
和夫婿恩恩愛愛、平平安安就是福……

富貴再三逼人，第一次當家就上手?!
笑傲宅門才女／陶蘇年終鉅獻

小宅門

文創風 049 小宅門 上

金豆兒是豆腐坊金玉巷的小小蠟燭匠之女，
有著天命帶旺的八字命格，偏無心思攀高枝，
首富之家誠心求娶，媒婆都上門了，她大姑娘仍遲遲不點頭！
然而首富之家可不同凡夫俗子，不管人願不願意，
十歲的小叔小姑已認定她是嫂子，
成天擠在金家小宅院裡，還帶來一幅怪畫為媒下聘——
畫中是一片芍藥花，花叢下一張石床，石床上斜躺著一個男人，
男人衣襟微開、酒醉微醺，那慵懶之態躍然紙上……
這畫兒，看一眼讓人臉紅心跳，多看幾眼便讓人夜不能寐，
當小娃兒說這就是他們的兄長李承之時，少女芳心初動了！
但這可還不構成點頭的理由，女兒家自有自的矜持，
終於，求親的正主兒耐不住性子親自登門拜訪——

文創風 050 小宅門 中

昔日金家小院的金豆兒成了掌家媳婦金秀玉，
大戶人家眉角多，明面上看來丫鬟成群，卻各有地位不可欺，
樂觀的她第一次當家就上手，種種難題迎刃而解，
可成親後發現的夫家秘事卻令她耿耿於懷——
原來，李承之迎娶她之前早有妾室，此女來歷是府中的大秘密?!
他隻字未提，分明便是詐欺！
情投意合成了親，她卻像是中了引君入甕的局！
這大宅小媳婦的日子不知會漸入佳境還是鬧得更翻騰……

文創風 051 小宅門 下

過去是未嫁姑娘不知愁，成了媳婦才知當家有多少風險不安——
淮安連夜大雨造成佃戶流離失所，甚至出了人命，
金秀玉心頭火起，因為此事不只是天災、更是人禍！
首富之家樹大招風，內賊貪了修繕河堤的銀兩這才釀成大禍，
此刻她終於懂得了夫婿多年來的戰戰兢兢，
身為淮安望族中最年輕的家主，各房親戚眼紅暗中使絆子的大有人在。
就在抽絲剝繭將逮出幕後主使者之際，竟傳來當家失蹤的惡耗?!
富貴命盤此時又有何用？她需要老天爺賜予她扭轉一切的奇蹟……

年終最熱逗趣上映　　極品好戲越讀越有味！

非我傾城 墨舞碧歌

重量級好書名家／

文創風 032 8之1〈逆天〉

即便秦歌不愛她，但在王墓考古遇見盜墓者時，他捨命救了她是事實，
於是，當那個神秘的女子說他的前世是千年前榮瑞皇帝以後繼位的東陵王，
說若當時不修陵寢，秦歌就能重生時，她毫不遲疑地同意回去逆天篡改歷史，
當見到東陵太子時，那與秦歌一般的容貌讓她確定了他便是下任東陵王，
他承諾娶她，不料後來成為太子妃的卻是她的異母姊姊——傾城美人翹眉！
為了當面問他一問，也為了讓東陵派兵援救她母親陷入爭戰中的部族，
即便被下毒毀去絕世容顏，她仍攜二婢逃出，前去參加皇八子睿王的選妃大典，
八爺上官驚鴻，一個左足微瘸、鐵具覆面的男人，她無論如何都得成為他的妃……

文創風 033 8之2〈醜顏妃〉

翹楚在太子府等待出嫁前，她的夫婿睿王卻親眼目睹太子吻了她，
而在隨後發生的行刺太子事件中，她為救太子，讓刺客誤以為他才是太子，
結果他因此受了傷，也一併褪去人前溫和不爭的假面，露出陰鷙狠戾的模樣，
她這才驚覺，他以前所有的溫情以待都是在作戲，娶她也不過是別有目的，
不過無妨的，此生只要完成來東陵及救母的任務，其他的都不重要，她不需愛情，
誰知她意外發現書房的秘密，進入一處地穴，看見一個俊美無儔的男人，
那分明是太子的臉，但他身邊不離身的鐵面卻昭示他是她的爺、她的丈夫！
老天，秦歌的前世究竟是太子上官驚灝，還是遭她背叛過的睿王上官驚鴻？

文創風 036 8之3〈佛也動情〉

他是萬佛之祖飛天，本該心如明鏡、無慾無求的，
不料在親手接生了翹家二女若藍後，命運之輪便啟動了，
明知不可，他卻悄悄對貼心善良的她動了情，
他很明白這是不被允許的，因此他一直掩飾得很好。
對誰都好、看似有情卻無情，是他向來給眾神佛的印象，
直至他的佛殿祝融肆虐，她為救寶貴典籍而喪命，
至此，他再做不來喜怒不形於色，
為免她魂飛魄散，當下他使計讓兩大古佛施展捕魂咒救她，
事後，他及天界一干動了愛恨嗔癡念的眾神佛皆得下凡歷劫，
他成了睿王上官驚鴻，而若藍則化為翹楚，
倘若再愛上她以致歷劫失敗，那她將灰飛煙滅，於是，他只能對她狠了……

文創風 037 8之4〈爺兒吃飛醋〉

大婚前先是與他的太子二哥曖昧不清，大婚後又和九弟夏王眉來眼去？
想不到翹楚這姿色平平的女人，還真有活活氣死他的本事！
她那破敗身子毒病一堆，沒幾年命好活了，竟還有閒功夫到處勾搭他的兄弟？
民間姑娘、勾欄場所的花魁，幾時看九弟真心對待過一名女子了，
而今不僅一直戴著她給的荷包，還贈她千年白狐做成的名貴狐裘，這算什麼？
怎麼著，難不成九弟這次竟看上了自己的嫂嫂、看上他用過的女人嗎？
只是，他這個好弟弟似乎忘了一件事——翹楚是他的女人！
即便他上官驚鴻不愛，他上官驚驄也休想染指她一分一毫，
不論是死是活，這輩子她翹楚都只能是他八爺的妃！

文創風 040　8之5〈衝冠一怒〉

翾楚失蹤了！上官驚鴻知道，必定是太子將她縛走了，
為了立即救出她，他不顧五哥勸阻，點兵夜闖太子府，
他很清楚，此行若搜不出翾楚，父皇必定大怒，
而這些年來他辛苦建立的一切也將毀於一旦，但他管不了這許多，
毀了便毀了吧，他無法慢慢查探，他絕不讓她再受一點苦！
為著能早點救出她，甚至連九弟他都找來幫忙了，
只因他曉得夏九素來喜愛翾楚，定能完成所託，
然則，他終究是慢了一步，她被灌了滑胎藥，大量出血！
他早已立下誓言，必登九五之位，遇神殺神，遇佛弒佛，
自降生起，他從沒畏懼過什麼，如今，他卻怕極了失去她……

文創風 042　8之6〈赴黃泉〉

翾楚曉得，現如今的上官驚鴻是愛她的，很愛很愛，連命都能為她捨，
為了專寵她、得她信任，他甚至允諾不碰其他女人，他們要永遠在一起，
然則，她總會先他離開這世界的，哪能陪他到永遠呢？
她的身子幾經毒病，早便是懸在崖上的，若她死了，他怎麼辦？
或許他們不該在一起，不該要求他唯一的愛，畢竟她根本陪不了他多久……
宮裡傳來的消息，說翾楚昨夜在宮裡沒了，守護著她的老僕瘋了般見人便砍?!
一派胡言！她腹中還懷著他的孩兒，好端端的怎可能就沒了？
……是父皇！父皇不喜翾楚，定是他下的殺手！
母妃和妹妹都教父皇害死了，為何連他心愛的女人都不肯放過？
誰殺了翾楚，他就殺誰，便是當今聖上、他的父皇亦然！

文創風 045　8之7〈登基〉

他上官驚鴻步步為營、運籌帷幄，終於走到了爭奪王位的最後一步，
然則他機關算盡卻沒算到，此生最愛的女人翾楚會命喪宮中，
早先為了治好她的心疾，他不計一切手段取得解藥續了她的命，
兩人的一生理該久長下去的，怎麼突然間她就撒手離去了？
她說希望看見他君臨天下的模樣，一定很威風，
為了圓她心願，讓百姓歸於太平安樂，在奪位的路上，他大開殺戒，
可她已然灰飛煙滅，那他苦苦撐著這行將腐朽的身軀不死有何意義？
即便他最終擁有天下萬物又如何？這天下，終究不是她。
倘若世上真有神佛，轉世而來的她是否能再轉世回到他身邊呢？
這一次，換他來等她，直到不能再等了，他便去尋她……

文創風 046　8之8〈輪迴〉

等了這般久，翾楚終於重新回到他身邊了！
不僅如此，她腹中的胎兒、他們那屢屢沒死成的小怪物也還活著！
這一次，他不當佛祖飛天、不當秦歌、不當睿王，就只當她的男人，
往後的日子裡，他保證會好好愛她、護她、不惹她牛氣了，
但……為何她身邊的男人老是走了又來、源源不絕！
趕走了夏九那個大的，現在又補上個小的是怎麼回事？
是，他知道那個小的是翾楚為他生的兒子，所以呢？
難不成這世上有人規定老子不能拈兒子的醋吃嗎？
而且這無齒小子居然當眾尿了他一身後，還露出得意的笑！
好，他上官驚鴻算是徹底討厭上這小怪物了，敢跟他爭翾楚，簡直找死！

《非我傾城》隨書附贈
東陵王朝人物關係表，
〈登基〉並附彩色地圖！

文創風 048

嫡女策 5

國家圖書館出版品預行編目資料

嫡女策 / 西蘭著. --
初版. -- 臺北市 : 狗屋, 民101.10-
面 ; 公分. --（文創風）
ISBN 978-986-240-943-5（第5冊 : 平裝）. --

857.7　　101018267

著作者　西蘭
編輯　王佳薇
校對　黃薇霓　邱淑梅
發行所　狗屋出版社有限公司
地址　台北市104中山區龍江路71巷15號1樓
電話　02-2776-5889～0
發行字號　局版台業字845號
法律顧問　蕭雄淋律師
總經銷　知遠文化事業有限公司
電話　02-2664-8800
初版　101年11月
國際書碼　ISBN-13　978-986-240-943-5

原著書名：《嫡女策》，由瀟湘書院科技有限公司〈www.xxsy.net〉授權出版。

定價230元
狗屋劃撥帳號：19001626
網址：love.doghouse.com.tw　E-mail：love@doghouse.com.tw